# 全国计算机等级考试过关宝典——二级 C 语言上机习题解析

翟自强　马志强　主　编

王宝和　巩国忠

吴　迪　张振河　副主编

李玉石

TIANJIN UNIVERSITY PRESS

## 内容简介

本书紧密结合最新考试大纲,全部采用上机习题训练与应试指导相结合的框架进行编写。全书分为填空题、改错题和编程题三个部分,并对填空题和改错题、编程题给出了答案和解析,方便考生记忆。考生通过练习,既可达到学习的目的,也可自测学习效果。

附录部分一方面向考生介绍了上机考试必备的常识,另一方面对上机考试涉及的重点、难点进行分析,同时配合试题的讲解以指导考生全面地掌握各个考试要点。

本套书共五册,可同时作为大、专院校及计算机等级考试培训班学生之用。

### 图书在版编目(CIP)数据

全国计算机等级考试过关宝典·二级 C 语言上机习题解析/翟自强,马志强主编.—天津:天津大学出版社,2009.4

ISBN 978-7-5618-2976-9

Ⅰ.全⋯ Ⅱ.①翟⋯ ②马⋯ Ⅲ.电子计算机 – 水平考试 – 自学参考资料 Ⅳ.TP3

中国版本图书馆 CIP 数据核字(2009)第 053619 号

| | | |
|---|---|---|
| 出版发行 | 天津大学出版社 | |
| 出 版 人 | 杨欢 | |
| 地    址 | 天津市卫津路 92 号天津大学内(邮编:300072) | |
| 电    话 | 发行部:022-27403647    邮购部:022-27402742 | |
| 网    址 | www.tjup.com | |
| 印    刷 | 迁安万隆印刷有限公司 | |
| 经    销 | 全国各地新华书店 | |
| 开    本 | 185mm×260mm | |
| 印    张 | 18.5 | |
| 字    数 | 462 千 | |
| 版    次 | 2009 年 4 月第 1 版 | |
| 印    次 | 2009 年 4 月第 1 次 | |
| 印    数 | 1 – 6 000 | |
| 定    价 | 32.00 元 | |

# 前　言

　　随着计算机科学的高速发展和计算机技术的广泛应用,各种专业人员掌握计算机知识和学会使用计算机已成当务之急。既掌握一定的专业技术,又具备计算机应用能力的人员越来越受到用人单位的重视和欢迎。

　　国家教育部考试中心推出的"全国计算机等级考试",是面向各个阶层、各个行业而且不论年龄、专业和知识背景的统一、公正、科学的社会化考试,目的是以考促学,向社会推广普及计算机知识和应用,为选拔人才提供科学依据。现在,参加这项考试的考生人数已累积达到500万,其中有180多万人获得了各级证书。实践证明,这个与工作岗位培训密切相关的社会证书考试促进了不同群体对计算机应用技术的掌握和普及,并且为用人单位提供了权威性的水平认证,也同样受到了广大考生的欢迎,受到了用人单位的广泛认可。为了进一步保证这项考试的公平、公正并真实地考核出考生的计算机操作水平和编程能力,教育部考试中心决定从2001年秋季开始,推出新的上机题库,已由全国计算机等级考试委员会编写出版了《全国计算机等级考试上机考试习题集》,供考生考前学习使用。

　　本书就是与该习题集中《C语言上机考试习题集》配套的。书中对题库中的每一道题,力求用通俗易懂的编程方法给出正确的答案,对每道题做了详细解析,并将答案写于填空、修改和编程之处,而且已经上机调试通过。该书应试导向准确、针对性强,考生通过实战练习,就能在较短时间内巩固所学知识,掌握要点,突破难点,把握考点,熟练掌握答题方法和技巧,适应考场氛围,并最终顺利通过考试。

　　本书参编人员:于筱荔、张丹阳、李强、冯光、柴君、朱云霞、王宇。

　　特别感谢孙桂玲、耿福建、朱峰、周一林、郑爱华、潘阳、符继全、谢福宁、李雪宾、王萍、路文悦、祁兰、宣红晶、李栋、周国瑞、刘晶、王浩洳参与本书每道上机题的验证核对工作。

　　由于时间仓促,不足之处在所难免,特别是每道题的答案不一定是最佳答案,恳请广大读者批评指正。

编者

2009 年 3 月

# 目　　录

# 目　录

# 第一部分 填空题

以下各套题在程序的下画线处填入正确的内容并把下画线删除,使程序得出正确的结果。

注意:源程序存放在考生文件夹下的 BLANK1. C 中。

不得增行或删行,也不得更改程序的结构!

## 第 01 套

给定程序中,函数 fun 的功能是:将形参 n 所指变量中各位上为偶数的数去除,剩余的数按原来从高位到低位的顺序组成一个新数,并通过形参指针 n 传回所指变量。

例如,输入一个数为 27638496,新的数为 739。

```
#include < stdio. h >
void fun( unsigned long * n)
{ unsigned long x = 0, i; int t;
  i = 1;
  while( * n)
/ ********** found **********/
  { t = * n % __1__;                            10
   / ********** found **********/
   if( t%2! = __2__)                            0
   { x = x + t * i; i = i * 10; }
     * n = * n /10;
  }
/ ********** found **********/
  * n = __3__;                                  x
}
main( )
{ unsigned long n = - 1;
  while( n > 99999999 | | n < 0)
  { printf( "Please input(0 < n < 100000000) : "); scanf( "% ld",&n); }
  fun( &n) ;
  printf( "\nThe result is: % ld\n",n) ;
}
```

**解题思路:**

第一处:t 是通过取模的方式来得到 * n 的个位数字,所以应填:10。

第二处:判断是否是奇数,所以应填:0。

第三处:最后通形参 n 返回新数 x,所以应填:x。

# 第 02 套

给定程序中,函数 fun 的功能是将形参给定的字符串、整数、浮点数写到文本文件中,再用字符方式从此文本文件中逐个读入并显示在终端屏幕上。

```c
#include <stdio.h>
void fun( char * s, int a, double f)
{
/ ********** found **********/
__ 1 __ fp;                                          FILE *
char ch;
fp = fopen("file1.txt", "w");
fprintf(fp, "%s %d %f\n", s, a, f);
fclose(fp);
fp = fopen("file1.txt", "r");
printf("\nThe result :\n\n");
ch = fgetc(fp);
/ ********** found **********/
while (! feof(__ 2 __)) {                             fp
/ ********** found **********/
putchar(__ 3 __); ch = fgetc(fp); }                  ch
putchar('\n');
fclose(fp);
}
main()
{ char a[10] = "Hello!"; int b = 12345;
double c = 98.76;
fun(a,b,c);
}
```

**解题思路:**

第一处:定义文本文件类型变量,所以应填:FILE *。

第二处:判断文件是否结束,所以应填:fp。

第三处:显示读出的字符,所以应填:ch。

# 第 03 套

通过定义学生结构体变量,程序存储了学生的学号、姓名和3门课的成绩。所有学生数据均以二进制方式输出到文件中。函数 fun 的功能是重写形参 filename 所指文件中最后一个学生的数据,即用新的学生数据覆盖该学生原来的数据,其他学生的数据不变。

```c
#include < stdio. h >
#define N 5
typedef struct student {
  long sno;
  char name[10];
  float score[3];
} STU;
void fun( char * filename, STU n)
{ FILE * fp;
/ ********** found ********** /
  fp = fopen( __ 1 __, "rb +");                    filename
/ ********** found ********** /
  fseek( __ 2 __, -1L * sizeof(STU), SEEK _ END);   fp
/ ********** found ********** /
  fwrite(&n, sizeof(STU), 1, __ 3 __);             fp
  fclose(fp);
}
main( )
{ STU t[N] = { {10001,"MaChao", 91, 92, 77}, {10002,"CaoKai", 75, 60, 88},
  { 10003,"LiSi", 85, 70, 78}, {10004,"FangFang", 90, 82, 87},
  { 10005,"ZhangSan", 95, 80, 88}};
  STU n = {10006,"ZhaoSi", 55, 70, 68}, ss[N];
  int i,j; FILE * fp;
  fp = fopen("student. dat", "wb");
  fwrite(t, sizeof(STU), N, fp);
  fclose(fp);
  fp = fopen("student. dat", "rb");
  fread(ss, sizeof(STU), N, fp);
  fclose(fp);
  printf("\nThe original data :\n\n");
  for (j =0; j < N; j ++)
  { printf("\nNo:%ld Name:%-8s Scores:",ss[j].sno, ss[j].name);
    for (i =0; i <3; i ++) printf("%6. 2f ", ss[j].score[i]);
```

```
      printf("\n");
    }
  fun("student. dat", n);
  printf("\nThe data after modifing :\n\n");
  fp = fopen("student. dat", "rb");
  fread(ss, sizeof(STU), N, fp);
  fclose(fp);
  for (j=0; j<N; j++)
  { printf("\nNo: %ld Name: %-8s Scores: ",ss[j].sno, ss[j].name);
    for (i=0; i<3; i++) printf("%6.2f ", ss[j].score[i]);
    printf("\n");
    }
  }
```

**解题思路:**

本题是考查如何从文件中读出数据,再把结构中的数据写入文件中。

第一处:从指定的文件中读出数据,所以应填:filename。

第二处:读取文件 fp 的最后一条记录,所以应填:fp。

第三处:再把读出的记录,写入文件 fp 指定的位置上,所以应填:fp。

# 第 04 套

通过定义学生结构体变量,程序存储了学生的学号、姓名和 3 门课的成绩。所有学生数据均以二进制方式输出到文件中。函数 fun 的功能是从形参 filename 所指的文件中读入学生数据,并按照学号从小到大排序后,再用二进制方式把排序后的学生数据输出到 filename 所指的文件中,覆盖原来的文件内容。

```
#include <stdio. h>
#define N 5
typedef struct student {
  long sno;
  char name[10];
  float score[3];
} STU;
void fun( char * filename)
{ FILE *fp; int i, j;
  STU s[N], t;
  /********** found **********/
  fp = fopen(filename, __1__);
  fread(s, sizeof(STU), N, fp);
  fclose(fp);
```

```
    for ( i = 0; i < N − 1; i ++ )
    for ( j = i + 1; j < N; j ++ )
    / ********** found **********/
    if ( s[ i ]. sno __ 2 __ s[ j ]. sno )
    { t = s[ i ]; s[ i ] = s[ j ]; s[ j ] = t; }
    fp = fopen ( filename, "wb" );
    / ********** found **********/
    __ 3 __ ( s, sizeof ( STU ), N, fp ); / *  二进制输出  */
    fclose ( fp );
}
main ( )
{ STU t[ N ] = { {10005, "ZhangSan", 95, 80, 88}, {10003, "LiSi", 85, 70, 78},
    {10002, "CaoKai", 75, 60, 88}, {10004, "FangFang", 90, 82, 87},
    {10001, "MaChao", 91, 92, 77} }, ss[ N ];
    int i,j; FILE * fp;
    fp = fopen ( "student. dat", "wb" );
    fwrite ( t, sizeof ( STU ), 5, fp );
    fclose ( fp );
    printf ( "\n\nThe original data :\n\n" );
    for ( j = 0; j < N; j ++ )
    { printf ( "\nNo: % ld Name: % −8s Scores: ", t[ j ]. sno, t[ j ]. name );
      for ( i = 0; i < 3; i ++ ) printf ( "%6. 2f ", t[ j ]. score[ i ] );
      printf ( "\n" );
    }
    fun ( "student. dat" );
    printf ( "\n\nThe data after sorting :\n\n" );
    fp = fopen ( "student. dat", "rb" );
    fread ( ss, sizeof ( STU ), 5, fp );
    fclose ( fp );
    for ( j = 0; j < N; j ++ )
    { printf ( "\nNo: % ld Name: % −8s Scores: ", ss[ j ]. sno, ss[ j ]. name );
      for ( i = 0; i < 3; i ++ ) printf ( "%6. 2f ", ss[ j ]. score[ i ] );
      printf ( "\n" );
    }
}
```

**解题思路：**

本题是考查把结构中的数据写入文件。

第一处：建立文件的类型，考虑到是把结构中的数据（结构中的数据包含不打印的字符）从文件中读出，所以应填："rb"。

第二处:判断当前学号是否大于刚读出的学号,如果大于,则进行交换,所以应填:>。

第三处:把已排序的结构数据,重新写入文件,所以应填:fwrite。

# 第 05 套

给定程序中,函数 fun 的功能是将参数给定的字符串、整数、浮点数写到文本文件中,再用字符串方式从此文本文件中逐个读入,并调用库函数 atoi 和 atof 将字符串转换成相应的整数、浮点数,然后将其显示在屏幕上。

```c
#include  <stdio. h>
#include  <stdlib. h>
void fun( char * s, int a, double f)
{
    / ********** found **********/
    __1__ fp;                                    FILE *
    char str[100], str1[100], str2[100];
    int a1; double f1;
    fp = fopen("file1. txt", "w");
    fprintf( fp, "%s %d %f\n", s, a, f);
    / ********** found **********/
    __2__ ;                                      fclose( fp)
    fp = fopen("file1. txt", "r");
    / ********** found **********/
    fscanf( __3__ ,"%s%s%s", str, str1, str2);            fp
    fclose( fp);
    a1 = atoi( str1);
    f1 = atof( str2);
    printf("\nThe result :\n\n%s %d %f\n", str, a1, f1);
}
main( )
{ char a[10] = "Hello!"; int b = 12345;
    double c = 98. 76;
    fun( a,b,c);
}
```

**解题思路:**

本题是考查先把给定的数据写入到文本文件中,再从该文件读出并转换成相应的整数、浮点数显示在屏幕上。

第一处:定义文本文件类型变量,所以应填:FILE *。

第二处:关闭刚写入的文件,所以应填:fclose( fp)。

第三处:从文件中读出数据,所以应填:fp。

## 第 06 套

　　给定程序中,函数 fun 的功能是根据形参 i 的值返回某个函数的值。当调用正确时,程序输出:

　　x1 = 5.000000, x2 = 3.000000, x1 * x1 + x1 * x2 = 40.000000

```
#include  < stdio. h >
double f1( double x )
{ return x * x; }
double f2( double x, double y )
{ return x * y; }
/ ********** found **********/
__ 1 __ fun( int i, double x, double y )                    double
{ if ( i == 1 )
/ ********** found **********/
  return __ 2 __( x );                                       f1
  else
/ ********** found **********/
    return __ 3 __( x, y );                                  f2
}
main( )
{ double x1 = 5, x2 = 3, r;
  r = fun( 1, x1, x2 );
  r += fun( 2, x1, x2 );
  printf( "\nx1 = % f, x2 = % f, x1 * x1 + x1 * x2 = % f\n\n",x1, x2, r );
}
```

**解题思路:**

　　本题是根据给定的公式计算函数的值。

　　第一处:程序中使用双精度 double 类型进行计算,所以函数的返回值类型也为 double,所以应填:double。

　　第二处:当 i 等于 1 时,则返回 f1 函数的值,所以应填:f1。

　　第三处:如果 i 不等于 1,则返回 f2 函数的值,所以应填:f2。

## 第 07 套

　　程序通过定义并赋初值的方式,利用结构体变量存储了一名学生的信息。函数 show 的功能是输出这位学生的信息。

```
#include  < stdio. h >
```

```
typedef struct
{ int num;
  char name[9];
  char sex;
  struct { int year,month,day ;} birthday;
  float score[3];
}STU;
/ ********** found **********/
void show( STU ___ 1 ___ )                                      tt
{ int i;
  printf( "\n%d %s %c %d - %d - %d", tt.num, tt.name, tt.sex,
  tt.birthday.year, tt.birthday.month, tt.birthday.day);
  for( i =0; i <3; i ++)
  / ********** found **********/
  printf( "%5.1f", ___ 2 ___);                                  tt.score[i]
  printf( "\n");
}
main( )
{ STU std = { 1,"Zhanghua",'M',1961,10,8,76.5,78.0,82.0 };
  printf( "\nA student data:\n");
  / ********** found **********/
  show( ___ 3 ___);                                             std
}
```

**解题思路:**

本题是考查利用结构体变量存储一名学生的信息。

第一处:tt 变量在函数体 show 已经使用,所以应填:tt。

第二处:利用循环分别输出学生的成绩数据,所以应填:tt.score[i]。

第三处:函数的调用,所以应填:std。

# 第 08 套

给定程序通过定义并赋初值的方式,利用结构体变量存储了一名学生的学号、姓名和 3 门课的成绩。函数 modify 的功能是将该学生的各科成绩都乘以一个系数 a。

```
#include  <stdio.h>
typedef struct
{ int num;
  char name[9];
  float score[3];
}STU;
```

```
void show( STU tt)
{ int i;
  printf( "% d % s : ",tt. num,tt. name) ;
  for( i = 0 ; i < 3 ; i ++ )
  printf( "% 5. 1f",tt. score[ i ] ) ;
  printf( "\n") ;
}
/ ********** found ********** /
void modify( ___ 1 ___ * ss,float a)                    STU
{ int i;
  for( i = 0 ; i < 3 ; i ++ )
  / ********** found ********** /
ss -> ___ 2 ___ * = a;                            score[ i ]
}
main( )
{ STU std = { 1,"Zhanghua",76. 5,78. 0,82. 0 } ;
  float a;
  printf( "\nThe original number and name and scores : \n") ;
  show( std) ;
  printf( "\nInput a number : ") ; scanf( "% f",&a) ;
  / ********** found ********** /
  modify( ___ 3 ___,a) ;                            &std
  printf( "\nA result of modifying : \n") ;
  show( std) ;
}
```

**解题思路:**
本题考查的是利用结构体存储学生记录并由实参 ss 返回。
第一处:实参 ss 是一个结构型指针变量,所以应填:STU。
第二处:该学生的各科成绩都乘以一个系数 a,所以应填:score[ i ]。
第三处:函数的调用,由于函数定义时使用的指针结构型变量,所以应填:&std。

# 第 09 套

给定程序中,函数 fun 的功能是将不带头节点的单向链表节点数据域中的数据从小到大排序。即若原链表节点数据域从头至尾的数据为:0、10、4、2、8、6,排序后链表节点数据域从头至尾的数据为:0、2、4、6、8、10。

```
#include < stdio. h >
#include < stdlib. h >
#define N 6
```

```
typedef struct node {
  int data;
  struct node * next;
} NODE;
void fun(NODE * h)
{ NODE * p, * q; int t;
  p = h;
  while (p) {
    / ********** found ********** /
    q = __1__ ;                                    p -> next
    / ********** found ********** /
    while (__2__)                                  q
    { if (p -> data > q -> data)
      { t = p -> data; p -> data = q -> data; q -> data = t; }
      q = q -> next;
    }
    / ********** found ********** /
    p = __3__ ;                                    p -> next
  }
}
NODE * creatlist(int a[])
{ NODE * h, * p, * q; int i;
  h = NULL;
  for(i = 0; i < N; i ++)
  { q = (NODE *)malloc(sizeof(NODE));
    q -> data = a[i];
    q -> next = NULL;
    if (h == NULL) h = p = q;
    else { p -> next = q; p = q; }
  }
  return h;
}
void outlist(NODE * h)
{ NODE * p;
  p = h;
  if (p == NULL) printf("The list is NULL! \n");
  else
  { printf("\nHead ");
    do
```

```
      { printf(" -> % d", p -> data); p = p -> next; }
      while(p! = NULL);
      printf(" -> End\n");
    }
  }
main()
{ NODE * head;
  int a[N] = {0, 10, 4, 2, 8, 6};
  head = creatlist(a);
  printf("\nThe original list:\n");
  outlist(head);
  fun(head);
  printf("\nThe list after inverting :\n");
  outlist(head);
}
```

**解题思路:**

本题是考查使用链表方法,使用两重 while 循环语句,对链表的节点数据进行升序排列。

第一处:由于外循环变量使用 p 指针,内循环变量使用 q 指针,所以 q 必须指向 p 的 next 指针,因此应填写:p -> next。

第二处:判断内循环 q 指针是否结束,所以应填:q。

第三处:外循环控制变量 p 指向自己的 next 指针,所以应填:p -> next。

# 第 10 套

给定程序中,函数 fun 的功能是:判定形参 a 所指的 $N \times N$(规定 $N$ 为奇数)的矩阵是否是 "幻方"。若是,函数返回值为 1;不是,函数返回值为 0。"幻方"的判定条件是:矩阵每行、每列、主对角线及反对角线上元素之和都相等。例如,以下 $3 \times 3$ 的矩阵就是一个"幻方":

```
4  9  2
3  5  7
8  1  6
```

```
#include < stdio. h >
#define N 3
int fun( int ( * a)[N])
{ int i,j,m1,m2,row,colum;
  m1 = m2 = 0;
  for(i = 0; i < N; i ++ )
  { j = N-i-1; m1 += a[i][i]; m2 += a[i][j]; }
  if(m1! = m2) return 0;
  for(i = 0; i < N; i ++ ) {
```

```
/ ********** found ********** /
row = colum = __ 1 __;
for( j = 0; j < N; j ++ )
{ row += a[ i ][ j ]; colum += a[ j ][ i ]; }
/ ********** found ********** /
if( ( row! = colum ) __ 2 __ ( row! = m1 ) ) return 0;
}
/ ********** found ********** /
return __ 3 __;
}
main( )
{ int x[ N ][ N ], i, j;
printf( "Enter number for Array: \n" );
for( i = 0; i < N; i ++ )
for( j = 0; j < N; j ++ ) scanf( "% d", &x[ i ][ j ] );
printf( "Array: \n" );
for( i = 0; i < N; i ++ )
{ for( j = 0; j < N; j ++ ) printf( "% 3d", x[ i ][ j ] );
printf( "\n" );
}
if( fun( x ) ) printf( "The Array is a magic square. \n" );
else printf( "The Array isn't a magic square. \n" );
}
```

**解题思路:**

第一处:行列变量 row 和 colum 的值初始化为 0。

第二处:两个条件只要有一个不满足就返回 0,所以应填:||。

第三处:如果矩阵是"幻方",则返回 1。

# 第 11 套

给定程序中,函数 fun 的功能是将带头节点的单向链表逆置。即若原链表中从头至尾节点数据域依次为 2、4、6、8、10,逆置后,从头至尾节点数据域依次为 10、8、6、4、2。

```
#include < stdio. h >
#include < stdlib. h >
#define N 5
typedef struct node {
    int data;
    struct node * next;
} NODE;
```

```
void fun( NODE  * h)
{ NODE  * p, * q, * r;
  / ********* found *********/
  p  =  h -> __1__;
  / ********* found *********/
  if  ( p == __2__ )  return;
  q  =  p -> next;
  p -> next  =  NULL;
  while  ( q )
  { r  =  q -> next; q -> next  =  p;
    / ********* found *********/
    p  =  q; q  =  __3__;
  }
  h -> next  =  p;
}
NODE  * creatlist( int a[ ] )
{ NODE  * h, * p, * q; int i;
  h  =  ( NODE  * ) malloc( sizeof( NODE ) );
  h -> next  =  NULL;
  for( i = 0; i < N; i ++ )
  { q = ( NODE  * ) malloc( sizeof( NODE ) );
    q -> data = a[ i ];
    q -> next  =  NULL;
    if  ( h -> next  ==  NULL )  h -> next  =  p  =  q;
    else  { p -> next  =  q; p  =  q; }
  }
  return h;
}
void outlist( NODE  * h)
{ NODE  * p;
  p  =  h -> next;
  if  ( p == NULL )  printf( "The list is NULL! \n" );
  else
  { printf( "\nHead " );
    do
    { printf( " -> % d", p -> data ); p = p -> next; }
    while( p!  = NULL );
    printf( " -> End \n" );
  }
}
```

```
}
main( )
{ NODE * head;
  int a[ N ] = {2,4,6,8,10};
  head = creatlist( a);
  printf("\nThe original list:\n");
  outlist( head);
  fun( head);
  printf("\nThe list after inverting :\n");
  outlist( head);
}
```

**解题思路:**

本题是考查使用链表方法对链表的节点数据进行降序排列。

第一处:使用结构指针 p 控制链表的结束,p 必须指向 h 结构指针的 next 指针,以定位 p 的初始位置。所以应填写:h -> next。

第二处:判断 p 指针是否结束,所以应填写:0。

第三处:q 指向原 q 的 next 指针,所以应填:r。

# 第 12 套

给定程序中,函数 fun 的功能是将不带头节点的单向链表逆置。即若原链表中从头至尾节点数据域依次为:2、4、6、8、10,逆置后,从头至尾节点数据域依次为:10、8、6、4、2。

```
#include  < stdio. h >
#include  < stdlib. h >
#define N 5
typedef struct node {
  int data;
  struct node * next;
} NODE;
/ ********** found **********/
__1__ * fun( NODE * h)
{ NODE * p, * q, * r;
  p = h;
  if ( p  ==  NULL)
  return NULL;
  q = p -> next;
  p -> next = NULL;
  while ( q)
  {
```

```
        /********** found **********/
        r = q -> __2__;
        q -> next = p;
        p = q;
        /********** found **********/
        q = __3__ ;
    }
    return p;
}
NODE * creatlist( int a[ ] )
{ NODE *h, *p, *q; int i;
    h = NULL;
    for( i = 0; i < N; i ++ )
    { q = ( NODE * )malloc( sizeof( NODE ) );
        q -> data = a[ i ];
        q -> next = NULL;
        if ( h == NULL ) h = p = q;
        else { p -> next = q; p = q; }
    }
    return h;
}
void outlist( NODE * h)
{ NODE *p;
    p = h;
    if ( p == NULL ) printf( "The list is NULL! \n" );
    else
    { printf( "\nHead " );
        do
        { printf( " -> % d", p -> data ); p = p -> next; }
        while( p! = NULL );
        printf( " -> End \n" );
    }
}
main( )
{ NODE * head;
    int a[ N ] = {2,4,6,8,10} ;
    head = creatlist( a ) ;
    printf( "\nThe original list: \n" );
    outlist( head );
```

```
head = fun( head ) ;
printf("\nThe list after inverting : \n") ;
outlist( head ) ;
}
```

**解题思路:**

本题是考查使用链表方法对链表的节点数据进行降序排列,最后通过函数返回。

第一处:由于链表中的所有结果要求通过函数进行返回,所以应填:NODE。

第二处:中间变量 r 用来保存 q 的 next 指针,所以应填:next。

第三处:q 指向原 q 的 next 指针,所以应填:r。

# 第 13 套

给定程序中,函数 fun 的功能是将带头节点的单向链表节点数据域中的数据从小到大排序。即若原链表节点数据域从头至尾的数据为:10、4、2、8、6,排序后链表节点数据域从头至尾的数据为:2、4、6、8、10。

```
#include < stdio. h >
#include < stdlib. h >
#define N 6
typedef struct node {
  int data;
  struct node * next;
  } NODE;
void fun( NODE * h )
{ NODE *p, * q; int t;
  / ********** found **********/
  p = __1__ ;                                        h -> next
  while ( p ) {
  / ********** found **********/
  q = __2__ ;                                        p -> next
  while ( q ) {
    / ********** found **********/
    if ( p -> data __3__ q -> data)                  >
    { t = p -> data; p -> data = q -> data; q -> data = t; }
    q = q -> next;
    }
  p = p -> next;
  }
}
NODE * creatlist( int a[ ] )
```

```
{ NODE *h, *p, *q; int i;
  h = (NODE *)malloc(sizeof(NODE));
  h->next = NULL;
  for(i = 0; i < N; i++)
  { q = (NODE *)malloc(sizeof(NODE));
    q->data = a[i];
    q->next = NULL;
    if (h->next == NULL) h->next = p = q;
    else { p->next = q; p = q; }
  }
  return h;
}
void outlist(NODE *h)
{ NODE *p;
  p = h->next;
  if (p == NULL) printf("The list is NULL! \n");
  else
  { printf("\nHead ");
    do
    { printf(" ->%d", p->data); p = p->next; }
    while(p! = NULL);
    printf(" -> End\n");
  }
}
main()
{ NODE *head;
  int a[N] = {10, 4, 2, 8, 6};
  head = creatlist(a);
  printf("\nThe original list:\n");
  outlist(head);
  fun(head);
  printf("\nThe list after sorting :\n");
  outlist(head);
}
```

**解题思路:**

本题考查使用链表的方法对链表的节点数据进行升序排列。

第一处:使用结构指针 p 控制链表的结束,p 必须指向 h 结构指针的 next 指针,以定位 p 的初始位置,所以应填写:h->next。

第二处:使用 while 循环对链表中节点的数据进行排序,q 必须指向 p 结构指针的 next 指针。所以应填写:p->next。

第三处:如果当前节点中的数据大于(或大于等于)循环中的节点数据,那么进行交换,所以应填写: >(或 > =)。

## 第14套

给定程序中, 函数 fun 的功能是用函数指针指向要调用的函数,并进行调用。规定在__2__处使 f 指向函数 f1,在__3__处使 f 指向函数 f2。当调用正确时,程序输出:

x1 = 5. 000000, x2 = 3. 000000, x1 * x1 + x1 * x2 = 40. 000000

```
#include < stdio. h >
double f1( double x)
{ return x * x; }
double f2( double x, double y)
{ return x * y; }
double fun( double a, double b)
{
/ * * * * * * * * * * found * * * * * * * * * * /
__1__ ( * f)( );                          double
double r1, r2;
/ * * * * * * * * * * found * * * * * * * * * * /
f = __2__ ; / * point fountion f1 * /      f1
r1 = f(a);
/ * * * * * * * * * * found * * * * * * * * * * /
f = __3__ ; / * point fountion f2 * /      f2
r2 = ( * f)( a, b);
return r1 + r2;
}
main( )
{ double x1 = 5, x2 = 3, r;
r = fun( x1, x2);
printf( "\nx1 = % f, x2 = % f, x1 * x1 + x1 * x2 = % f\n",x1, x2, r);
}
```

**解题思路:**

本题考查用函数指针指向要调用的函数。程序中共有三处要填上适当的内容,使程序能运行并输出正确的结果。

第一处:定义函数指针的类型,所以应填:double。

第二处:使 f 指向函数 f1,所以应填:f1。

第三处:使 f 指向函数 f2,所以应填:f2。

# 第 15 套

程序通过定义学生结构体变量,存储了学生的学号、姓名和 3 门课的成绩。所有学生数据均以二进制方式输出到 student. dat 文件中。函数 fun 的功能是从指定文件中找出指定学号的学生数据,读入此学生数据,对该生的分数进行修改,使每门课的分数加 3 分,修改后重写文件中该学生的数据,即用该学生的新数据覆盖原数据,其他学生数据不变;若找不到,则什么都不做。

```
#include < stdio. h >
#define N 5
typedef struct student {
    long sno;
    char name[10];
    float score[3];
    } STU;
void fun( char * filename, long sno)
{ FILE * fp;
  STU n; int i;
  fp = fopen( filename,"rb +");
  / ********** found **********/
  while (! feof(__1__))                                    fp
  { fread(&n, sizeof(STU), 1, fp);
    / ********** found **********/
    if (n. sno __2__ sno) break;                           ==
  }
  if (! feof(fp))
  { for (i =0; i <3; i ++) n. score[i] += 3;
    / ********** found **********/
    fseek(__3__, -1L * sizeof(STU), SEEK _ CUR);           fp
    fwrite( &n, sizeof(STU), 1, fp);
  }
  fclose(fp);
}
main()
{ STU t[N] = { {10001,"MaChao", 91, 92, 77}, {10002,"CaoKai", 75, 60, 88},
    {10003,"LiSi", 85, 70, 78}, {10004,"FangFang", 90, 82, 87},
    {10005,"ZhangSan", 95, 80, 88}}, ss[N];
  int i,j; FILE * fp;
  fp = fopen("student. dat", "wb");
```

```
    fwrite(t, sizeof(STU), N, fp);
    fclose(fp);
    printf("\nThe original data : \n");
    fp = fopen("student. dat", "rb");
    fread(ss, sizeof(STU), N, fp);
    fclose(fp);
    for (j=0; j<N; j++)
    { printf("\nNo: %ld Name: % -8s Scores: ",ss[j].sno, ss[j].name);
       for (i=0; i<3; i++) printf("%6.2f ", ss[j].score[i]);
       printf("\n");
    }
    fun("student. dat", 10003);
    fp = fopen("student. dat", "rb");
    fread(ss, sizeof(STU), N, fp);
    fclose(fp);
    printf("\nThe data after modifing : \n");
    for (j=0; j<N; j++)
    { printf("\nNo: %ld Name: % -8s Scores: ",ss[j].sno, ss[j].name);
       for (i=0; i<3; i++) printf("%6.2f ", ss[j].score[i]);
       printf("\n");
    }
}
```

**解题思路：**

本题考查如何从指定文件中找出指定学号的学生数据,并进行适当的修改,修改后重新写回到文件中该学生的数据上,即用该学生的新数据覆盖原数据。

第一处:判断读文件是否结束,所以应填:fp。

第二处:从读出的数据中判断是否是指定的学号,其中学号是由形参 sno 来传递的,所以应填: ==。

第三处:从已打开文件 fp 中重新定位当前读出的结构位置,所以应填:fp。

# 第16套

给定程序中,函数 fun 的功能是:求出形参 ss 所指字符串数组中最长字符串的长度,将其余字符串右边用字符 * 补齐,使其与最长的字符串等长。ss 所指字符串数组中共有 M 个字符串,且串长小于 N。

```
#include <stdio. h>
#include <string. h>
#define M 5
#define N 20
```

```
void fun(char (*ss)[N])
{ int i, j, n, len = 0;
  for(i = 0; i < M; i++)
  { len = strlen(ss[i]);
    if(i == 0) n = len;
    if(len > n) n = len;
  }
  for(i = 0; i < M; i++) {
/ ********** found **********/
  n = strlen(___ 1 ___);                    ss[i]
  for(j = 0; j < len - n; j++)
/ ********** found **********/
  ss[i][ ___ 2 ___] = '*';                  n+j
/ ********** found **********/
  ss[i][n+j+ ___ 3 ___] = '\0';             1
  }
}
main()
{ char ss[M][N] = {"shanghai","guangzhou","beijing","tianjing","cchongqing"};
  int i;
  printf("The original strings are : \n");
  for(i = 0; i < M; i++) printf("%s\n",ss[i]);
  printf("\n");
  fun(ss);
  printf("The result is : \n");
  for(i = 0; i < M; i++) printf("%s\n",ss[i]);
}
```

**解题思路:**

第一处:利用 for 循环语句取当前字符串的长度,所以应填:ss[i]。

第二处:在字符串的右边填字符*,其开始位置是 n+j,其中 n 是该字符串本身的长度,j 是循环控制变量,所以应填:n+j。

第三处:字符串处理结束应置字符串结束符,其位置是 n+j+1,所以应填:1。

# 第 17 套

　　程序通过定义学生结构体数组,存储了若干名学生的学号、姓名和 3 门课的成绩。函数 fun 的功能是将存放学生数据的结构体数组按照姓名的英文字典序(从小到大)排序。

```
#include <stdio.h>
#include <string.h>
```

```
struct student {
    long sno;
    char name[10];
    float score[3];
};
void fun(struct student a[ ], int n)
{
    / ********** found ********** /
    __1__ t;                                          struct student
    int i, j;
    / ********** found ********** /
    for (i = 0; i < __2__; i++)                       n − 1
    for (j = i + 1; j < n; j++)
    / ********** found ********** /
    if (strcmp(__3__) > 0)                            a[i].name, a[j].name
    { t = a[i]; a[i] = a[j]; a[j] = t; }
}
main()
{ struct student s[4] = {{10001,"ZhangSan", 95, 80, 88},{10002,"LiSi", 85, 70, 78},
    {10003,"CaoKai", 75, 60, 88}, {10004,"FangFang", 90, 82, 87}};
    int i, j;
    printf("\n\nThe original data :\n\n");
    for (j = 0; j < 4; j++)
    { printf("\nNo: %ld Name: %−8s Scores: ",s[j].sno, s[j].name);
        for (i = 0; i < 3; i++) printf("%6.2f ", s[j].score[i]);
        printf("\n");
    }
    fun(s, 4);
    printf("\n\nThe data after sorting :\n\n");
    for (j = 0; j < 4; j++)
    { printf("\nNo: %ld Name: %−8s Scores: ",s[j].sno, s[j].name);
        for (i = 0; i < 3; i++) printf("%6.2f ", s[j].score[i]);
        printf("\n");
    }
}
```

**解题思路：**

本题是对结构体数组中的姓名按升序进行排列。

第一处：t是一个临时变量，主要是存放学生数据的结构变量，所以应填：struct student。

第二处：利用两重for循环进行排序操作，排序的终止条件应该是总人数减1，所以应填：n

—1。

第三处：对姓名进行比较大小，所以应填：a[i]. name, a[j]. name。

# 第 18 套

给定程序中，函数 fun 的功能是将形参 s 所指字符串中的所有字母字符顺序前移，其他字符顺序后移，处理后新字符串的首地址作为函数值返回。

例如，s 所指字符串为：asd123fgh543df，处理后新字符串为：asdfghdf123543。

```
#include < stdio. h >
#include < stdlib. h >
#include < string. h >
char * fun( char * s )
{ int i, j, k, n; char * p, * t;
    n = strlen( s ) + 1;
    t = ( char * ) malloc( n * sizeof( char ) );
    p = ( char * ) malloc( n * sizeof( char ) );
    j = 0; k = 0;
    for( i = 0; i < n; i ++ )
    { if( ( ( s[i] > = 'a' ) && ( s[i] <= 'z' ) ) || ( ( s[i] > = 'A' ) && ( s[i] <= 'Z' ) ) ) {
        / ********** found ********** /
        t[j] = __1__; j ++ ;}
        else
        { p[k] = s[i]; k ++ ; }
    }
    / ********** found ********** /
    for( i = 0; i < __2__; i ++ ) t[j + i] = p[i];
    / ********** found ********** /
    t[j + k] = __3__;
    return t;
}
main( )
{ char s[80];
    printf( "Please input: " ); scanf( "%s", s );
    printf( "\nThe result is: %s\n", fun( s ) );
}
```

**解题思路：**

第一处：函数中申请了两个内存空间 p 和 t，其 p 存放字母字符串，t 存放非字母字符串。根据条件可知，p 依次存放字母字符串，其位置由 j 来控制，所以应填：s[i]。

第二处：利用 for 循环再把 t 中的内容依次追加到 p 中，其中 t 的长度为 k，所以应填：k。

第三处：字符串处理好后必须添加字符串结束符，所以应填：'\0'。

# 第 19 套

程序通过定义学生结构体变量存储了学生的学号、姓名和 3 门课的成绩。函数 fun 的功能是将形参 a 所指结构体变量 s 中的数据进行修改，并把 a 中地址作为函数值返回主函数，在主函数中输出修改后的数据。

例如：a 所指变量 s 中的学号、姓名、和三门课的成绩依次是：10001、"ZhangSan"、95、80、88，修改后输出 t 中的数据应为：10002、"LiSi"、96、81、89。

```c
#include <stdio.h>
#include <string.h>
struct student {
    long sno;
    char name[10];
    float score[3];
};
/********** found **********/
__1__ fun(struct student *a)
{ int i;
    a->sno = 10002;
    strcpy(a->name, "LiSi");
/********** found **********/
    for (i=0; i<3; i++) __2__ += 1;
/********** found **********/
    return __3__ ;
}
main()
{ struct student s = {10001, "ZhangSan", 95, 80, 88}, *t;
    int i;
    printf("\n\nThe original data : \n");
    printf("\nNo: %ld Name: %s\nScores: ", s.sno, s.name);
    for (i=0; i<3; i++) printf("%6.2f ", s.score[i]);
    printf("\n");
    t = fun(&s);
    printf("\nThe data after modified : \n");
    printf("\nNo: %ld Name: %s\nScores: ", t->sno, t->name);
    for (i=0; i<3; i++) printf("%6.2f ", t->score[i]);
    printf("\n");
```

**解题思路：**

本题是利用形参对结构体变量中的值进行修改并通过地址把函数值返回。

第一处：必须定义结构指针返回类型，所以应填：struct student * 。

第二处：分别对成绩增加 1 分，所以应填：a -> score[i]。

第三处：返回结构指针 a，所以应填：a。

# 第 20 套

给定程序中，函数 fun 的功能是：计算形参 x 所指数组中 N 个数的平均值（规定所有数均为正数），将所指数组中小于平均值的数据移至数组的前部，大于等于平均值的数据移至 x 所指数组的后部，平均值作为函数值返回，在主函数中输出平均值和移动后的数据。

例如，有 10 个正数：46 30 32 40 6 17 45 15 48 26，平均值为：30.500000。

移动后的输出为：30 6 17 15 26 46 32 40 45 48。

```
#include <stdlib.h>
#include <stdio.h>
#define N 10
double fun(double * x)
{ int i, j; double av, y[N];
  av = 0;
  / ********** found **********/
  for(i = 0; i < N; i ++ ) av += __1__;          x[i]/N
  for(i = j = 0; i < N; i ++ )
  if( x[i] < av ){
  / ********** found **********/
  y[j] = x[i]; x[i] = -1; __2__;}              j ++
  i = 0;
  while(i < N)
  { if( x[i] != -1 ) y[j ++ ] = x[i];
    / ********** found **********/
    __3__;                                       i ++
  }
  for(i = 0; i < N; i ++ )x[i] = y[i];
  return av;
}
main( )
{ int i; double x[N];
  for(i = 0; i < N; i ++ ){ x[i] = rand( )%50; printf("%4.0f ", x[i]);}
  printf("\n");
  printf("\nThe average is: %f\n", fun(x));
```

```
        printf("\nThe result :\n",fun(x));
        for(i=0; i < N; i ++) printf("%5.0f ",x[i]);
        printf("\n");
    }
```

**解题思路:**

第一处:求出 N 个数的平均值,所以应填:x[i]/N。

第二处:利用 for 循环语句,把数组 x 中小于平均值的数依次存放到数组 y 中,其中位置由变量 j 来控制,所以应填:j ++。

第三处:i 是 while 循环体的控制变量,每做一次循环均要加 1。

# 第 21 套

给定程序中,函数 fun 的功能是:计算形参 x 所指数组中 N 个数的平均值(规定所有数均为正数),将所指数组中大于平均值的数据移至数组的前部,小于等于平均值的数据移至 x 所指数组的后部,平均值作为函数值返回,在主函数中输出平均值和移动后的数据。

例如,有 10 个正数:46 30 32 40 6 17 45 15 48 26,平均值为:30.500000。

移动后的输出为:46 32 40 45 48 30 6 17 15 26。

```
#include < stdlib. h >
#include < stdio. h >
#define N 10
double fun(double * x)
{ int i, j; double s, av, y[N];
  s = 0;
  for(i = 0; i < N; i ++) s = s + x[i];
  / ********** found ********** /
  av = __1__;                                    s/N
  for(i = j = 0; i < N; i ++)
  if( x[i] > av ){
  / ********** found ********** /
  y[__2__] = x[i]; x[i] = -1;}               j ++
  for(i = 0; i < N; i ++)
  / ********** found ********** /
  if( x[i] != __3__ ) y[j++] = x[i];          -1
  for(i = 0; i < N; i ++)x[i] = y[i];
  return av;
}
main()
{ int i; double x[N];
  for(i = 0; i < N; i ++){ x[i] = rand()%50; printf("%4.0f ",x[i]);}
```

```
    printf("\n");
    printf("\nThe average is：% f\n",fun(x));
    printf("\nThe result ：\n",fun(x));
    for(i=0；i<N；i++) printf("%5.0f ",x[i]);
    printf("\n");
  }
```

**解题思路：**

第一处：计算 N 个数的平均值，所以应填：s/N。

第二处：利用 for 循环语句，把数组 x 中大于平均值的数，依次存放到数组 y 中，同时把数组 x 上的该数置为 -1，其中位置由变量 j 控制，所以应填：j++。

第三处：再利用循环把不是 -1 的数，依次仍存放到数组 y 中，所以应填：-1。

# 第 22 套

给定程序中，函数 fun 的功能是：将自然数 1～10 以及它们的平方根写到名为 myfile3. txt 的文本文件中，然后再顺序读出显示在屏幕上。

```
#include <math.h>
#include <stdio.h>
int fun(char *fname)
{ FILE *fp; int i,n; float x;
  if((fp=fopen(fname,"w"))==NULL) return 0;
  for(i=1;i<=10;i++)
/ ********** found ********** /
  fprintf(___1___,"%d %f\n",i,sqrt((double)i));        fp
  printf("\nSucceed!! \n");
/ ********** found ********** /
  ___2___;                                              fclose(fp)
  printf("\nThe data in file ：\n");
/ ********** found ********** /
  if((fp=fopen(___3___,"r"))==NULL)                    fname
  return 0;
  fscanf(fp,"%d%f",&n,&x);
  while(! feof(fp))
  { printf("%d %f\n",n,x); fscanf(fp,"%d%f",&n,&x); }
  fclose(fp);
  return 1;
}
main()
{ char fname[]="myfile3.txt";
```

```
        fun(fname);
    }
```

**解题思路:**

本题要求所求出的数写入到指定的文件中保存。程序中共有三处要填上适当的内容,使程序能运行出正确的结果。

第一处 fprintf 格式为:int fprintf(FILE * stream, const char * format [ ,argument, …]),因此本处只能填写文件流的变量 fp。

第二处:由于文件打开后所以必须关闭,因此,只能填写关闭文件的函数 fclose(fp)。

第三处:由于本题要把刚写入文件中的数据重新显示出来,读方式已经给出,但没有给出文件名,所以本处只能写文件名变量 fname 或者直接给出文件名"myfile3.txt"。

# 第 23 套

给定程序中,函数 fun 的功能是:找出 $N \times N$ 矩阵中每列元素中的最大值,并按顺序依次存放于形参 b 所指的一维数组中。

```
#include < stdio.h >
#define N 4
void fun(int ( * a)[N], int * b)
{ int i,j;
    for(i = 0; i < N; i++) {
    /********** found **********/
        b[i] = __1__;                                                   a[0][i]
        for(j = 1; j < N; j++)
    /********** found **********/
        if(b[i] __2__ a[j][i]) b[i] = a[j][i];                          <
    }
}
main()
{ int x[N][N] = { {12,5,8,7},{6,1,9,3},{1,2,3,4},{2,8,4,3} },y[N],i,j;
    printf("\nThe matrix :\n");
    for(i = 0;i < N; i++)
    { for(j = 0;j < N; j++) printf("%4d",x[i][j]);
        printf("\n");
    }
    /********** found **********/
    fun(__3__);                                                        x,y
    printf("\nThe result is:");
    for(i = 0; i < N; i++) printf("%3d",y[i]);
    printf("\n");
```

```
      }
```

**解题思路:**

第一处:把每列的第 1 值赋值给 b[i],所以应填:a[0][i]。

第二处:如果 b[i] 值小于 a[j][i] 的值,则把 a[j][i] 重新赋值给 b[i] 中,保存最大的值,所以应填:<。

第三处:在主函数中,x 是存放矩阵数据,y 是存放每列的最大值,所以应填:x,y。

# 第 24 套

程序通过定义学生结构体变量存储了学生的学号、姓名和 3 门课的成绩。函数 fun 的功能是将形参 a 中的数据进行修改,把修改后的数据作为函数值返回主函数进行输出。

例如:传给形参 a 的数据中,学号、姓名和三门课的成绩依次是:10001、"ZhangSan"、95、80、88,修改后的数据应为:10002、"LiSi"、96、81、89。

```
#include  < stdio. h >
#include  < string. h >
struct student {
    long sno;
    char name[10];
    float score[3];
};
/ ********** found ********** /
__1__ fun(struct student a)                          struct student
{ int i;
    a. sno = 10002;
    / ********** found ********** /
    strcpy( __2__ , "LiSi");                            a. name
    / ********** found ********** /
    for (i = 0; i < 3; i ++) __3__ += 1;               a. score[i]
    return a;
}
main()
{ struct student s = {10001,"ZhangSan", 95, 80, 88}, t;
    int i;
    printf("\n\nThe original data :\n");
    printf("\nNo: % ld Name: % s\nScores: ",s. sno, s. name);
    for (i = 0; i < 3; i ++) printf("%6. 2f ", s. score[i]);
    printf("\n");
    t = fun(s);
    printf("\nThe data after modified :\n");
```

```
    printf("\nNo: %ld Name: %s\nScores: ", t. sno, t. name);
    for (i = 0; i < 3; i ++ ) printf("%6. 2f ", t. score[i]);
    printf("\n");
}
```

**解题思路:**

本题是对结构体变量中的值进行修改并通过函数值返回。

第一处:必须定义结构返回类型,所以应填:struct student。

第二处:对姓名进行修改,所以应填:a. name。

第三处:分别对成绩增加 1 分,所以应填:a. score[i]。

# 第 25 套

人员的记录由编号和出生年、月、日组成,N 名人员的数据已在主函数中存入结构体数组 std 中,且编号唯一。函数 fun 的功能是:找出指定编号人员的数据,作为函数值返回,由主函数输出,若指定编号不存在,返回数据中的编号为空串。

```
#include <stdio. h >
#include <string. h >
#define N 8
typedef struct
{ char num[10];
    int year, month, day ;
}STU;
/ ********** found ********** /
___ 1 ___ fun(STU * std, char * num)                      STU
{ int i; STU a = {"",9999,99,99};
    for (i = 0; i < N; i ++ )
    / ********** found ********** /
    if( strcmp(___ 2 ___,num) == 0 )                       std[i]. num
    / ********** found ********** /
    return (___ 3 ___);                                    std[i]
    return a;
}
main( )
{ STU std[N] = { {"111111",1984,2,15}, {"222222",1983,9,21},
    {"333333",1984,9,1}, {"444444",1983,7,15}, {"555555",1984,9,28},
    {"666666",1983,11,15}, {"777777",1983,6,22}, {"888888",1984,8,19}};
    STU p; char n[10] = "666666";
    p = fun(std,n);
```

```
    if( p. num[0] ==0)
    printf("\nNot found ! \n");
    else
    { printf("\nSucceed ! \n ");
      printf("% s % d – % d – % d\n",p. num,p. year,p. month,p. day);
    }
}
```

**解题思路：**

本题是要求从给定的人员数据中找出编号相同的记录数据。

第一处：从返回值来看，是返回一个结构型的值，所以应填：STU。

第二处：判断结构变量中的编号 num 是否相等，所以应填：std[i]. num。

第三处：返回编号相等的记录值，所以应填：std[i]。

# 第 26 套

给定程序中已建立一个带有头节点的单向链表，链表中的各节点按数据域递增有序链接。函数 fun 的功能是：删除链表中数据域值相同的节点，使之只保留一个。

```
#include < stdio. h >
#include < stdlib. h >
#define N 8
typedef struct list
{ int data;
  struct list * next;
} SLIST;
void fun( SLIST * h)
{ SLIST * p, * q;
  p = h -> next;
  if ( p! = NULL)
  { q = p -> next;
    while( q! = NULL)
    { if ( p -> data == q -> data)
      { p -> next = q -> next;
        / * * * * * * * * * * found * * * * * * * * * * /
        free(___ 1 ___);                              q
        / * * * * * * * * * * found * * * * * * * * * * /
        q = p -> ___ 2 ___;                           next
      }
      else
      { p = q;
```

```
        /********** found **********/
        q = q -> ___3___;
      }
    }
  }
}

SLIST * creatlist(int * a)
{ SLIST * h, * p, * q; int i;
  h = p = (SLIST *)malloc(sizeof(SLIST));
  for(i = 0; i < N; i++)
  { q = (SLIST *)malloc(sizeof(SLIST));
    q -> data = a[i]; p -> next = q; p = q;
  }
  p -> next = 0;
  return h;
}

void outlist(SLIST * h)
{ SLIST * p;
  p = h -> next;
  if (p == NULL) printf("\nThe list is NULL! \n");
  else
  { printf("\nHead");
    do { printf(" -> %d", p -> data); p = p -> next; } while(p! = NULL);
    printf(" -> End\n");
  }
}

main()
{ SLIST * head; int a[N] = {1,2,2,3,4,4,4,5};
  head = creatlist(a);
  printf("\nThe list before deleting :\n"); outlist(head);
  fun(head);
  printf("\nThe list after deleting :\n"); outlist(head);
}
```

**解题思路：**

本题是考查考生能否正确操作链表，主要是删除链表中数据域值相同的节点。程序中共有三处要填上适当的内容，使程序能运行出正确的结果。

函数 fun 中使用两个临时结构指针变量 p 和 q 对链表进行操作。首先 p 指向链表开始的 next 指针，q 指向 p 的 next 指针，再利用 while 循环语句判断指针 q 是否 NULL。如果 q 指针指向 NULL，那么函数结束返回。如果不是 NULL，那么就要判断 p 和 q 中 data 值是否相同。如果值相同,则要删除该节点,然后继续判断下一节点值是相同,如果还相同,那么继续删除节点,直至不相同为止。如果两个节点的值不相同,那么 p 就指向 q,q 指向 q 的 next 指针再继续操作上述过程。

删除节点的方法是:先将 p 的 next 指针指向 q 的 next 指针,再释放 q 指针指向的内存,最后把 q 指针再指向 p 的 next 指针就可以删除一个链表中的节点了。

第一处:释放 q 指针所指的内存空间,应填 q。

第二处:q 指针指向 p 的 next 指针,重新完成链接,应填 next。

第三处:两个节点的值不相同,那么 q 就指向 q 的 next 指针,应填 next。

# 第 27 套

给定程序中,函数 fun 的功能是计算下式前 $n$ 项的和并把和作为函数值返回:

$$s = \frac{1 \times 3}{2^2} + \frac{3 \times 5}{4^2} + \cdots\cdots + \frac{(2n-1)(2n+1)}{(2n)^2}$$

例如,当形参 n 的值为 10 时,函数返回 9.612558。

```
#include  < stdio. h >
double fun( int n)
{ int i; double s, t;
  / ********** found ********** /
  s = __ 1 __;                                          0
  / ********** found ********** /
  for( i = 1; i <= __ 2 __; i ++ )                      n
  { t = 2. 0 * i;
    / ********** found ********** /
    s = s + (2. 0 * i - 1) * (2. 0 * i + 1)/__ 3 __;    (t * t)
  }
  return s;
}

main( )
{ int n = - 1;
  while( n < 0)
  { printf( "Please input( n > 0) : "); scanf( "% d",&n); }
  printf( "\nThe result is: % f\n",fun( n) );
}
```

**解题思路:**

第一处:根据公式可知,累加和变量 s,置位 0。

第二处:for 循环的终止值应为形参 n。

第三处:根据公式以及函数体中 t 变量内容,所以应填:(t * t)。

## 第 28 套

给定程序中,函数 fun 的功能是:统计形参 s 所指字符串中数字字符出现的次数,并存放在形参 t 所指的变量中,最后在主函数中输出。例如,形参 s 所指的字符串为:abcdef35adgh3kjsdf7,输出结果为:4。

```
#include < stdio. h >
void fun( char * s, int * t)
{ int i, n;
  n = 0;
  / ********** found ********** /
  for( i = 0; ___1___ ! = NULL; i ++ )                    s[i]
  / ********** found ********** /
  if( s[i] > = '0'&&s[i] <= ___2___ ) n ++ ;              '9'
  / ********** found ********** /
  ___3___ ;                                               *t = n
}
main( )
{ char s[80] = "abcdef35adgh3kjsdf7";
  int t;
  printf( "\nThe original string is : % s\n",s);
  fun( s,&t);
  printf( "\nThe result is : % d\n",t);
}
```

**解题思路:**

第一处:在 for 循环中终止值要判断字符串是否结束符,所以应填:s[i]。

第二处:判断是否是数字,所以应填:'9'。

第三处:字符串中数字字符出现的次数 n,并存放在形参 t 所指的变量中,所以应填: * t = n。

## 第 29 套

程序通过定义学生结构体变量存储了学生的学号、姓名和 3 门课的成绩。函数 fun 的功能是对形参 b 所指结构体变量中的数据进行修改,最后在主函数中输出修改后的数据。

例如: b 所指变量 t 中的学号、姓名和三门课的成绩依次是:10002、"ZhangQi"、93、85、87,修改后输出 t 中的数据应为:10004、" LiJie "、93、85、87。

```
#include < stdio. h >
#include < string. h >
struct student {
```

```
        long sno;
        char name[10];
        float score[3];
    };
    void fun( struct student  *b)
    { int i;
    / ********** found ********** /
        b __1__ = 10004;                              -> sno
    / ********** found ********** /
        strcpy( b __2__ , "LiJie");                   -> name
    }
    main( )
    { struct student t = {10002,"ZhangQi", 93, 85, 87};
        int i;
        printf("\n\nThe original data : \n");
        printf("\nNo: %ld Name: %s \nScores: ",t. sno, t. name);
        for (i=0; i<3; i++) printf("%6.2f ", t. score[i]);
        printf("\n");
    / ********** found ********** /
        fun(__3__);
        printf("\nThe data after modified : \n");
        printf("\nNo: %ld Name: %s \nScores: ",t. sno, t. name);
        for (i=0; i<3; i++) printf("%6.2f ", t. score[i]);
        printf("\n");
    }
```

**解题思路:**

本题是对结构体变量中的值进行修改并通过函数中的参数返回。

第一处:对学号进行更改,所以应填: -> sno。

第二处:对姓名进行更改,所以应填: -> name。

第三处:对函数调用,所以应填:&t。

# 第 30 套

程序通过定义学生结构体变量存储了学生的学号、姓名和 3 门课的成绩。函数 fun 的功能是将形参 a 所指结构体变量中的数据赋给函数中的结构体变量 b,并修改 b 中的学号和姓名,最后输出修改后的数据。例如:a 所指变量中的学号、姓名和三门课的成绩依次是:10001、"ZhangSan"、95、80、88,则修改后输出 b 中的数据应为:10002、"LiSi"、95、80、88。

```
    #include  <stdio. h>
    #include  <string. h>
```

```
struct student {
    long sno;
    char name[10];
    float score[3];
};
void fun(struct student a)
{ struct student b; int i;
    /* ********** found ********** /
    b = __1__;                                                    a
    b. sno = 10002;
    /* ********** found ********** /
    strcpy(__2__, "LiSi");                                        b. name
    printf("\nThe data after modified :\n");
    printf("\nNo: %ld Name: %s\nScores: ",b. sno, b. name);
    /* ********** found ********** /
    for (i = 0; i < 3; i ++) printf("%6. 2f ", b. __3__);         score[i]
    printf("\n");
}

main()
{ struct student s = {10001,"ZhangSan", 95, 80, 88};
    int i;
    printf("\n\nThe original data :\n");
    printf("\nNo: %ld Name: %s\nScores: ",s. sno, s. name);
    for (i = 0; i < 3; i ++) printf("%6. 2f ", s. score[i]);
    printf("\n");
    fun(s);
}
```

**解题思路:**

本题是对结构体变量中的值进行修改。

第一处:要修改的结构体变量是由形参 a 传递的,所以应填:a。

第二处:对结构体中的成员 name 进行替换,所以应填:b. name。

第三处:分别输出结构体中的成绩,所以应填:score[i]。

# 第 31 套

给定程序中,函数 fun 的功能是:对形参 s 所指字符串中下标为奇数的字符按 ASCII 码大小递增排序,并将排序后下标为奇数的字符取出,存入形参 p 所指字符数组中,形成一个新串。

例如,形参 s 所指的字符串为:baawrskjghzlicda,执行后 p 所指字符数组中的字符串应为:aachjlsw。

```
#include  < stdio. h >
void fun( char  * s, char  * p)
{ int i, j, n, x, t;
  n = 0;
  for( i = 0; s[ i] !  = '\0'; i ++ ) n ++ ;
  for( i = 1; i < n - 2; i = i + 2) {
  / ********** found ********** /
  ___ 1 ___;                                         t = i
  / ********** found ********** /
  for( j = ___ 2 ___ + 2 ; j < n; j = j + 2)          i
  if( s[ t] > s[ j]) t = j;
  if( t !  = i)
  { x = s[ i]; s[ i] = s[ t]; s[ t] = x; }
  }
  for( i = 1, j = 0; i < n; i = i + 2, j ++ ) p[ j] = s[ i];
  / ********** found ********** /
  p[ j] = ___ 3 ___;                                  '\0'
}
main( )
{ char s[ 80] = "baawrskjghzlicda", p[ 50];
  printf( "\nThe original string is : % s \n", s);
  fun( s, p);
  printf( "\nThe result is : % s \n", p);
}
```

**解题思路:**
第一处:取外循环的控制变量,所以应填:t = i。
第二处:内循环的起始变量,应该是 i + 2,所以应填:i。
第三处:新字符串处理完后应添加字符串结束符,所以应填:'\0'。

# 第 32 套

给定程序中,函数 fun 的功能是:在形参 ss 所指字符串数组中,将所有串长超过 k 的字符串中右边的字符删除,只保留左边的 k 个字符。ss 所指字符串数组中共有 N 个字符串,且串长小于 M。

```
#include  < stdio. h >
#include  < string. h >
#define N 5
#define M 10
/ ********** found ********** /
```

```
        void fun( char ( * ss) __ 1 __ , int k)                          M
        { int i = 0 ;
          / ********** found ********** /
          while( i < __ 2 __ ) {                                         N
          / ********** found ********** /
          ss[ i ][ k ] = __ 3 __ ; i ++ ; }                             0
        }
        main( )
        { char x[ N ][ M ] = { "Create" , "Modify" , "Sort" , "skip" , "Delete" } ;
          int i ;
          printf( "\nThe original string\n\n" ) ;
          for( i = 0 ; i < N ; i ++ ) puts( x[ i ] ) ; printf( "\n" ) ;
          fun( x , 4 ) ;
          printf( "\nThe string after deleted : \n\n" ) ;
          for( i = 0 ; i < N ; i ++ ) puts( x[ i ] ) ; printf( "\n" ) ;
        }
```

**解题思路：**

本题是根据给定的字符串数组中删除串长大于某个值的右边字符串。

第一处：函数定义时已用 M 作为字符串的长度，所以应填：M。

第二处：利用 while 循环分别对字符串数组中的每个字符串置字符串结束符，程序中已经给定了 N 个字符串，所以应填：N。

第三处：置字符串结束符，所以应填：0（或 '\0'）。

# 第 33 套

　　给定程序的功能是：调用函数 fun 将指定源文件中的内容复制到指定的目标文件中，复制成功时函数返回值为 1，失败时返回值为 0。在复制的过程中，把复制的内容输出到终端屏幕。主函数中源文件名放在变量 sfname 中，目标文件名放在变量 tfname 中。

```
        #include < stdio. h >
        #include < stdlib. h >
        int fun( char * source, char * target)
        { FILE * fs, * ft; char ch;
          / ********** found ********** /
          if( ( fs = fopen( source, ___ 1 ___ ) ) == NULL)            "r"
          return 0;
          if( ( ft = fopen( target, "w") ) == NULL)
          return 0;
          printf( "\nThe data in file : \n" );
          ch = fgetc( fs );
```

```
/ ********** found ********** /
while( ! feof( ___ 2 ___ ) )                                    fs
{ putchar( ch );
  / ********** found ********** /
  fputc( ch, ___ 3 ___ );                                      ft
  ch = fgetc( fs );
}
fclose( fs ); fclose( ft );
printf( "\n\n" );
return 1;
}
main( )
{ char sfname[ 20 ] = "myfile1", tfname[ 20 ] = "myfile2";
  FILE * myf; int i; char c;
  myf = fopen( sfname, "w" );
  printf( "\nThe original data : \n" );
  for( i = 1; i < 30; i ++ ) { c = 'A' + rand( ) % 25; fprintf( myf, "% c", c ); printf( "% c",
c ); }

  fclose( myf ); printf( "\n\n" );
  if ( fun( sfname, tfname ) ) printf( "Succeed!" );
  else printf( "Fail!" );
}
```

**解题思路:**

本题要求把一个文件中的内容复制到另一个文件中。程序中共有三处要填上适当的内容,使程序能运行出正确的结果。

第一处:要求打开一个读方式的源文件,因此可以填上"r"或"r +"。打开读文件操作的流是:fs。

第二处:用 while 循环判断源文件是否已读到文件结束符 int feof( FILE * stream ),因此此处只能填写:fs。

第三处:把已经读取的字符写入目标文件中,打开写文件操作的流是 ft,因此,此处只能填写:ft。

# 第 34 套

用筛选法可得到 $2 \sim n(n < 10\ 000)$ 之间的所有素数。方法是:首先从素数 2 开始,将所有 2 的倍数的数从数表中删去(把数表中相应位置的值置成 0);接着从数表中找下一个非 0 数,并从数表中删去该数的所有倍数;依此类推,直到所找的下一个数等于 $n$ 为止。这样会得到一个序列:2,3,5,7,11,13,17,19,23,…… 函数 fun 用筛选法找出所有小于等于 $n$ 的素数,并统计素数的个数作为函数值返回。

```
#include <stdio.h>
int fun(int n)
{ int a[10000], i,j, count =0;
  for (i =2; i <=n; i ++) a[i] = i;
  i = 2;
  while (i <n) {
  /********** found **********/
  for (j =a[i] *2; j <=n; j += ___1___)
  a[j] = 0;
  i ++;
  /********** found **********/
  while (___2___ ==0)
  i ++;
}
printf("\nThe prime number between 2 to %d\n", n);
for (i =2; i <=n; i ++)
/********** found **********/
if (a[i]! = ___3___)
{ count ++; printf( count%15?"%5d":"\n%5d",a[i]); }
  return count;
}
main()
{ int n =20, r;
  r = fun(n);
  printf("\nThe number of prime is : %d\n", r);
}
```

**解题思路：**

第一处：所有 2 的倍数的数从数表中删去，所以应填：a[i]。

第二处：找出下一个不是的 a[i]，所以应填：a[i]。

第三处：输出素数，只要判断 a[i] 不是 0 就是素数，所以应填：0。

# 第 35 套

给定程序中，函数 fun 的功能是建立一个 $N \times N$ 的矩阵。矩阵元素的构成规律是：最外层元素的值全部为 1；从外向内第 2 层元素的值全部为 2；第 3 层元素的值全部为 3，……以此类推。例如，若 $N=5$，生成的矩阵为：

```
1 1 1 1 1
1 2 2 2 1
1 2 3 2 1
```

```
1 2 2 2 1
1 1 1 1 1
#include  <stdio.h>
#define N 7
/ ********** found **********/
void fun( int ( *a) __1__)                                    [N]
{ int i,j,k,m;
  if( N%2 ==0) m = N/2 ;
  else m = N/2 +1;
  for( i =0; i < m; i ++ ) {
    / ********** found **********/
    for( j = __2__ ; j < N - i; j ++ )                        i
    a[ i][ j] = a[ N - i - 1][ j] = i +1;
    for( k = i +1; k < N - i; k ++ )
    / ********** found **********/
    a[ k][ i] = a[ k][ N - i - 1] = __3__;                    i +1
  }
}
main( )
{ int x[ N][ N] = {0},i,j;
  fun( x) ;
  printf( "\nThe result is:\n") ;
  for( i =0; i < N; i ++ )
  { for( j =0; j < N; j ++ ) printf( "%3d",x[ i][ j]) ;
    printf( "\n") ;
  }
}
```

**解题思路：**

第一处：建立一个 $N \times N$ 的矩阵，所以应填：[N]。

第二处：j 的起始变量值应填：i。

第三处：也应该填写：i +1。

# 第 36 套

给定程序中，函数 fun 的功能是：统计出带有头节点的单向链表中节点的个数，存放在形参 n 所指的存储单元中。

```
#include  <stdio.h>
#include  <stdlib.h>
#define N 8
```

```
typedef struct list
{ int data;
  struct list * next;
} SLIST;
SLIST * creatlist(int * a);
void outlist(SLIST * );
void fun( SLIST * h, int * n)
{ SLIST * p;
  / ********** found ********** /
  ___ 1 ___ = 0;
  p = h -> next;
  while(p)
  { ( * n) ++ ;
    / ********** found ********** /
    p = p -> ___ 2 ___;
  }
}
main( )
{ SLIST * head;
  int a[ N] = {12,87,45,32,91,16,20,48}, num;
  head = creatlist(a); outlist(head);
  / ********** found ********** /
  fun(___ 3 ___, &num);
  printf("\nnumber = % d\n",num);
}
SLIST * creatlist(int a[ ])
{ SLIST * h, * p, * q; int i;
  h = p = (SLIST * )malloc(sizeof(SLIST));
  for( i = 0; i < N; i ++ )
  { q = (SLIST * )malloc(sizeof(SLIST));
    q -> data = a[ i]; p -> next = q; p = q;
  }
  p -> next = 0;
  return h;
}
void outlist(SLIST * h)
{ SLIST * p;
  p = h -> next;
  if ( p == NULL) printf("The list is NULL!  \n");
```

* n

next

head

```
  else
  { printf("\nHead ");
    do
    { printf(" ->% d",p -> data); p = p -> next; }
    while( p! = NULL);
    printf(" -> End\n");
  }
}
```

**解题思路:**

第一处:对 n 所指的存储单元进行初始化,所以应填: * n。

第二处:指向 p 的下一个节点,所以应填:next。

第三处:函数调用,在主函数中已经给出了 head,所以应填:head。

# 第 37 套

给定程序中,函数 fun 的功能是:在形参 ss 所指字符串数组中,查找含有形参 substr 所指子串的所有字符串并输出,若没找到则输出相应信息。ss 所指字符串数组中共有 N 个字符串,且串长小于 M。程序中库函数 strstr(s1 , s2)的功能是在 s1 串中查找 s2 子串。若没有,函数值为 0;若有,为非 0。

```
#include  < stdio. h >
#include  < string. h >
#define N 5
#define M 15
void fun( char ( * ss)[M], char * substr)
{ int i,find =0;
 / ********** found **********/
 for( i =0; i <  __1__ ; i ++ )                              N
 / ********** found **********/
 if( strstr(ss[i], __2__)! = NULL )                         substr
 { find =1; puts(ss[i]); printf("\n"); }
 / ********** found **********/
 if ( find == __3__ ) printf("\nDon't found! \n");          0
}
main( )
{ char x[N][M] = {"BASIC","C language","Java","QBASIC","Access"} ,str[M];
 int i;
 printf("\nThe original string\n\n");
 for( i =0;i < N;i ++ )puts(x[i]); printf("\n");
 printf("\nEnter a string for search : "); gets( str);
```

```
    fun( x ,str) ;
}
```

**解题思路:**

本题是根据给定的字符串数组中查找指定的字符串,如果存在,则显示。

第一处:利用 for 循环,从几个字符串中进行查找。程序中已经给定了 N 个字符串,所以应填:N。

第二处:查找子串,子串由形参 substr 传递,所以应填:substr。

第三处:试题要求,若没有找到,函数值为 0,所以应填:0。

# 第 38 套

函数 fun 的功能是:把形参 a 所指数组中的奇数按原顺序依次存放到 a[0]、a[1]、a[2]、……中,把偶数从数组中删除,奇数个数通过函数值返回。例如:若 a 所指数组中的数据最初排列为:9、1、4、2、3、6、5、8、7,删除偶数后 a 所指数组中的数据为:9、1、3、5、7,返回值为 5。

```
#include  < stdio. h >
#define N 9
int fun( int a[ ] ,  int n)
{ int i,j;
    j = 0;
    for ( i =0; i < n; i ++ )
    / ********** found ********** /
    if ( a[ i ] %2 == ___ 1 ___ )                          1
    {
        / ********** found ********** /
        a[ j ] = a[ i ] ; ___ 2 ___ ;                       j ++
    }
    / ********** found ********** /
    return ___ 3 ___ ;                                      j
}
main( )
{ int b[ N ] = {9,1,4,2,3,6,5,8,7}, i, n;
    printf( "\nThe original data :\n") ;
    for ( i =0; i < N; i ++ ) printf( "%4d ", b[ i ]) ;
    printf( "\n") ;
    n = fun( b, N) ;
    printf( "\nThe number of odd : % d \n", n) ;
    printf( "\nThe odd number :\n") ;
    for ( i =0; i < n; i ++ ) printf( "%4d ", b[ i ]) ;
    printf( "\n") ;
```

}

**解题思路:**

第一处:判断 a[i] 是否是奇数,若是,则仍保留在原数组中 a[j],所以应填:1。

第二处:数组 a 中的元素位置由 j 控制,每增加一个元素,则 j 加 1,所以应填:j ++。

第三处:返回删除偶数后 a 所指数组中数据的元素 j,所以应填:j。

# 第 39 套

给定程序中,函数 fun 的功能是:在形参 ss 所指字符串数组中,删除所有串长超过 k 的字符串,函数返回所剩字符串的个数。ss 所指字符串数组中共有 N 个字符串,且串长小于 M。

```
#include  < stdio. h >
#include  < string. h >
#define N 5
#define M 10
int fun( char ( ∗ ss)[ M], int k)
{ int i,j = 0,len;
  / ∗∗∗∗∗∗∗∗∗∗ found ∗∗∗∗∗∗∗∗∗∗ /
  for( i = 0; i < __ 1 __ ; i ++ )                    N
  { len = strlen( ss[ i]);
    / ∗∗∗∗∗∗∗∗∗∗ found ∗∗∗∗∗∗∗∗∗∗ /
    if( len <= __ 2 __)                               k
    / ∗∗∗∗∗∗∗∗∗∗ found ∗∗∗∗∗∗∗∗∗∗ /
    strcpy( ss[ j ++ ],__ 3 __);                     ss[ i]
  }
  return j;
}
main( )
{ char x[ N][ M] = {"Beijing","Shanghai","Tianjin","Nanjing","Wuhan"};
  int i,f;
  printf( "\nThe original string\n\n");
  for( i = 0;i < N;i ++ ) puts( x[ i]); printf( "\n");
  f = fun( x,7);
  printf( "The string witch length is less than or equal to 7 :\n");
  for( i = 0; i < f; i ++ ) puts( x[ i]);printf( "\n");
}
```

**解题思路:**

本题是在给定的字符串数组中删除串长大于某个值的字符串。

第一处:利用 for 循环,从几个字符串中进行查找,程序中已经给定了 N 个字符串,所以应填:N。

第二处:串长由形参 k 来传递,所以应填:k。

第三处:如果字符串 ss[i] 的串长小于 k,则该字符串仍存在原字符串数组中,位置由变量 j 控制,所以应填:ss[i]。

# 第 40 套

给定程序中已建立一个带有头节点的单向链表,链表中的各节点按节点数据域中的数据递增有序链接。函数 fun 的功能是:把形参 x 的值放入一个新节点并插入到链表中,插入后各节点数据域的值仍保持递增有序。

```c
#include  < stdio. h >
#include  < stdlib. h >
#define N 8
typedef struct list
{ int data;
  struct list * next;
} SLIST;
void fun( SLIST * h, int x)
{ SLIST *p, * q, * s;
  s = ( SLIST  * ) malloc( sizeof( SLIST) );
  / ********** found **********/
  s -> data = ___ 1 ___;                               x
  q = h;
  p = h -> next;
  while( p!  = NULL && x > p -> data) {
    / ********** found **********/
    q = ___ 2 ___;                                     p
    p = p -> next;
  }
  s -> next = p;
  / ********** found **********/
  q -> next = ___ 3 ___;                               s
}
SLIST  * creatlist( int * a)
{ SLIST *h, * p, * q; int i;
  h = p = ( SLIST  * ) malloc( sizeof( SLIST) );
  for( i = 0; i < N; i ++ )
  { q = ( SLIST  * ) malloc( sizeof( SLIST) );
    q -> data = a[ i]; p -> next = q; p = q;
  }
```

```
        p -> next = 0;
        return h;
    }
    void outlist( SLIST * h)
    { SLIST * p;
        p = h -> next;
        if ( p == NULL) printf("\nThe list is NULL! \n") ;
        else
        { printf("\nHead") ;
            do { printf(" -> % d",p -> data) ; p = p -> next; } while( p! = NULL);
            printf(" -> End\n") ;
        }
    }
    main( )
    { SLIST * head; int x;
        int a[ N] = {11,12,15,18,19,22,25,29};
        head = creatlist( a) ;
        printf("\nThe list before inserting: \n") ; outlist( head) ;
        printf("\nEnter a number : ") ; scanf("% d",&x) ;
        fun( head,x) ;
        printf("\nThe list after inserting: \n") ; outlist( head) ;
    }
```

**解题思路:**

本题是要求在一个有序的链表中插入一个数,插入后各节点仍然是有序的。程序中共有三处要填上适当的内容,使程序能运行出正确的结果。

第一处:在函数 fun 的开始处已经对结构指针 s 分配了内存,其中 data 是一个整型变量,实际要求填入一个整型数据。根据本题要求在一个链表插入一个整型数。该数已通过函数的形参 x 传入,因此应填:x。

第二处:使用一个 while 循环找出要插入一个数的位置,在循环体中 q 实际上是保留当前链表 p 位置的临时变量。当 x > p -> data 时,再移动链表指针到下一个结果,判断是否符合条件。如果仍大于,则仍 q 保留链表 p 的位置。因此,此处应填:p。

第三处:当找到节点位置后,就要插入这个数,完成插入过程。函数体中分配了结构指针 s,s 的 next 指针已经指向了 p。所以,当前位置 q 的 next 指针就应该指向指针 s 完成链表的链接。因此,此处应填:s。

# 第 41 套

给定程序中,函数 fun 的功能是:计算 x 所指数组中 N 个数的平均值(规定所有数均为正数),平均值通过形参返回主函数,将小于平均值且最接近平均值的数作为函数值返回,在主函数中输出。

　　例如,有 10 个正数:46 30 32 40 6 17 45 15 48 26,平均值为:30.500000。

　　主函数中输出:m = 30.0。

```
#include  < stdlib. h >
#define N 10
double fun( double  x[ ] ,double  * av)
{ int i,j; double d,s;
    s = 0 ;
    for( i = 0 ; i < N; i ++ ) s = s + x[ i] ;
    / ********** found **********/
    __ 1 __ = s/N;                                    * av
    d = 32767 ;
    for( i = 0 ; i < N; i ++ )
    if( x[ i] < * av && * av − x[ i] <= d) {
      / ********** found **********/
      d = * av − x[ i] ; j = __ 2 __;}
    / ********** found **********/
    return __ 3 __;
}
main( )
{ int i; double x[ N] ,av,m;
    for( i = 0 ; i < N; i ++ ) { x[ i] = rand( ) % 50; printf( "%4. 0f ",x[ i] ) ;}
    printf( "\n") ;
    m = fun( x,&av) ;
    printf( "\nThe average is: % f\n",av) ;
    printf( "m = % 5. 1f ",m) ;
    printf( "\n") ;
}
```

**解题思路:**

第一处:计算好的平均值通过形参 av 返回,所以应填:* av。

第二处:计算小于平均值且最接近平均值的位置 j,所以应填:i。

第三处:返回该数,所以应填:x[ j] 。

# 第 42 套

　　给定程序中,函数 fun 的功能是:将 s 所指字符串中的所有数字字符移到所有非数字字符之后,并保持数字字符串和非数字字符串原有的先后次序。例如,形参 s 所指的字符串为:def35adh3kjsdf7。执行结果为:defadhkjsdf3537。

```
#include  < stdio. h >
```

```
void fun( char * s)
{ int i, j = 0, k = 0; char t1[80], t2[80];
  for( i = 0; s[i] != '\0'; i ++ )
  if( s[i] > = '0' && s[i] <= '9')
  {
    / ********** found ********** /
    t2[j] = s[i]; ___1___;                               j ++
  }
  else t1[k ++] = s[i];
  t2[j] = 0; t1[k] = 0;
/ ********** found ********** /
  for( i = 0; i < k; i ++ ) ___2___;                    s[i] = t1[i]
/ ********** found ********** /
  for( i = 0; i < ___3___; i ++ ) s[k + i] = t2[i];     j
}

main( )
{ char s[80] = "ba3a54j7sd567sdffs";
  printf("\nThe original string is : % s\n", s);
  fun(s);
  printf("\nThe result is : % s\n", s);
}
```

**解题思路:**

t2 是存放数字字符串,t1 是存放非数字字符串。

第一处:t2 存放数字字符串的位置是由 j 控制的,每添加一个,j 必须加 1,故应填:j ++。

第二处:利用 for 循环把 t1 字符串添加到原字符串 s 中,所以应填:s[i] = t1[i]。

第三处:利用 for 循环把 t2 字符串添加到原字符串 s 的尾部,其中数字字符串的长度为 j,所以应填:j。

# 第 43 套

给定程序中,函数 fun 的功能是:在形参 ss 所指字符串数组中查找与形参 t 所指字符串相同的串,找到后返回该串在字符串数组中的位置(下标值),未找到则返回 −1。ss 所指字符串数组中共有 N 个内容不同的字符串,且串长小于 M。

```
#include < stdio. h >
#include < string. h >
#define N 5
#define M 8
int fun( char ( * ss)[M], char * t)
{ int i;
```

```
/ ********** found **********/
for( i = 0; i < __1__ ; i ++ )                                    N
/ ********** found **********/
if( strcmp( ss[ i ], t) == 0 ) return __2__ ;                    i
return  - 1 ;
}
main( )
{ char ch[ N ][ M ] = { "if", "while", "switch", "int", "for" } , t[ M ] ;
int n, i ;
printf( "\nThe original string\n\n") ;
for( i = 0 ; i < N ; i ++ ) puts( ch[ i ] ) ; printf( "\n") ;
printf( "\nEnter a string for search: ") ; gets( t) ;
n = fun( ch, t ) ;
/ ********** found **********/
if( n == __3__ ) printf( "\nDon't found! \n") ;                  - 1
else printf( "\nThe position is % d . \n", n) ;
}
```

**解题思路:**

本题是考查在字符串中查找指定的子串。

第一处:利用 for 循环,从几个字符串中进行查找,程序中已经给定了 N 个字符串,所以应填:N。

第二处:在字符串已经找到,则返回字符串数组中的位置(下标值),所以应填:i。

第三处:如果没有发现,则显示没有找到信息,所以应填: - 1。

# 第 44 套

函数 fun 的功能是进行数字字符转换。若形参 ch 中是数字字符'0' ~ '9',则'0'转换成'9','1'转换成'8','2'转换成'7',……,'9'转换成'0',若是其他字符则保持不变,并将转换后的结果作为函数值返回。

```
#include  < stdio. h >
/ ********** found **********/
___1___ fun( char ch)                                           char
{
/ ********** found **********/
if ( ch > = '0' && ___2___ )                                    ch <= '9'
/ ********** found **********/
return '9' - ( ch - ___3___ ) ;                                 '0'
return ch ;
}
```

```
main( )
{ char c1 , c2;
  printf("\nThe result :\n");
  c1 = '2'; c2 = fun(c1);
  printf("c1 = %c c2 = %c\n", c1, c2);
  c1 = '8'; c2 = fun(c1);
  printf("c1 = %c c2 = %c\n", c1, c2);
  c1 = 'a'; c2 = fun(c1);
  printf("c1 = %c c2 = %c\n", c1, c2);
}
```

**解题思路:**

第一处:要求返回处理好的字符,所以应填:char。

第二处:判断该字符是否是数字,所以应填:ch <= '9'。

第三处:只要减去'0'的 ASCII 值,即可得到要求的结果,所以应填:'0'。

# 第 45 套

函数 fun 的功能是:把形参 a 所指数组中的偶数按原顺序依次存放到 a[0]、a[1]、a[2]、……中,把奇数从数组中删除,偶数个数通过函数值返回。例如:若 a 所指数组中的数据最初排列为:9、1、4、2、3、6、5、8、7,删除奇数后 a 所指数组中的数据为:4、2、6、8,返回值为 4。

```
#include  < stdio. h >
#define N 9
int fun( int a[ ] , int n)
{ int i,j;
  j = 0;
  for ( i = 0; i < n; i ++ )
/ ********** found ********** /
  if ( ___1___ == 0) {                              a[i] % 2
/ ********** found ********** /
    ___2___ = a[i]; j ++ ;                          a[j]
  }
/ ********** found ********** /
  return ___3___ ;                                  j
}
main( )
{ int b[ N ] = {9,1,4,2,3,6,5,8,7}, i, n;
  printf("\nThe original data :\n");
  for ( i = 0; i < N; i ++ ) printf("%4d ", b[i]);
  printf("\n");
```

```
        n = fun(b, N);
        printf("\nThe number of even :%d\n", n);
        printf("\nThe even :\n");
        for (i = 0; i < n; i ++) printf("%4d ", b[i]);
        printf("\n");
    }
```

**解题思路:**

第一处:判断 a[i] 是否是偶数,若是,则仍保留在原数组中 a[j],所以应填:a[i] % 2。

第二处:数组 a 中的元素位置由 j 控制,每增加一个元素,则 j 加 1,所以应填:a[j]。

第三处:返回删除奇数后 a 所指数组中数据的元素 j,所以应填:j。

# 第 46 套

给定程序中,函数 fun 的功能是:利用指针数组对形参 ss 所指字符串数组中的字符串按由长到短的顺序排序,并输出排序结果。ss 所指字符串数组中共有 N 个字符串,且串长小于 M。

```
        #include <stdio.h>
        #include <string.h>
        #define N 5
        #define M 8
        void fun(char (*ss)[M])
        { char *ps[N], *tp; int i,j,k;
            for(i=0; i<N; i++) ps[i] = ss[i];
            for(i=0; i<N-1; i++) {
                /********** found **********/
                k = __1__ ;                               i
                for(j=i+1; j<N; j++)
                /********** found **********/
                if(strlen(ps[k]) < strlen(__2__)) k = j;      ps[j]
                /********** found **********/
                tp = ps[i]; ps[i] = ps[k]; ps[k] = __3__ ;    tp
            }
            printf("\nThe string after sorting by length:\n\n");
            for(i=0; i<N; i++) puts(ps[i]);
        }
        main()
        { char ch[N][M] = {"red","green","blue","yellow","black"};
            int i;
            printf("\nThe original string\n\n");
            for(i=0;i<N;i++)puts(ch[i]); printf("\n");
```

```
    fun( ch) ;
  }
```

**解题思路:**

第一处:外循环每循环一次,k 应保存当前的 i 值,所以应填:i。

第二处:使用内循环对 i + 1 后面的字符串长度进行比较,所以应填:ps[j]。

第三处:交换内容,所以应填:tp。

# 第 47 套

给定程序中,函数 fun 的功能是:找出形参 s 所指字符串中出现频率最高的字母(不区分大小写),并统计出出现的次数。

例如,形参 s 所指的字符串为:abcAbsmaxless,程序执行后的输出结果为:

```
    letter 'a' : 3 times
    letter 's' : 3 times
    #include  < stdio. h >
    #include  < string. h >
    #include  < ctype. h >
    void fun( char  * s)
  { int k[ 26 ] = { 0 } ,n,i,max = 0; char ch;
    while( * s)
    { if( isalpha( * s) ) {
      / ********** found **********/
      ch = tolower( __ 1 __) ;                              * s
      n = ch – 'a';
      / ********** found **********/
      k[ n] += __ 2 __ ;                                    1
      }
      s ++ ;
      / ********** found **********/
      if( max < k[ n] ) max = __ 3 __ ;                     k[ n]
    }
    printf( "\nAfter count :\n") ;
    for( i = 0; i < 26;i ++ )
    if ( k[ i] == max) printf( "\nletter \'% c\' : % d times\n",i + 'a',k[ i]) ;
  }
    main( )
  { char s[ 81 ];
    printf( "\nEnter a string:\n\n") ; gets( s) ;
    fun( s) ;
```

```
        }
```

**解题思路：**

第一处：将当前字母转换为小写字母，所以应填：* s。

第二处：把该字母出现的个数累加到指定的数组中，所以应填：1。

第三处：如果当前该字母出现次数大于最大次数 max，那么把该次数赋值给 max，所以应填：k[n]。

# 第 48 套

给定程序中，函数 fun 的功能是：将形参 s 所指字符串中的数字字符转换成对应的数值，计算出这些数值的累加和作为函数值返回。

例如，形参 s 所指的字符串为：abs5def126jkm8，程序执行后的输出结果为：22。

```c
#include  < stdio. h >
#include  < string. h >
#include  < ctype. h >
int fun( char  * s )
{ int sum = 0 ;
  while( * s )  {
   / ********** found **********/
   if( isdigit( * s ) ) sum +=  * s -  __1__ ;              '0'
   / ********** found **********/
   __2__;                                                   s ++
  }
  / ********** found **********/
  return __3__ ;                                            sum
}
main( )
{ char s[81]; int n;
  printf("\nEnter a string:\n\n"); gets( s );
  n = fun( s );
  printf("\nThe result is: % d\n\n",n);
}
```

**解题思路：**

第一处：'0' 字符对应的 ASCII 值是 48，因此数字字符转换成对应数值时只要减去 48，即是该数字字符对应的数值，所以应填：48 或 '0'。

第二处：到字符串下一个位置，所以应填：s ++。

第三处：返回累加和 sum，所以应填：sum。

## 第 49 套

给定程序中,函数 fun 的功能是:将形参 s 所指字符串中所有 ASCII 码值小于 97 的字符存入形参 t 所指字符数组中,形成一个新串,并统计出符合条件的字符个数作为函数值返回。

例如,形参 s 所指的字符串为:Abc@1x56 * ,程序执行后 t 所指字符数组中的字符串应为:A@156 * 。

```
#include  < stdio. h >
int fun( char  ∗ s, char  ∗ t)
{ int n = 0;
  while( ∗ s)
  { if( ∗ s < 97) {
    / ********** found ********** /
    ∗ (t + n) = __1__ ; n ++; }             ∗ s
    / ********** found ********** /
    __2__ ;                                 s ++
  }
  ∗ (t + n) = 0;
/ ********** found ********** /
  return __3__ ;                            n
}
main( )
{ char s[81],t[81]; int n;
  printf("\nEnter a string:\n") ; gets(s) ;
  n = fun(s,t) ;
  printf("\nThere are %d letter which ASCII code is less than 97: %s\n",n,t) ;
}
```

**解题思路:**

本题是根据条件组成新的字符串并统计出符合条件的个数 n。

第一处:把符合条件的当前字符存放到 t 字符串中,所以应填:∗ s。

第二处:到字符串下一个位置,所以应填:s ++。

第三处:返回符合条件的字符个数 n,所以应填:n。

## 第 50 套

给定程序中,函数 fun 的功能是:有 $N \times N$ 矩阵,以主对角线为对称线,对称元素相加并将结果存放在左下三角元素中,右上三角元素置为0。例如,若 $N = 3$,有下列矩阵:

```
    1    2    3
    4    5    6
    7    8    9
```

计算结果为

```
    1    0    0
    6    5    0
   10   14    9
```

```c
#include <stdio.h>
#define N 4
/********** found **********/
void fun(int (*t)___1___)                              [N]
{ int i, j;
  for(i=1; i<N; i++)
  { for(j=0; j<i; j++)
    {
      /********** found **********/
      ___2___ = t[i][j] + t[j][i];                     t[i][j]
      /********** found **********/
      ___3___ = 0;                                     t[j][i]
    }
  }
}

main()
{ int t[][N] = {21,12,13,24,25,16,47,38,29,11,32,54,42,21,33,10}, i, j;
  printf("\nThe original array:\n");
  for(i=0; i<N; i++)
  { for(j=0; j<N; j++) printf("%2d ",t[i][j]);
    printf("\n");
  }
  fun(t);
  printf("\nThe result is:\n");
  for(i=0; i<N; i++)
  { for(j=0; j<N; j++) printf("%2d ",t[i][j]);
    printf("\n");
  }
}
```

**解题思路:**

第一处:形参 t 的定义,整数数组宽度为 N,所以应填:[N]。

第二处:对称元素相加,结果仍存放在左下三角元素中,所以应填:t[i][j]。

第三处:右上三角元素置为0,所以应填:t[j][i]。

# 第 51 套

给定程序中,函数 fun 的功能是:计算出形参 s 所指字符串中包含的单词个数,作为函数值返回。为便于统计,规定各单词之间用空格隔开。

例如,形参 s 所指的字符串为:This is a C language program. ,函数的返回值为:6。

```
#include <stdio. h>
int fun( char * s )
{ int n = 0, flag = 0;
  while( * s! = '\0')
  { if( * s! = ' ' && flag ==0) {
    / ********** found **********/
    __1__ ; flag = 1;}                          n ++
    / ********** found **********/
    if ( * s == ' ') flag = __2__ ;              0
    / ********** found **********/
    __3__ ;                                      s ++
  }
  return n;
}
main( )
{ char str[81]; int n;
  printf("\nEnter a line text: \n"); gets( str);
  n = fun( str);
  printf("\nThere are % d words in this text. \n\n",n);
}
```

**解题思路:**

本题是统计字符串中包含的单词个数。

第一处:单词个数用变量 n 统计,当当前字母不是空格且 flag 状态标志为 0 时,则单词数就加 1,将状态标志 flag 置为 1,所以应填:n ++。

第二处:当当前字符是空格时,flag 状态标志置 0,所以应填:0。

第三处:到字符串下一个位置,所以应填:s ++。

# 第 52 套

给定程序中,函数 fun 的功能是:将 $N \times N$ 矩阵中元素的值按列右移 1 个位置,右边被移出矩阵的元素绕回左边。例如,$N = 3$,有下列矩阵

1 2 3

```
    4   5   6
    7   8   9
```

计算结果为

```
    3   1   2
    6   4   5
    9   7   8
```

```
#include <stdio. h>
#define N 4
void fun(int ( *t )[ N ])
{ int i, j, x;
    / ********** found **********/
    for(i =0; i< ___1___; i ++ )                              N
    {
        / ********** found **********/
        x = t[ i ][ ___2___ ];                                N - 1
        for(j = N - 1; j > =1; j -- )
        t[ i ][ j ] = t[ i ][ j -1 ];
        / ********** found **********/
        t[ i ][ ___3___ ] = x;                                0
    }
}
main( )
{ int t[ ][ N ] = {21,12,13,24,25,16,47,38,29,11,32,54,42,21,33,10}, i, j;
    printf( "The original array: \n") ;
    for(i =0; i < N; i ++ )
    { for(j =0; j < N; j ++ ) printf( "%2d ",t[ i ][ j ]);
        printf( "\n") ;
    }
    fun( t) ;
    printf( "\nThe result is: \n") ;
    for(i =0; i < N; i ++ )
    { for(j =0; j < N; j ++ ) printf( "%2d ",t[ i ][ j ]);
        printf( "\n") ;
    }
}
```

**解题思路:**

第一处:函数 fun 是对 $N \times N$ 矩阵进行操作,for 循环的终止值为 N,所以应填:N。

第二处:把最后一列的元素值赋值给临时变量 x 保存用来交换,所以应填:N - 1。

第三处:第 1 列元素值使用 x 替换,由于 C 语言的下标是从 0 开始的,所以应填:0。

## 第53套

函数 fun 的功能是计算

$$e^x = 1 + x + \frac{x^2}{2!} + \frac{x^3}{3!} + \cdots + \frac{x^n}{n!}\ (误差小于 0.000\ 001)$$

```
#include  < stdio. h >
#include  < math. h >
double fun( double x)
{ double f, t; int n;
  f = 1. 0 + x;
  / ********** found ********** /
  t = ___ 1 ___ ;                                    x
  n = 1;
  do
  {
    n ++ ;
    / ********** found ********** /
    t * = (1. 0) * x/___ 2 ___ ;                      n
    f += t;
  }
  / ********** found ********** /
  while ( ___ 3 ___ > = 1e - 6) ;                    fabs( t)
  return f;
}
main( )
{ double x, y;
  x = 2. 5;
  y = fun( x);
  printf( "\nThe result is : \n") ;
  printf( "x = % - 12. 6f y = % - 12. 6f\n", x, y) ;
}
```

**解题思路:**

第一处:根据公式可知,变量 t 的值为 x。

第二处:根据公式可知,此处应该除以 n,所以应填:n。

第三处:根据试题中条件的要求,所以应填:fabs(t)。

## 第54套

给定程序中,函数 fun 的功能是:计算出带有头节点的单向链表中各节点数据域中值之和,并作为函数值返回。

```c
#include  < stdio. h >
#include  < stdlib. h >
#define N 8
typedef struct list
{ int data;
  struct list * next;
} SLIST;
SLIST  * creatlist(int  * );
void outlist(SLIST  * );
int fun( SLIST  * h)
{ SLIST  * p; int s = 0;
  p = h -> next;
  while( p)
  {
    / ********** found ********** /
    s +=  p ->  ___ 1 ___;                               data
    / ********** found ********** /
    p = p ->  ___ 2 ___;                                next
  }
  return s;
}


main( )
{ SLIST  * head;
  int a[ N ] = {12,87,45,32,91,16,20,48};
  head = creatlist( a); outlist( head);
  / ********** found ********** /
  printf(″\nsum = % d\n″, fun( ___ 3 ___ ));           head
}
SLIST  * creatlist(int a[ ])
{ SLIST  * h, * p, * q; int i;
  h = p = (SLIST  * )malloc( sizeof( SLIST) );
  for( i = 0; i < N; i ++ )
  { q = (SLIST  * )malloc( sizeof( SLIST) );
    q -> data = a[ i]; p -> next = q; p = q;
  }
  p -> next = 0;
  return h;
```

```
    }
    void outlist(SLIST * h)
    { SLIST * p;
      p = h -> next;
      if ( p == NULL) printf("The list is NULL! \n");
      else
      { printf("\nHead ");
        do
        { printf(" -> % d", p -> data); p = p -> next; }
        while(p! = NULL);
        printf(" -> End\n");
      }
    }
```

**解题思路:**

本题是计算出带有头节点的单向链表中各节点数据域中值之和。

第一处:累加数据域中的值,所以应填:data。

第二处:指定 p 的下一个指针,所以应填:next。

第三处:函数调用,在主函数中已经给出了 head,所以应填:head。

# 第 55 套

给定程序中,函数 fun 的功能是:判断形参 s 所指字符串是否是"回文"(Palindrome)。若是,函数返回值为 1;不是,函数返回值为 0。"回文"是正读和反读都一样的字符串(不区分大小写字母)。

例如,LEVEL 和 Level 是"回文",而 LEVLEV 不是"回文"。

```
#include  < stdio. h >
#include  < string. h >
#include  < ctype. h >
int fun( char * s)
{ char * lp, * rp;
  / ********** found ********** /
  lp = __1__ ;                                           s
  rp = s + strlen(s) -1;
  while(( toupper( * lp) == toupper( * rp)) && (lp < rp) ) {
  / ********** found ********** /
  lp ++ ; rp __2__ ; }                                    --
  / ********** found ********** /
  if( lp < rp) __3__ ;                                    return 0
  else return 1;
```

```
    }
    main( )
    { char s[81];
      printf("Enter a string: "); scanf("%s",s);
      if(fun(s)) printf("\n\"%s\" is a Palindrome. \n\n",s);
      else printf("\n\"%s\" isn't a Palindrome. \n\n",s);
    }
```

**解题思路：**

本题是判断字符串是否是"回文"。

第一处：根据函数体 fun 中，对变量 lp 的使用可知，lp 应指向形参 s，所以应填：s。

第二处：rp 是指向字符串的尾指针，当每做一次循环 rp 指向就要指向前一个字符，所以应填：-- 。

第三处：当 lp 和 rp 相等时，则表示字符串是回文并返回 1，否则就返回 0，所以应填：return 0。

# 第 56 套

给定程序的功能是：从键盘输入若干行文本（每行不超过 80 个字符），写到文件 myfile4. txt 中，用 -1 作为字符串输入结束标志，然后将文件的内容显示在屏幕上。文件的读写分别由自定义函数 ReadText 和 WriteText 实现。

```
#include <stdio. h>
#include <string. h>
#include <stdlib. h>
void WriteText( FILE * );
void ReadText( FILE * );
main( )
{ FILE * fp;
  if( ( fp = fopen("myfile4. txt","w") ) == NULL)
{ printf(" open fail!! \n"); exit(0); }
  WriteText(fp);
  fclose(fp);
  if( ( fp = fopen("myfile4. txt","r") ) == NULL)
  { printf(" open fail!! \n"); exit(0); }
  ReadText(fp);
  fclose(fp);
}
/ ********** found **********/
void WriteText( FILE ___ 1 ___ )                              * fw
{ char str[81];
  printf("\nEnter string with -1 to end :\n");
```

```
gets( str) ;
while( strcmp( str,"–1")! =0)
  {
    / ＊＊＊＊＊＊＊＊＊＊ found ＊＊＊＊＊＊＊＊＊＊/
    fputs( ___ 2 ___ ,fw) ; fputs( "\n",fw) ;                    str
    gets( str) ;
  }
}

void ReadText( FILE ＊fr)
{ char str[81] ;
  printf( "\nRead file and output to screen : \n") ;
  fgets( str,81 ,fr) ;
  while( ! feof( fr) )
  {
    / ＊＊＊＊＊＊＊＊＊＊ found ＊＊＊＊＊＊＊＊＊＊/
    printf( "% s",___ 3 ___ ) ;                    str
    fgets( str,81 ,fr) ;
  }
}
```

**解题思路:**

本题要求是把键盘上输入的内容写到指定的文件中。

第一处:要求填写文件流的自变量名。在这个函数中,对已有的语句 fputs( "\n",fw) 进行分析可知:由于文件流变量 fw 在函数体没有定义过,所以本处应填:＊fw 或 fw[]。

第二处:通过 while 循环语句,把键盘上输入的内容写到指定的文件中。键盘上输入的内容已存入字符串 str 变量中,因此,本处应填写:str。

第三处:要把已存入文件中的内容从文件中读出并存入字符串变量 str 中,最后在屏幕显示出来,因此,此处应填写:str。

## 第 57 套

函数 fun 的功能是:把形参 a 所指数组中的最小值放在元素 a[0]中,接着把形参 a 所指数组中的最大值放在 a[1]元素中;再把 a 所指数组元素中的次小值放在 a[2]中,把 a 所指数组元素中的次大值放在 a[3];其余以此类推。例如:若 a 所指数组中的数据最初排列为:9、1、4、2、3、6、5、8、7,则按规则移动后,数据排列为:1、9、2、8、3、7、4、6、5。形参 n 中存放 a 所指数组中数据的个数。

注意:规定 fun 函数中的 max 存放当前所找的最大值,px 存放当前所找最大值的下标。

```
# include ＜ stdio. h ＞
#define N 9
void fun( int a[ ] , int n)
{ int i,j, max, min, px, pn, t;
```

```
    for (i = 0; i < n - 1; i += 2)
    {
        /* ********** found ********** /
        max = min = ___1___;                              a[i]
        px = pn = i;
        for (j = i + 1; j < n; j ++) {
        /* ********** found ********** /
        if (max < ___2___)                                a[j]
        { max = a[j]; px = j; }
        /* ********** found ********** /
        if (min > ___3___)                                a[j]
        { min = a[j]; pn = j; }
        }
        if (pn ! = i)
        { t = a[i]; a[i] = min; a[pn] = t;
            if (px == i) px = pn;
        }
        if (px ! = i + 1)
        { t = a[i + 1]; a[i + 1] = max; a[px] = t; }
    }
}
main()
{ int b[N] = {9,1,4,2,3,6,5,8,7}, i;
    printf("\nThe original data :\n");
    for (i = 0; i < N; i ++) printf("%4d ", b[i]);
    printf("\n");
    fun(b, N);
    printf("\nThe data after moving :\n");
    for (i = 0; i < N; i ++) printf("%4d ", b[i]);
    printf("\n");
}
```

**解题思路：**

第一处：外循环每循环一次均把数组 a 当前位置的值分别赋值给 max 和 min 变量，所以应填：a[i]。

第二处：判断 max 是否小于 a[j]，若小于，则把 a[j]赋值给 max，所以应填：a[j]。

第三处：判断 min 是否大于 a[j]，若大于，则把 a[j]赋值给 min，所以应填：a[j]。

## 第 58 套

给定程序中，函数 fun 的功能是：把形参 s 所指字符串中最右边的 n 个字符复制到形参 t

所指字符数组中,形成一个新串。若 s 所指字符串的长度小于 n,则将整个字符串复制到形参 t 所指字符数组中。

例如,形参 s 所指的字符串为:abcdefgh,n 的值为 5。程序执行后 t 所指字符数组中的字符串应为:defgh。

```
#include  < stdio. h >
#include  < string. h >
#define N 80
void fun( char  * s, int n, char  * t)
{ int len,i,j = 0;
  len = strlen( s) ;
  / * * * * * * * * * * found * * * * * * * * * * /
  if( n > = len) strcpy( __1__) ;                          t,s
  else {
    / * * * * * * * * * * found * * * * * * * * * * /
    for( i = len − n; i <= len − 1; i ++ ) t[ j ++ ] = __2__ ;       s[ i]
    / * * * * * * * * * * found * * * * * * * * * * /
    t[ j] = __3__ ;                                        '\0'
  }
}
main( )
{ char s[ N],t[ N]; int n;
  printf("Enter a string: ");gets( s) ;
  printf( "Enter n:"); scanf("% d",&n) ;
  fun( s,n,t) ;
  printf("The string t : "); puts( t) ;
}
```

**解题思路:**

本题根据要求复制字符串。

第一处:当给定的长度 n 大于该字符串 s 的长度,那么把该字符串直接拷贝到 t 就可以了,所以应填:t,s。

第二处:使用 for 循环语句,把最右边 n 个字符依次添加到 t 中,所以应填:s[ i]。

第三处:字符串操作结束时,需要加一个字符串结束符,所以应填:'\0'。

# 第 59 套

给定程序中,函数 fun 的功能是:在 3 ×4 矩阵中找出在行上最大、在列上最小的那个元素,若没有符合条件的元素则输出相应信息。

例如,有下列矩阵:

```
    1  2  13  4
    7  8  10  6
    3  5  9   7
```

程序执行结果为：find：a[2][2] =9

```
        #include  < stdio. h >
        #define M 3
        #define N 4
        void fun( int ( * a)[N])
        { int i =0,j,find =0,rmax,c,k;
          while( (i < M) && (! find))
          { rmax = a[i][0]; c =0;
            for(j =1; j < N; j ++ )
            if( rmax < a[i][j]) {
              / ********** found ********** /
              rmax = a[i][j]; c = __1__ ; }          j
            find =1; k =0;
            while(k < M && find) {
              / ********** found ********** /
              if (k! = i && a[k][c] <= rmax) find = __2__ ;          0
              k ++ ;
            }
            if(find) printf("find：a[%d][%d] =%d\n",i,c,a[i][c]);
            / ********** found ********** /
            __3__ ;                                            i ++
          }
          if(! find) printf("not found! \n");
        }
        main( )
        { int x[M][N],i,j;
          printf("Enter number for array：\n");
          for(i =0; i < M; i ++ )
          for(j =0; j < N; j ++ ) scanf("%d",&x[i][j]);
          printf("The array：\n");
          for(i =0; i < M; i ++ )
          { for(j =0; j < N; j ++ ) printf("%3d",x[i][j]);
            printf("\n\n");
          }
          fun(x);
        }
```

**解题思路：**

第一处：找出行上最大的数，并该位置 j（列）保存在 c 中，所以应填：j。

第二处：使用 while 循环语句和控制变量 find，如果该数不是列是最小数，那么把 find 置 0，所以应填：0。

第三处：i 是 while 的控制变量，所以每做一次循环，该数均要加 1，所以应填：i++。

# 第 60 套

给定程序中，函数 fun 的功能是：将形参指针所指结构体数组中的三个元素按 num 成员进行升序排列。

```
#include  < stdio. h >
typedef struct
{ int num;
  char name[10];
} PERSON;
/ ********** found **********/
void fun( PERSON ___ 1 ___)                                    * std
{
  / ********** found **********/
  ___ 2 ___ temp;                                              PERSON
  if( std[0]. num > std[1]. num)
  { temp = std[0]; std[0] = std[1]; std[1] = temp; }
    if( std[0]. num > std[2]. num)
  { temp = std[0]; std[0] = std[2]; std[2] = temp; }
    if( std[1]. num > std[2]. num)
  { temp = std[1]; std[1] = std[2]; std[2] = temp; }
}
main( )
{ PERSON std[ ] = { 5,"Zhanghu",2,"WangLi",6,"LinMin" };
  int i;
  / ********** found **********/
  fun( ___ 3 ___);                                             std
  printf("\nThe result is : \n");
  for( i = 0; i < 3; i ++ )
  printf("% d,% s\n",std[i]. num,std[i]. name);
}
```

**解题思路：**

第一处：由于在函数体 fun 中已经使用了 std 变量，所以应填：* std。

第二处：由于 temp 是存放交换记录的中间变量，所以应填：PERSON。

第三处:函数的调用,所以应填:std。

# 第 61 套

函数 fun 的功能是进行字母转换。若形参 ch 中是小写英文字母,则转换成对应的大写英文字母;若 ch 中是大写英文字母,则转换成对应的小写英文字母;若是其他字符则保持不变。转换后将结果作为函数值返回。

```
#include < stdio. h >
#include < ctype. h >
char fun( char ch)
{
  / ********** found **********/
  if ( ( ch > = 'a') ___1___ ( ch <= 'z') )                    &&
  return ch – 'a' + 'A';
  if ( isupper( ch) )
  / ********** found **********/
  return ch + 'a' – ___2___ ;                                  'A'
  / ********** found **********/
  return ___3___ ;                                             ch
}
main( )
{ char c1, c2;
  printf("\nThe result :\n");
  c1 = 'w'; c2 = fun(c1);
  printf("c1 = % c c2 = % c\n", c1, c2);
  c1 = 'W'; c2 = fun(c1);
  printf("c1 = % c c2 = % c\n", c1, c2);
  c1 = '8'; c2 = fun(c1);
  printf("c1 = % c c2 = % c\n", c1, c2);
}
```

**解题思路:**
第一处:判断形参 ch 是否是小写字母,所以应填:&&。
第二处:小写字母与大写字母的 ASCII 值相差为 32,所以应填:'A'或 65。
第三处:返回处理后的形参 ch,所以应填:ch。

# 第 62 套

给定程序中,函数 fun 的功能是:把形参 s 所指字符串中下标为奇数的字符右移到下一个奇数位置,最右边被移出字符串的字符绕回放到第一个奇数位置,下标为偶数的字符不动

（注：字符串的长度大于等于2）。例如，形参 s 所指的字符串为：abcdefgh，执行结果为：ah-cbedgf。

```
#include < stdio. h >
void fun( char  * s)
{ int i, n, k; char c;
  n = 0;
  for( i = 0; s[ i]! = '\0'; i ++ ) n ++ ;
  / ********** found **********/
  if( n%2 ==0) k = n - ___ 1 ___ ;                    1
  else k = n - 2;
  / ********** found **********/
  c = ___ 2 ___ ;                                      s[ k]
  for( i = k - 2; i > = 1; i = i - 2) s[ i + 2] = s[ i];
  / ********** found **********/
  s[ 1] = ___ 3 ___ ;                                  c
}

main( )
{ char s[ 80] = "abcdefgh";
  printf( "\nThe original string is : % s\n",s);
  fun( s);
  printf( "\nThe result is : % s\n",s);
}
```

**解题思路：**

第一处：首先判断字符串的长度是奇数还是偶数，如果是奇数，则 k = n - 1，所以应填：1。

第二处：取字符串最后一个奇数位的字符，并由变量 c 保存，所以应填：s[ k]。

第三处：第 1 位奇数位用最一个奇数位字符替换，所以应填：c。

# 第 63 套

给定程序中，函数 fun 的功能是：有 $N \times N$ 矩阵，根据给定的 m( m <= N) 值，将每行元素中的值均右移 m 个位置，左边置为 0。例如，N = 3，m = 2，有下列矩阵

```
1  2  3
4  5  6
7  8  9
```

程序执行结果为

```
0  0  1
0  0  4
0  0  7
```

```
#include  < stdio. h >
```

```
#define N 4
void fun( int ( * t )[ N ], int m)
{ int i, j;
  / ********** found ********** /
  for( i = 0; i < N; ___ 1 ___ )                           i ++
  { for( j = N - 1 - m; j > = 0; j -- )
    / ********** found ********** /
    t[ i ][ j + ___ 2 ___ ] = t[ i ][ j ];                 m
    / ********** found ********** /
    for( j = 0; j < ___ 3 ___; j ++ )                      m
    t[ i ][ j ] = 0;
  }
}
main( )
{ int t[ ][ N ] = {21,12,13,24,25,16,47,38,29,11,32,54,42,21,33,10}, i, j, m;
  printf( "\nThe original array:\n");
  for( i = 0; i < N; i ++ )
  { for( j = 0; j < N; j ++ )
    printf( "%2d ",t[ i ][ j ]);
    printf( "\n");
  }
  printf( "Input m ( m < = %d): ",N);scanf( "%d",&m);
  fun( t,m );
  printf( "\nThe result is:\n");
  for( i = 0; i < N; i ++ )
  { for( j = 0; j < N; j ++ )
    printf( "%2d ",t[ i ][ j ]);
    printf( "\n");
  }
}
```

**解题思路:**

第一处:for 循环变量的增量,所以应填:i ++。

第二处:由于右移 m 个位置,所以应填:m。

第三处:左边 m 列均置于 0,所以 for 循环的终止值应为 m。

# 第 64 套

给定程序中,函数 fun 的功能是:将 a 所指 3 ×5 矩阵中第 k 列的元素左移到第 0 列,第 k 列以后的每列元素行依次左移,原来左边的各列依次绕到右边。

例如,有下列矩阵:

```
1  2  3  4  5
1  2  3  4  5
1  2  3  4  5
```

若 k 为 2,程序执行结果为

```
3  4  5  1  2
3  4  5  1  2
3  4  5  1  2
```

```
#include <stdio.h>
#define M 3
#define N 5
void fun(int (*a)[N],int k)
{ int i,j,p,temp;
  /********** found **********/
  for(p=1; p<= __1__; p++)                    k
  for(i=0; i<M; i++)
  { temp = a[i][0];
    /********** found **********/
    for(j=0; j< __2__ ; j++) a[i][j]=a[i][j+1];    N-1
    /********** found **********/
    a[i][N-1] = __3__;                            temp
  }
}

main()
{ int x[M][N]={ {1,2,3,4,5},{1,2,3,4,5},{1,2,3,4,5} },i,j;
  printf("The array before moving:\n\n");
  for(i=0; i<M; i++)
  { for(j=0; j<N; j++) printf("%3d",x[i][j]);
    printf("\n");
  }
  fun(x,2);
  printf("The array after moving:\n\n");
  for(i=0; i<M; i++)
  { for(j=0; j<N; j++) printf("%3d",x[i][j]);
    printf("\n");
  }
}
```

**解题思路:**

第一处:外循环 p 的终止变量的值,试题要求第 k 列左移,所以应填:k。

第二处:矩阵共 N 列,所以应填:N-1。

第三处:把存放在临时变量 temp 中的值,放到 a[i][N-1]中,所以应填:temp。

# 第 65 套

给定程序中,函数 fun 的功能是:将 a 所指 4×3 矩阵中第 k 行的元素与第 0 行元素交换。例如,有下列矩阵:

```
 1    2    3
 4    5    6
 7    8    9
10   11   12
```

若 k 为 2,程序执行结果为:

```
 7    8    9
 4    5    6
 1    2    3
10   11   12
```

```c
#include <stdio.h>
#define N 3
#define M 4
/ ********** found ********** /
void fun( int ( *a)[N], int __1__ )                        k
{ int i,j,temp ;
   / ********** found ********** /
   for( i = 0 ; i < __2__ ; i++ )                           N
   { temp = a[0][i] ;
      / ********** found ********** /
      a[0][i] = __3__ ;                                    a[k][i]
      a[k][i] = temp ;
   }
}
main( )
{ int x[M][N] = { {1,2,3},{4,5,6},{7,8,9},{10,11,12} },i,j;
   printf("The array before moving:\n\n") ;
   for( i = 0; i < M; i++ )
   { for( j = 0; j < N; j++ ) printf("%3d",x[i][j]);
      printf("\n\n") ;
   }
   fun( x,2 );
   printf("The array after moving:\n\n") ;
```

```
for( i = 0; i < M; i ++ )
{ for( j = 0; j < N; j ++ ) printf("%3d",x[i][j]);
  printf("\n\n");
}
}
```

**解题思路:**

第一处:变量 k 在函数体 fun 中已经使用,所以应填:k。

第二处:共 N 行,所以应填:N。

第三处:变量值交换,所以应填:a[k][i]。

## 第 66 套

给定程序中,函数 fun 的功能是:将形参 std 所指结构体数组中年龄最大者的数据作为函数值返回,并在 main 函数中输出。

```
#include  <stdio.h>
typedef struct
{ char name[10];
  int age;
}STD;
STD fun( STD std[ ], int n)
{ STD max; int i;
  / ********** found ********** /
  max = ___ 1 ___;                              * std
  for( i = 1; i < n; i ++ )
  / ********** found ********** /
  if( max.age < ___ 2 ___) max = std[i];        std[i].age
  return max;
}
main( )
{ STD std[5] = {"aaa",17,"bbb",16,"ccc",18,"ddd",17,"eee",15 };
  STD max;
  max = fun(std,5);
  printf("\nThe result: \n");
  / ********** found ********** /
  printf("\nName : %s, Age : %d\n", ___ 3 ___,max.age);     max.name
}
```

**解题思路:**

第一处:给存放最大者 max 赋初值,所以应填: * std。

第二处:当前最大者的年龄和结构中所有的年龄进行比较,所以应填:std[i].age。

第三处:输出最大者的姓名和年龄,所以应填:max. name。

# 第 67 套

给定程序中,函数 fun 的功能是:调用随机函数产生 20 个互不相同的整数放在形参 a 所指数组中(此数组在主函数中已置 0)。

```c
#include <stdlib.h>
#define N 20
void fun( int *a)
{ int i, x, n = 0;
  x = rand( )%20;
  /********** found **********/
  while ( n < __1__ )                          N
  { for(i = 0; i < n; i ++ )
    /********** found **********/
    if( x == a[i] ) __2__;                      break
    /********** found **********/
    if( i == __3__ ){ a[n] = x; n ++ ; }        n
    x = rand( )%20;
  }
}
main( )
{ int x[N] = {0} ,i;
  fun( x );
  printf("The result : \n");
  for( i = 0; i < N; i ++ )
  { printf("%4d",x[i]);
    if((i+1)%5 == 0)printf("\n");
  }
  printf("\n\n");
}
```

**解题思路:**

第一处:一共产生 20 个随机数,所以应填:N。

第二处:要求产生不同的 20 个整数,所以采用 for 循环对已产生的随机数进行比较,是否有相同数,如果有相同,则退出循环体,所以应填:break。

第三处:当退出循环体还是进行判断,i 和 n 的值是否相等,如果相等,则表示该随机整数不重复,可以存放到指定的数组中,所以应填:n。

# 第 68 套

给定程序中,函数 fun 的功能是:求 ss 所指字符串数组中长度最大的字符串所在的行下标,作为函数值返回,并把串长放在形参 n 所指变量中。ss 所指字符串数组中共有 M 个字符串,且串长小于 N。

```c
#include  < stdio. h >
#define M 5
#define N 20
/ ********** found ********** /
int fun( char ( * ss) ___ 1 ___, int  * n)          N
{ int i, k = 0, len = 0;
  for( i = 0; i < M; i ++ )
  { len = strlen( ss[ i ]);
  / ********** found ********** /
  if( i == 0) * n = ___ 2 ___;                      len
  if( len >  * n) {
  / ********** found ********** /
    ___ 3 ___;                                      * n = len
    k = i;
    }
  }
  return( k);
}
main( )
{ char ss[ M ][ N ] = {"shanghai","guangzhou","beijing","tianjing","cchongqing"};
  int n,k,i;
  printf( "\nThe original strings are :\n");
  for( i = 0;i < M;i ++ ) puts( ss[ i ]);
  k = fun( ss,&n);
  printf( "\nThe length of longest string is : % d\n",n);
  printf( "\nThe longest string is : % s\n",ss[ k ]);
}
```

**解题思路:**
第一处:形参 ss 的定义,它是一个字符串数组的定义,其宽度为 N,所以应填:N。
第二处:取第一个字符串的长度赋值给变量 * n,所以应填:len。
第三处:每循环一次,判断当前字符串的长度是否大于 * n,如果大于,则填 * n = len。

## 第 69 套

给定程序中,函数 fun 的功能是将 a 和 b 所指的两个字符串转换成面值相同的整数相加,并将相加结果作为函数值返回。规定字符串中只含 9 个以下数字字符。

例如,主函数中输入字符串:32486 和 12345,在主函数中输出的函数值为:44831。

```
#include <stdio. h>
#include <string. h>
#include <ctype. h>
#define N 9
long ctod( char * s )
{ long d =0;
  while( * s)
  if( isdigit( * s)) {
  / ********** found ********** /
  d = d * 10 + * s - __1 __;                          48
  / ********** found ********** /
  __2 __; }                                            s ++
  return d;
}
long fun( char * a, char * b )
{
  / ********** found ********** /
  return __3 __;                               ctod( a) + ctod( b)
}
main( )
{ char s1[ N],s2[ N];
  do
  { printf("Input string s1 : "); gets(s1); }
  while( strlen(s1) >N );
  do
  { printf("Input string s2 : "); gets(s2); }
  while( strlen(s2) >N );
  printf("The result is: % ld\n", fun(s1,s2) );
}
```

**解题思路:**

第一处:数字字符与其对应的数值相差 48,所以应填:48。

第二处:到字符串下一个位置,所以应填:s ++。

第三处:返回两个数字字符串经转换成数值的和,所以应填:ctod( a) + ctod( b)。

# 第 70 套

给定程序中,函数 fun 的功能是:计算形参 x 所指数组中 N 个数的平均值(规定所有数均为正数),作为函数值返回,并将大于平均值的数放在形参 y 所指数组中,在主函数中输出。

例如,有 10 个正数:46 30 32 40 6 17 45 15 48 26,平均值为:30.500000。

主函数中输出:46 32 40 45 48。

```
#include  < stdlib. h >
#define N 10
double fun( double x[ ] ,double  * y)
{ int i,j; double av;
  / ********** found ********** /
  av = __ 1 __;                                           0
  / ********** found ********** /
  for(i =0; i < N; i ++ ) av  =  av + __ 2 __;            x[i]/N
  for(i = j =0; i < N; i ++ )
  / ********** found ********** /
  if( x[ i ] > av) y[ __ 3 __ ] = x[ i ];                 j ++
  y[ j ] = -1;
  return av;
}
main( )
{ int i; double x[ N ] ,y[ N ];
  for(i =0; i < N; i ++ ) { x[ i ] = rand( )%50; printf( "%4.0f ",x[ i ]);}
  printf( "\n");
  printf( "\nThe average is: % f\n",fun( x,y));
  for(i =0; y[ i ] > =0; i ++ ) printf( "%5.1f ",y[ i ]);
  printf( "\n");
}
```

**解题思路:**

第一处:计算平均值时,需将变量 av 初始化为 0,故填 0。

第二处:利用 for 循环计算平均值,所以应填:x[i]/N。

第三处:把数组 x 中元素值大于平均值的数依次存放到形参 y 所指的数组中,其中位置由变量 j 控制,所以应填:j ++。

# 第 71 套

给定程序中,函数 fun 的功能是:将形参 s 所指字符串中的所有数字字符顺序前移,其他字符顺序后移,处理后新字符串的首地址作为函数值返回。

例如,s 所指字符串为:asd123fgh5##43df,处理后新字符串为:123543asdfgh##df。

```
#include <stdio. h>
#include <string. h>
#include <stdlib. h>
#include <ctype. h>
char *fun(char *s)
{ int i, j, k, n; char *p, *t;
  n = strlen(s) +1;
  t = (char *)malloc(n * sizeof(char));
  p = (char *)malloc(n * sizeof(char));
  j = 0; k = 0;
  for(i = 0; i < n; i ++)
  { if(isdigit(s[i])) {
    / ********** found **********/
    p[__1__] = s[i]; j ++;}                          j
    else
    { t[k] = s[i]; k ++; }
  }
  / ********** found **********/
  for(i = 0; i < __2__; i ++) p[j+i] = t[i];         k
  p[j+k] = 0;
  / ********** found **********/
  return __3__;                                      p
}
main()
{ char s[80];
  printf("Please input: "); scanf("%s",s);
  printf("\nThe result is: %s\n",fun(s));
}
```

**解题思路:**

第一处:函数申请了两个内存空间,其中 p 存放数字字符串,t 存放非数字字符串。根据条件可知,p 依次存放数字字符串,其位置由 j 控制,所以应填:j。

第二处:利用 for 循环再把 t 中的内容依次追加到 p 中,其中 t 的长度为 k,所以应填:k。

第三处:最后返回 p 的首地址即可,所以应填:p。

# 第 72 套

给定程序中,函数 fun 的功能是计算下式

$$s = \frac{1}{2^2} + \frac{3}{4^2} + \frac{5}{6^2} + \cdots + \frac{2n-1}{(2n)^2}$$

的值,直到 $\left|\frac{2n-1}{(2n)^2}\right| \leq 10^{-3}$,并把计算结果作为函数值返回

例如,若形参 e 的值为 1e-3,函数的返回值 2.735678。

```
#include <stdio.h>
double fun(double e)
{ int i; double s, x;
  / ********** found ********** /
  s = 0; i = __1__;                                  0
  x = 1.0;
  while(x > e) {
    / ********** found ********** /
    __2__;                                           i ++
    / ********** found ********** /
    x = (2.0 * i - 1)/((__3__) * (2.0 * i));         2.0 * i
    s = s + x;
  }
  return s;
}
main()
{ double e = 1e-3;
  printf("\nThe result is: %f\n", fun(e));
}
```

解题思路:
第一处:根据公式以及下面的程序,可以得出 i 应为 0。
第二处:根据公式以及 i 的初值为 0,所以应填:i ++。
第三处:根据公式要求,所以应填:2.0 * i。

# 第 73 套

给定程序中,函数 fun 的功能是计算下式:

$$\frac{3}{(2 \times 1)^2} - \frac{5}{(2 \times 2)^2} + \frac{7}{(2 \times 3)^2} - \cdots + \frac{(-1)^{n+1}(2n+1)}{(2n)^2}$$

直到 $\frac{(-1)^{n+1}(2n+1)}{(2n)^2} \leq 10^{-6}$,并把计算结果作为函数值返回。

例如:若形参 e 的值为 1e-3,函数的返回值为 0.551690。

```
#include <stdio.h>
double fun(double e)
{ int i, k; double s, t, x;
  s = 0; k = 1; i = 2;
```

```
/ ********** found ********** /
x = __ 1 __/4;                                              3.0
/ ********** found ********** /
while( x __ 2 __ e)                                          >
{ s = s + k * x;
  k = k * ( -1);
  t = 2 * i;
  / ********** found ********** /
  x = __ 3 __/(t * t);                                     2 * i + 1
  i ++;
}
return s;
}
main( )
{ double e = 1e - 3;
  printf("\nThe result is: % f\n", fun(e));
}
```

**解题思路:**

第一处:根据公式,首项应该是3/4,所以应填:3.0。

第二处:当 x 大于 e 时,循环体才会运行,所以应填:>。

第三处:分子的值是2i+1,所以应填:2 * i + 1。

# 第 74 套

　　人员的记录由编号和出生年、月、日组成,N 名人员的数据已在主函数中存入结构体数组 std 中。函数 fun 的功能是:找出指定出生年份的人员,将其数据放在形参 k 所指的数组中,由主函数输出,同时由函数值返回满足指定条件的人数。

```
#include  < stdio. h >
#define N 8
typedef struct
{ int num;
  int year, month, day ;
}STU;
int fun( STU * std, STU * k, int year)
{ int i, n = 0;
  for ( i = 0; i < N; i ++ )
/ ********** found ********** /
  if( ___ 1 ___ == year)                                   std[ i ]. year
/ ********** found ********** /
```

```
        k[ n ++ ] = ___ 2 ___;                                        std[ i ]
        / ********** found **********/
        return ( ___ 3 ___ );                                         n
    }
    main( )
    { STU std[ N ] = { {1,1984,2,15}, {2,1983,9,21}, {3,1984,9,1}, {4,1983,7,15},
        {5,1985,9,28}, {6,1982,11,15}, {7,1982,6,22}, {8,1984,8,19} };
        STU k[ N ]; int i,n,year;
        printf( "Enter a year : " ); scanf( "% d",&year );
        n = fun( std,k,year );
        if( n == 0 )
        printf( "\nNo person was born in % d \n",year );
        else
        { printf( "\nThese persons were born in % d \n",year );
            for( i = 0; i < n; i ++ )
            printf( "% d % d - % d - % d\n",k[ i ]. num,k[ i ]. year,k[ i ]. month,k[ i ]. day );
        }
    }
```

**解题思路:**

本题是从给定的人员数据中找出年龄相同的记录存入 k 中,并返回符合条件的人数。

第一处:判断结构变量中的编号 year 是否与指定的 year 相等,所以应填:std[ i ]. year。

第二处:把符合条件的记录依次存入实参 k 中,所以应填:std[ i ]。

第三处:返回符合满足条件的人数,所以应填:n。

# 第 75 套

给定程序中,函数 fun 的功能是:对形参 ss 所指字符串数组中的 M 个字符串按长度由短到长进行排序。ss 所指字符串数组中共有 M 个字符串,且串长小于 N。

```
    #include < stdio. h >
    #include < string. h >
    #define M 5
    #define N 20
    void fun( char ( * ss)[ N ] )
    { int i, j, k, n[ M ]; char t[ N ];
        for( i = 0; i < M; i ++ ) n[ i ] = strlen( ss[ i ] );
        for( i = 0; i < M - 1; i ++ )
        { k = i;
            / ********** found **********/
            for( j = ___ 1 ___; j < M; j ++ )                          i + 1
```

```
        / ********** found **********/
        if( n[ k ] > n[ j ] ) ___2___;                                   k = j
        if( k ! = i )
        { strcpy( t, ss[ i ] );
          strcpy( ss[ i ], ss[ k ] );
          / ********** found **********/
          strcpy( ss[ k ], ___3___ );                                    t
          n[ k ] = n[ i ];
        }
    }
}

main( )
{ char ss[ M ][ N ] = {"shanghai","guangzhou","beijing","tianjing","cchongqing"};
  int i;
  printf("\nThe original strings are : \n");
  for( i = 0; i < M; i ++ ) printf("% s\n", ss[ i ]);
  printf("\n");
  fun( ss );
  printf("\nThe result : \n");
  for( i = 0; i < M; i ++ ) printf("% s\n", ss[ i ]);
}
```

**解题思路:**

本题是要求按字符串的长短进行排序。

第一处:内循环赋初值,应填:i + 1。

第二处:找出最短的一个长度,所以应填:k = j。

第三处:交换字符串,所以应填:t。

# 第 76 套

给定程序中,函数 fun 的功能是:计算下式前 n 项的和作为函数值返回:

$$S = \frac{1 \times 3}{2^2} - \frac{3 \times 5}{4^2} + \frac{5 \times 7}{6^2} - \ldots + (-1)^{n-1} \frac{(2n-1)(2n+1)}{(2n)^2}$$

例如,当形参 n 的值为 10 时,函数返回: - 0.204491。

```
#include  < stdio. h >
double fun( int n )
{ int i, k; double s, t;
  s = 0;
  / ********** found **********/
  k = __1__;                                                             1
```

```
        for( i = 1 ; i <= n ; i ++ ) {
          / ********** found ********** /
          t = __2__ ;                                              2 * i
          s = s + k * ( 2 * i - 1 ) * ( 2 * i + 1 )/( t * t );
          / ********** found ********** /
          k = k * __3__ ;                                          ( - 1 )
        }
        return s ;
      }
      main( )
      { int n = - 1 ;
        while( n < 0 )
        { printf("Please input( n > 0 ): "); scanf("% d",&n) ; }
        printf("\nThe result is: % f\n",fun( n ) ) ;
      }
```

**解题思路：**

第一处：k 是用来管理正负号的，公式中第一个值是正数，所以应填：1。

第二处：根据公式，t 是 2i，所以应填：2 * i。

第三处：根据公式，第 2 个是负数，所以应填：( - 1 )。

# 第 77 套

给定程序中，函数 fun 的功能是：将形参 n 中各位上为偶数的数取出，并按原来从高位到低位相反的顺序组成一个新的数，并作为函数值返回。

例如，输入一个整数：27638496，函数返回值为：64862。

```
      #include  < stdio. h >
      unsigned long fun( unsigned long n)
      { unsigned long x = 0; int t;
        while( n )
        { t = n % 10 ;
          / ********** found ********** /
          if( t % 2 == __1__ )                                     0
          / ********** found ********** /
          x = __2__ + t;                                           10 * x
          / ********** found ********** /
          n = __3__ ;                                              n/10
        }
        return x ;
      }
```

```
main( )
{ unsigned long n = -1;
  while( n > 99999999 | | n < 0 )
  { printf("Please input( 0 < n < 100000000 ): "); scanf("%ld",&n); }
  printf("\nThe result is: %ld\n",fun(n));
}
```

**解题思路:**

第一处:判断 t 是否是偶数,所以应填:0。

第二处:每操作一次,x 必须乘以 10,再加 t,所以应填:10 * x。

第三处:每循环一次 n 的值缩小 10 倍,所以应填:n/10。

# 第 78 套

给定程序中,函数 fun 的功能是:将 $N \times N$ 矩阵主对角线元素中的值与反向对角线对应位置上元素中的值进行交换。例如,若 $N = 3$,有下列矩阵:

```
1  2  3
4  5  6
7  8  9
```

交换后为:

```
3  2  1
4  5  6
9  8  7
```

```
#include < stdio. h >
#define N 4
/ ********** found ********** /
void fun( int ___ 1 ___ , int n )                        t[ ][N]
{ int i,s;
  / ********** found ********** /
  for( ___ 2 ___ ; i ++ )                                i = 0;i < n
  { s = t[i][i];
    t[i][i] = t[i][n - i - 1];
    / ********** found ********** /
    t[i][n - 1 - i] = ___ 3 ___;                          s
  }
}
main( )
{ int t[ ][N] = {21,12,13,24,25,16,47,38,29,11,32,54,42,21,33,10}, i, j;
  printf("\nThe original array: \n");
  for( i = 0; i < N; i ++ )
```

```
    { for( j = 0; j < N; j ++ ) printf( "% d ",t[i][j]);
      printf( "\n");
    }
  fun( t, N);
  printf( "\nThe result is: \n");
  for( i = 0; i < N; i ++ )
    { for( j = 0; j < N; j ++ ) printf( "% d ",t[i][j]);
      printf( "\n");
    }
}
```

**解题思路:**

第一处:在函数体 fun 中,已经使用了 t 整型数组,所以应填:t[ ][N]。

第二处:要求填写 for 循环语句的初始值和终止值,所以应填:i = 0;i < n。

第三处:根据循环体中的语句可知,交换变量的值时 s 是中间变量,所以应填:s。

# 第 79 套

给定程序中,函数 fun 的功能是:求 ss 所指字符串数组中长度最短的字符串所在的行下标,作为函数值返回,并把串长放在形参 n 所指变量中。ss 所指字符串数组中共有 M 个字符串,且串长小于 N。

```
    #include  < stdio. h >
    #include  < string. h >
    #define M 5
    #define N 20
    int fun( char ( * ss)[N], int * n)
    { int i, k = 0, len = N;
      / ********** found **********/
      for( i = 0; i < ___1___; i ++ )                           M
      { len = strlen( ss[i]);
      if( i ==0) * n = len;
        / ********** found **********/
        if( len ___2___ * n)                                    <
        { * n = len;
          k = i;
        }
      }
      / ********** found **********/
      return( ___3___);                                         k
    }
```

```
main( )
{ char ss[ M ][ N ] = {"shanghai","guangzhou","beijing","tianjing","chongqing"} ;
  int n , k , i ;
  printf("\nThe original strings are : \n") ;
  for(i = 0 ; i < M ; i ++ ) puts( ss[ i ] ) ;
  k = fun( ss , &n) ;
  printf("\nThe length of shortest string is : % d\n",n) ;
  printf("\nThe shortest string is : % s\n",ss[ k ]) ;
}
```

**解题思路:**

第一处:字符串数组共有 M 个字符串,所以在循环中终止值应填:M。

第二处:由于本题是取长度最短的字符串,*n 总是保存长度最短值,所以应填:<。

第三处:其中 k 是保存长度最短的字符串所在的行下标,所以应填:k。

# 第 80 套

给定程序中,函数 fun 的功能是:将形参 n 中各位上为偶数的数取出,并按原来从高位到低位的顺序组成一个新的数,并作为函数值返回。

例如,从主函数输入一个整数:27638496,函数返回值为:26846。

```
#include < stdio. h >
unsigned long fun( unsigned long n)
{ unsigned long x = 0, s, i; int t;
  s = n;
  / ********** found ********** /
  i = __ 1 __;                                                    1
  / ********** found ********** /
  while( __ 2 __)                                                 s
  { t = s % 10;
    if( t % 2 == 0) {
      / ********** found ********** /
      x = x + t * i; i = __ 3 __;                                 i * 10
    }
    s = s/10;
  }
  return x;
}
main( )
{ unsigned long n = -1;
  while( n > 99999999 | | n < 0)
```

```
{ printf("Please input(0 < n < 100000000): "); scanf("% ld",&n); }
    printf("\nThe result is:% ld\n",fun(n));
}
```

**解题思路：**

第一处：对变量 i 赋初值，根据 i 的使用规则来看,i 应等于 1。

第二处：while 循环要求计算后的 s 应大于 0,所以应填:s。

第三处：每循环一次,i 要乘以 10,所以应填:i*10。

# 第 81 套

给定程序中,函数 fun 的功能是:在形参 s 所指字符串中的每个数字字符之后插入一个 * 号。例如,形参 s 所指的字符串为:def35adh3kjsdf7。执行结果为:def3 * 5 * adh3 * kjsdf7 * 。

```
#include < stdio. h >
void fun( char * s)
{ int i, j, n;
  for(i =0; s[i]! = '\0'; i ++ )
  /********** found **********/
  if(s[i] > = '0' ___1___ s[i] <= '9')        &&
  { n =0;
    /********** found **********/
    while(s[i+1+n]! = ___2___) n ++ ;        '\0'
    for(j =i + n +1; j >i; j -- )
    /********** found **********/
    s[j+1] = ___3___;        s[j]
    s[j+1] = '*';
    i =i +1;
  }
}
main()
{ char s[80] ="ba3a54cd23a";
  printf("\nThe original string is : % s\n",s);
  fun(s);
  printf("\nThe result is : % s\n",s);
}
```

**解题思路：**

第一处：判断是数字,应该使用"与",所以应填:&&。

第二处：判断字符串是否是字符串结束符,所以应填:'\0'。

第三处：如果当前字符是数字字符,则把当前字符以后的所有字符向后移一个位置,所以应填:s[j]。

## 第 82 套

　　给定程序中,函数 fun 的功能是:找出 100 ~ 999 之间(含 100 和 999)所有整数中各位上数字之和为 x( x 为一正整数)的整数,然后输出,符合条件的整数个数作为函数值返回。

　　例如,当 x 值为 5 时,100 ~ 999 之间各位上数字之和为 5 的整数有 104、113、122、131、140、203、212、221、230、302、311、320、401、410、500,共有 15 个。当 x 值为 27 时,各位数字之和为 27 的整数是:999,只有 1 个。

```c
#include < stdio. h >
fun( int x)
{ int n, s1, s2, s3, t;
  n = 0;
  t = 100;
  / * * * * * * * * * * found * * * * * * * * * * * /
  while( t <= __ 1 __) {                                    999
    / * * * * * * * * * * found * * * * * * * * * /
    s1 = t%10; s2 = ( __ 2 __)%10; s3 = t/100;             t/10
    / * * * * * * * * * * found * * * * * * * * * /
    if( s1 + s2 + s3 == __ 3 __)                            x
    { printf("% d ",t);
      n ++ ;
    }
    t ++ ;
  }
  return n;
}
main( )
{ int x = -1;
  while( x < 0)
  { printf("Please input( x >0) : "); scanf("% d",&x); }
  printf("\nThe result is: % d\n",fun( x));
}
```

**解题思路:**
第一处:使用 while 循环找出 100 ~ 999 之间所有整数,所以应填:999。
第二处:s2 是求十位数字,所以应填:t/10。
第三处:各位数字之和为 x,所以应填:x。

# 第 83 套

给定程序中,函数 fun 的功能是:找出 100 至 x(x≤999)之间各位上数字之和为 15 的所有整数,然后输出,符合条件的整数个数作为函数值返回。

例如,当 n 值为 500 时,各位数字之和为 15 的整数有:159、168、177、186、195、249、258、267、276、285、294、339、348、357、366、375、384、393、429、438、447、456、465、474、483、492,共 26 个。

```c
#include  < stdio. h >
fun( int  x)
{ int n, s1, s2, s3, t;
 / ********** found **********/
 n = __ 1 __;                                                    0
 t = 100;
 / ********** found **********/
 while( t <= __ 2 __)                                            x
 { s1 = t%10; s2 = (t/10)%10; s3 = t/100;
   if( s1 + s2 + s3 == 15)
   { printf( "% d ",t);
     n ++;
   }
   / ********** found **********/
   __ 3 __;                                                      t ++
 }
 return n;
}
main( )
{ int x = - 1;
 while( x > 999 | | x < 0)
 { printf( "Please input(0 < x <=999): "); scanf( "% d",&x); }
 printf( "\nThe result is: % d \n",fun( x));
}
```

**解题思路:**

第一处:符合条件的整数个数 n,必须进行初始化,所以应填:0。

第二处:x≤999,所以应填:x。

第三处:循环控制变量 t 每循环一次 t 要加 1,所以应填:t ++。

## 第 84 套

函数 fun 的功能是:从三个形参 a、b、c 中找出中间的那个数,作为函数值返回。

例如,当 a＝3, b＝5, c＝4 时,中数为4。

```
#include ＜stdio.h＞
int fun(int a, int b, int c)
{
    int t;
    / ********** found **********/
    t = (a＞b) ? (b＞c? b :(a＞c? c:___1___)) : ((a＞c)? ___2___ : ((b＞
c)? c:___3___));
    return t;
}
main()
{ int a1＝3, a2＝5, a3＝4, r;
    r = fun(a1, a2, a3);
    printf("\nThe middle number is : %d\n", r);
}
```

**解题思路:**

第一处:给三个数比较大小,所以应填:a。

第二处:给三个数比较大小,所以应填:a。

第三处:给三个数比较大小,所以应填:b。

## 第 85 套

给定程序的功能是调用 fun 函数建立班级通讯录。通讯录中记录每位学生的编号、姓名和电话号码。班级的人数和学生的信息从键盘读入,每个人的信息作为一个数据块写到名为 myfile5.dat 的二进制文件中。

```
#include ＜stdio.h＞
#include ＜stdlib.h＞
#define N 5
typedef struct
{ int num;
  char name[10];
  char tel[10];
}STYPE;
void check();
```

```
/ ********** found **********/
int fun( ___ 1 ___ * std)                                          STYPE
{
    / ********** found **********/
    ___ 2 ___ * fp; int i;                                        FILE
    if( ( fp = fopen("myfile5. dat","wb") ) == NULL)
    return(0);
    printf("\nOutput data to file ! \n");
    for( i = 0; i < N; i ++ )
    / ********** found **********/
    fwrite( &std[ i], sizeof( STYPE), 1, ___ 3 ___);              fp
    fclose( fp);
    return (1);
}
main( )
{ STYPE s[ 10] = { {1,"aaaaa","111111"}, {1,"bbbbb","222222"}, {1,"ccccc",
"333333"}, {1,"ddddd","444444"}, {1,"eeeee","555555"} };
    int k;
    k = fun( s);
    if ( k == 1)
    { printf("Succeed!"); check( ); }
    else
    printf("Fail!");
}
void check( )
{ FILE * fp; int i;
    STYPE s[ 10];
    if( ( fp = fopen("myfile5. dat","rb") ) == NULL)
    { printf("Fail !! \n"); exit(0); }
    printf("\nRead file and output to screen : \n");
    printf("\n num name tel\n");
    for( i = 0; i < N; i ++ )
    { fread( &s[ i],sizeof( STYPE),1, fp);
        printf("%6d %s %s\n",s[ i]. num,s[ i]. name,s[ i]. tel);
    }
    fclose( fp);
}
```

**解题思路：**

本题是要求把指定的学生记录输出到指定的文件中。程序中共有三处要填上适当的内容,使程序能运行出正确的结果。

第一处:结构定义自变量,因此应填写:STYPE。

第二处:在所填行的下面一行,使用 fopen 来创建一个二进制文件,但文件流的变量名 fp 已经给出,这样,此处只能填写:FILE。

每三处:fwrite 是把变量中的内容写入指定文件中,再根据 fwrite 参数的使用要求,所以只能填写文件流变量:fp。

## 第 86 套

甲乙丙丁四人同时开始放鞭炮,甲每隔 t1 秒放一次,乙每隔 t2 秒放一次,丙每隔 t3 秒放一次,丁每隔 t4 秒放一次,每人各放 n 次。函数 fun 的功能是根据形参提供的值,求出总共听到多少次鞭炮声作为函数值返回。注意,当几个鞭炮同时炸响,只算一次响声。第一次响声是在第 0 秒。

例如,若 $t1 = 7, t2 = 5, t3 = 6, t4 = 4, n = 10$,则总共可听到 28 次鞭炮声。

```c
#include <stdio.h>
/********** found **********/
#define OK(i, t, n) ((___1___ % t == 0) && (i/t < n))          i
int fun(int t1, int t2, int t3, int t4, int n)
{ int count, t, maxt = t1;
    if (maxt < t2) maxt = t2;
    if (maxt < t3) maxt = t3;
    if (maxt < t4) maxt = t4;
    count = 1; /* 给 count 赋初值 */
/********** found **********/
    for(t = 1; t < maxt * (n-1); ___2___)                      t ++
    {
        if(OK(t, t1, n) || OK(t, t2, n) || OK(t, t3, n) || OK(t, t4, n) )
        count ++;
    }
/********** found **********/
    return ___3___;                                            count
}
main()
{ int t1 = 7, t2 = 5, t3 = 6, t4 = 4, n = 10, r;
    r = fun(t1, t2, t3, t4, n);
    printf("The sound : %d\n", r);
}
```

解题思路:

第一处：根据定义应填：i。

第二处：for 循环语句的增量，所以应填：t ++ 。

第三处：返回统计次数，所以应填：count。

# 第 87 套

函数 fun 的功能是：统计长整数 n 的各个位上出现数字 1、2、3 的次数，并通过外部（全局）变量 c1、c2、c3 返回主函数。例如：当 n = 123114350 时，结果应该为：c1 = 3 c2 = 1 c3 = 2。

```
#include  < stdio. h >
int c1 ,c2 ,c3 ;
void fun( long n)
{ c1 = c2 = c3 = 0;
  while ( n) {
    / ********** found **********/
    switch(___ 1 ___)                              n% 10
    {
      / ********** found **********/
      case 1：c1 ++ ;___ 2 ___;                    break
      / ********** found **********/
      case 2：c2 ++ ;___ 3 ___;                    break
      case 3：c3 ++ ;
    }
    n / = 10;
  }
}
main( )
{ long n = 123114350L;
  fun( n) ;
  printf( "\nThe result :\n") ;
  printf( "n = % ld c1 = % d c2 = % d c3 = % d\n",n,c1,c2,c3) ;
}
```

**解题思路：**

第一处：取个位数上的数，所以 n% 10 就可以得到个位数。

第二处：switch 条件判断中，满足条件做好后，必须使用 break 语句跳出选择体，所以应填：break。

第三处：同第二处。

## 第 88 套

函数 fun 的功能是:把形参 a 所指数组中的最大值放在 a[0]中,接着求出 a 所指数组中的最小值放在 a[1]中;再把 a 所指数组元素中的次大值放在 a[2]中,把 a 数组元素中的次小值放在 a[3]中;其余以此类推。例如:若 a 所指数组中的数据最初排列为:1、4、2、3、9、6、5、8、7,则按规则移动后,数据排列为:9、1、8、2、7、3、6、4、5。形参 n 中存放 a 所指数组中数据的个数。

```c
#include  < stdio. h >
#define N 9
/ * * * * * * * * * * found * * * * * * * * * * /
void fun( int ___ 1 ___, int n)                                    * a
{ int i, j, max, min, px, pn, t;
  / * * * * * * * * * * found * * * * * * * * * * /
  for ( i = 0; i < n − 1; i += ___ 2 ___)                          2
  { max = min = a[i];
    px = pn = i;
    / * * * * * * * * * * found * * * * * * * * * * /
    for ( j = ___ 3 ___; j < n; j ++ )                             i + 1
    { if ( max < a[j])
      { max = a[j]; px = j; }
      if ( min > a[j])
      { min = a[j]; pn = j; }
    }
    if ( px ! = i)
    { t = a[i]; a[i] = max; a[px] = t;
      if ( pn == i) pn = px;
    }
    if ( pn ! = i + 1)
    { t = a[i+1]; a[i+1] = min; a[pn] = t; }
  }
}

main( )
{ int b[N] = {1,4,2,3,9,6,5,8,7}, i;
  printf("\nThe original data :\n");
  for ( i = 0; i < N; i ++ ) printf("%4d ", b[i]);
  printf("\n");
  fun( b, N);
  printf("\nThe data after moving :\n");
  for ( i = 0; i < N; i ++ ) printf("%4d ", b[i]);
```

```
    printf("\n");
}
```

**解题思路:**

第一处:形参 a 应定义指针整型变量,所以应填:*a。

第二处:外 for 循环每次增量应该加 2。

第三处:内 for 循环的初始值应为:i + 1。

# 第 89 套

给定程序中,函数 fun 的功能是:求出形参 ss 所指字符串数组中最长字符串的长度,其余字符串左边用字符 * 补齐,使其与最长的字符串等长。字符串数组中共有 M 个字符串,且串长小于 N。

```
#include  < stdio. h >
#include  < string. h >
#define M 5
#define N 20
void fun( char  ( * ss) [ N] )
{ int i, j, k = 0, n, m, len;
  for( i = 0; i < M; i ++ )
  { len = strlen( ss[ i] ) ;
    if( i == 0) n = len;
    if( len > n)  {
    / ********** found **********/
    n = len; ___ 1 ___ = i;                          k
    }
  }
for( i = 0; i < M; i ++ )
if ( i!  = k)
{ m = n;
  len = strlen( ss[ i] ) ;
  / ********** found **********/
  for( j = ___ 2 ___; j > = 0; j -- )                  len
  ss[ i] [ m -- ] = ss[ i] [ j] ;
  for( j = 0; j < n-len; j ++ )
  / ********** found **********/
  ___ 3 ___ = ' * ';                               ss[ i] [ j]
  }
}
main( )
```

```
{ char ss[M][N] = {"shanghai","guangzhou","beijing","tianjing","cchongqing"};
  int i;
  printf("\nThe original strings are : \n");
  for(i = 0; i < M; i ++) printf("%s\n",ss[i]);
  printf("\n");
  fun(ss);
  printf("\nThe result:\n");
  for(i = 0; i < M; i ++) printf("%s\n",ss[i]);
}
```

**解题思路：**

第一处：使用变量 k 来保存第几个字符串是最长的字符串，所以应填：k。

第二处：利用 for 循环把原字符串右移至最右边存放，字符串的长为 len，所以应填：len。

第三处：左边用字符 * 补齐，所以应填：ss[i][j]。

# 第 90 套

函数 fun 的功能是：统计所有小于等于 n(n > 2)的素数的个数，素数的个数作为函数值返回。

```
#include <stdio.h>
int fun(int n)
{ int i,j, count = 0;
  printf("\nThe prime number between 3 to %d\n", n);
  for (i = 3; i <= n; i ++) {
  /********** found **********/
  for (___1___; j < i; j ++)                          j = 2
  /********** found **********/
  if (___2___%j == 0)                                 i
  break;
  /********** found **********/
  if (___3___ > = i)                                  j
  { count ++; printf( count%15? "%5d":"\n%5d",i); }
  }
  return count;
}
main()
{ int n = 20, r;
  r = fun(n);
  printf("\nThe number of prime is : %d\n", r);
}
```

**解题思路:**

第一处:素数的条件是除1和其本身外其他数都不能整除该数,所以应填:j=2。

第二处:判断 i 是否素数,所以应填:i。

第三处:如果内循环 for 中所有数都不能整除 i,那么 i 是素数且 j 大于等于 i,所以应填:j。

# 第91套

函数 fun 的功能是计算 $f(x) = 1 + x + \dfrac{x^2}{2!} + \cdots + \dfrac{x^n}{n!}$,直到给定的精度 $1 \times 10^{-6}$。

若 x = 2.5,函数值为:12.182494。

```
#include  <stdio. h >
#include  < math. h >
double fun( double x)
{ double f,  t; int n;
  / ********** found ********** /
  f = 1. 0 +___ 1 ___;                              x
  t = x;
  n = 1;
  do {
    n ++ ;
    / ********** found ********** /
    t * = x/___ 2 ___;                              n
    / ********** found ********** /
    f += ___ 3 ___;                                 t
  } while ( fabs( t)  > = 1e - 6);
  return f;
}
main( )
{ double x, y;
  x = 2. 5;
  y = fun( x);
  printf( "\nThe result is :\n");
  printf( "x = % - 12. 6f y = % - 12. 6f \n", x, y);
}
```

**解题思路:**

第一处:根据公式可知,此处应填:x。

第二处:根据公式可知,此处应该除以 n,所以应填:n。

第三处:计算的结果进行累加并赋值给变量 f,所以应填:t。

## 第 92 套

函数 fun 的功能是计算 $1 + x + x_2/2! + x_3/3! + \cdots\cdots + x_n/n!$ 的前 $n$ 项。若 $x = 2.5, n = 12$，函数值为：12. 182340。

```
#include  < stdio. h >
double fun( double x, int n)
{ double f, t; int i;
  f = 1.0;
  / ********** found ********** /
  t = ___ 1 ___;                                          1
  / ********** found ********** /
  for (i = ___ 2 ___; i < n; i ++ )                       1
  {
    / ********** found ********** /
    t * = x/___ 3 ___;                                     i
    f += t;
  }
  return f;
}
main( )
{ double x, y;
  x = 2. 5;
  y = fun( x, 12) ;
  printf("\nThe result is :\n") ;
  printf("x = % -12. 6f y = % -12. 6f\n", x, y) ;
}
```

**解题思路：**

第一处：因为 t 是处理公式中每一项中间项，所以应填：1。

第二处：根据公式可知，for 循环变量的初始值应从 1 开始。

第三处：每做一次循环均要除以变量 i 的值，所以应填：i。

## 第 93 套

给定程序中已建立一个带有头节点的单向链表，在 main 函数中将多次调用 fun 函数。每调用一次 fun 函数，输出链表尾部节点中的数据，并释放该节点，使链表缩短。

```
#include  < stdio. h >
#include  < stdlib. h >
#define N 8
```

```
typedef struct list
{ int data;
  struct list * next;
} SLIST;
void fun( SLIST * p)
{ SLIST * t, * s;
  t = p -> next; s = p;
  while( t -> next ! = NULL)
  { s = t;
    / ********** found ********** /
    t = t -> ___ 1 ___;                                    next
  }
  / ********** found ********** /
  printf(" % d ", ___ 2 ___);                              t -> data
  s -> next = NULL;
  / ********** found ********** /
  free( ___ 3 ___);                                        t
}
SLIST * creatlist( int * a)
{ SLIST * h, * p, * q; int i;
  h = p = ( SLIST * ) malloc( sizeof( SLIST));
  for( i = 0; i < N; i ++)
  { q = ( SLIST * ) malloc( sizeof( SLIST));
    q -> data = a[ i]; p -> next = q; p = q;
  }
  p -> next = 0;
  return h;
}
void outlist( SLIST * h)
{ SLIST * p;
  p = h -> next;
  if ( p == NULL) printf("\nThe list is NULL! \n");
  else
  { printf("\nHead");
    do { printf(" -> % d", p -> data); p = p -> next; } while( p! = NULL);
    printf(" -> End\n");
  }
}
main( )
```

```
{ SLIST * head;
  int a[N] = {11,12,15,18,19,22,25,29};
  head = creatlist(a);
  printf("\nOutput from head:\n"); outlist(head);
  printf("\nOutput from tail:\n");
  while (head -> next !  =  NULL){
    fun(head);
    printf("\n\n");
    printf("\nOutput from head again :\n"); outlist(head);
  }
}
```

**解题思路:**

本题是对已经建立的链表,通过调用一次函数就输出链表尾部的数据。

第一处:由于本题要求输出链表尾部的数据,函数是利用 while 循环语句找出链表尾部的指针并存入临时变量 s 中,那么每循环一次就要判断链表是否已到结束位置。如果是,则退出循环,进行输出。由于是通过 t 指针变量进行操作的,因此,都要取 t 的 next 指针重新赋给 t 实现,所以本处应填 next。

第二处:输出最后一个节点的数据,所以应填 t -> data 或( * t). data。

第三处:输出出最后一个节点数据后,并把此节点删除了,程序要求释放内存,所以应填 t。

# 第 94 套

函数 fun 的功能是计算

$$f(x) = 1 + x - \frac{x^2}{2!} + \frac{x^3}{3!} + \frac{x^4}{4!} + \cdots + (-1)^{n-2}\frac{x^{n-1}}{(n-1)!} + (-1)^{n-1}\frac{x^n}{n!}$$

的前 $n$ 项之和。若 x = 2.5, n = 15 时,函数值为:1.917914。

```
#include  <stdio. h>
#include  <math. h>
double fun( double x, int n)
{ double f, t; int i;
  / ********** found **********/
  f = ___1___;                                              1
  t  =  -1;
  for (i = 1; i < n; i ++ )
  {
    / ********** found **********/
    t * = (___2___) * x/i;                                  -1
    / ********** found **********/
    f += ___3___;                                           t
```

```
    }
    return f;
}
main( )
{ double x, y;
  x = 2.5;
  y = fun( x, 15);
  printf("\nThe result is :\n");
  printf("x = % -12.6f y = % -12.6f\n", x, y);
}
```

**解题思路：**

第一处：根据公式可知，变量 f 的初值为 1。

第二处：根据公式可知，此处是正负号的变换，所以应填：-1。

第三处：计算的结果进行累加并赋值给变量 f，所以应填：t。

# 第 95 套

给定程序中，函数 fun 的功能是：计算 $N \times N$ 矩阵的主对角线元素和反向对角线元素之和，并作为函数值返回。注意：要求先累加主对角线元素中的值，然后累加反向对角线元素中的值。例如，若 $N = 3$，有下列矩阵：

```
1   2   3
4   5   6
7   8   9
```

fun 函数首先累加 1、5、9，然后累加 3、5、7，函数的返回值为 30。

```
#include <stdio.h>
#define N 4
fun( int t[ ][N], int n)
{ int i, sum;
/ *********** found ********** /
    ___1___;                                    sum = 0
    for( i = 0; i < n; i ++ )
/ *********** found ********** /
    sum += ___2___ ;                            t[i][i]
    for( i = 0; i < n; i ++ )
/ *********** found ********** /
    sum += t[i][n-i - ___3___] ;                1
    return sum;
}
main( )
```

```
{ int t[ ][N] = {21,2,13,24,25,16,47,38,29,11,32,54,42,21,3,10} ,i,j;
  printf("\nThe original data:\n");
  for( i = 0; i < N; i ++ )
  { for( j = 0; j < N; j ++ ) printf("%4d",t[i][j]);
    printf("\n");
  }
  printf("The result is:%d",fun(t,N));
}
```

**解题思路:**

第一处:变量 sum 是用来存放主对角线元素和反向对角线元素之和,要对其进行初始化,
所以应填:sum = 0。

第二处:对主对角线元素值累加,所以应填:t[i][i]。

第三处:对反向对角线元素值累加,所以应填:1。

# 第 96 套

给定程序中,函数 fun 的功能是将 $N \times N$ 矩阵的外围元素顺时针旋转。操作顺序是:首先
将第一行元素的值存入临时数组 r,然后使第一列成为第一行,最后一行成为第一列,最后一
列成为最后一行,临时数组中的元素成为最后一列。

例如,若 N = 3,有下列矩阵:

```
1  2  3
4  5  6
7  8  9
```

计算结果为

```
7  4  1
8  5  2
9  6  3
```

```
#include  <stdio.h>
#define N 4
void fun(int ( *t)[N])
{ int j ,r[N];
  for( j = 0; j < N; j ++ ) r[j] = t[0][j];
  for( j = 0; j < N; j ++ )
/ ********** found **********/
  t[0][N-j – 1] = t[j][___1___];                               0
  for( j = 0; j < N; j ++ )
  t[j][0] = t[N – 1][j];
/ ********** found **********/
  for( j = N – 1; j > = 0;___2___ )                           j --
```

```
    t[N-1][N-1-j] = t[j][N-1];
    for(j = N-1; j > =0; j --)
/ ********** found ********** /
    t[j][N-1] = r[___ 3 ___];
}
main()
{ int t[ ][N] = {21,12,13,24,25,16,47,38,29,11,32,54,42,21,33,10}, i, j;
  printf("\nThe original array:\n");
  for(i = 0; i < N; i ++)
  { for(j = 0; j < N; j ++) printf("%2d ",t[i][j]);
    printf("\n");
  }
  fun(t);
  printf("\nThe result is:\n");
  for(i = 0; i < N; i ++)
  { for(j = 0; j < N; j ++) printf("%2d ",t[i][j]);
    printf("\n");
  }
}
```

**解题思路:**

第一处:把第 1 列上的数存放到第 1 行上,所以应填:0。

第二处:for 循环的增量值,由于循环是从大到小递减,所以应填:j --。

第三处:把临时数组中的元素成为最后一列,所以应填:j。

# 第 97 套

函数 fun 的功能是逆置数组元素中的值。例如:若 a 所指数组中的数据依次为:1、2、3、4、5、6、7、8、9,则逆置后依次为:9、8、7、6、5、4、3、2、1。形参 n 给出数组中数据的个数。

```
#include  < stdio. h >
void fun( int a[ ], int n)
{ int i,t;
/ ********** found ********** /
    for (i = 0; i < ___ 1 ___; i ++)                    n/2
    {
        t = a[i];
/ ********** found ********** /
        a[i] = a[n-1- ___ 2 ___];                        i
/ ********** found ********** /
        ___ 3 ___ = t;                                   a[n-i-1]
```

```
       }
     }
     main( )
     { int b[9] = {1,2,3,4,5,6,7,8,9}, i;
       printf("\nThe original data :\n");
       for (i = 0; i < 9; i ++)
       printf("%4d ", b[i]);
       printf("\n");
       fun(b, 9);
       printf("\nThe data after invert :\n");
       for (i = 0; i < 9; i ++)
       printf("%4d ", b[i]);
       printf("\n");
     }
```

**解题思路:**

第一处:利用 for 循环语句对数组中的各元素进行逆置,所以终止值为 n/2。

第二处:进行交换数组中元素的值,由于是依次是首和尾交换,所以应填:i。

第三处:使用中间变量 t 来交换的,所以应填:a[n-i-1]。

# 第 98 套

给定程序中,函数 fun 的功能是:在带有头节点的单向链表中,查找数据域中值为 ch 的节点。找到后通过函数值返回该节点在链表中所处的顺序号;若不存在值为 ch 的节点,函数返回 0 值。

```
#include <stdio.h>
#include <stdlib.h>
#define N 8
typedef struct list
{ int data;
  struct list * next;
} SLIST;
SLIST * creatlist(char * );
void outlist(SLIST * );
int fun( SLIST * h, char ch)
{ SLIST * p; int n = 0;
  p = h -> next;
  / ********** found **********/
  while(p!  = ___1___)                              NULL
  { n ++;
```

```
        / ********** found ********** /
        if ( p -> data == ch) return ___2___;                          n
        else p = p -> next;
    }
    return 0;
}
main( )
{ SLIST * head; int k; char ch;
  char a[ N ] = {'m','p','g','a','w','x','r','d'};
  head = creatlist( a);
  outlist( head);
  printf("Enter a letter:");
  scanf("% c",&ch);
  / ********** found ********** /
  k = fun( ___3___);                                              head, ch
  if ( k ==0) printf("\nNot found! \n");
  else printf("The sequence number is : % d\n",k);
}
SLIST * creatlist( char * a)
{ SLIST * h, * p, * q; int i;
  h = p = ( SLIST  * ) malloc( sizeof( SLIST) );
  for( i = 0; i < N; i ++ )
  { q = ( SLIST  * ) malloc( sizeof( SLIST) );
    q -> data = a[ i ]; p -> next = q; p = q;
  }
  p -> next = 0;
  return h;
}
void outlist( SLIST  * h)
{ SLIST * p;
  p = h -> next;
  if ( p == NULL) printf("\nThe list is NULL! \n");
  else
  { printf("\nHead");
    do
    { printf(" -> % c", p -> data); p = p -> next; }
    while( p!  = NULL);
    printf(" -> End\n");
  }
```

```
      }
```

**解题思路:**

本题是在给定的链表中要求找出指定的值。

第一处:判断 p 是否结束,所以应填:NULL。

第二处:在函数 fun 中,使用 n 计算节点的位置。当找到 ch 值时,返回节点的位置 n,所以应填:n。

第三处:函数调用,在主函数中已经给出了 head 和 ch,所以应填:head,ch。

# 第 99 套

函数 fun 的功能是:将形参 a 所指数组中的前半部分元素中的值和后半部分元素中的值对换。形参 n 中存放数组中数据的个数,若 n 为奇数,则中间的元素不动。

例如:若 a 所指数组中的数据依次为:1、2、3、4、5、6、7、8、9,则调换后为:6、7、8、9、5、1、2、3、4。

```
#include  < stdio. h >
#define N 9
void fun( int a[ ] , int n)
{ int i, t, p;
  / ********** found ********** /
  p = (n%2 ==0)? n/2:n/2+___1___;                          1
  for ( i =0; i < n/2; i ++)
  {
    t = a[i];
    / ********** found ********** /
    a[i] = a[p+___2___];                                    i
    / ********** found ********** /
    ___3___ = t;                                            t
  }
}
main( )
{ int b[N] = {1,2,3,4,5,6,7,8,9}, i;
  printf("\nThe original data :\n");
  for ( i =0; i < N; i ++) printf("%4d ", b[i]);
  printf("\n");
  fun( b, N);
  printf("\nThe data after moving :\n");
  for ( i =0; i < N; i ++) printf("%4d ", b[i]);
  printf("\n");
}
```

**解题思路：**

第一处：如果 n 是奇数，则中间的元素不动，所以应填：1。

第二处：使用 for 循环语句交换数组元素的值，所以应填：i。

第三处：a[i]和 a[pti]是使用中间变量 t 来交换的，所以应填：t。

# 第 100 套

给定程序中，函数 fun 的功能是：在形参 s 所指字符串中寻找与参数 c 相同的字符，并在其后插入一个与之相同的字符，若找不到相同的字符则函数不做任何处理。

例如，s 所指字符串为 baacda，c 中的字符为 a，执行后 s 所指字符串为 baaaacdaa。

```
#include  < stdio. h >
void fun( char * s, char c)
{ int i, j, n;
  / ********** found **********/
  for(i =0; s[i]! = ___1___ ; i ++ )          '\0'
  if(s[i] ==c)
    {
    / ********** found **********/
    n = ___2___ ;                               0
    while( s[i +1 +n]! = '\0') n ++ ;
    for(j =i +n +1; j >i; j -- ) s[j +1] =s[j];
    / ********** found **********/
    s[j +1] = ___3___ ;                         c
    i =i +1;
    }
}
main( )
{ char s[80] ="baacda", c;
  printf("\nThe string: % s \n",s);
  printf("\nInput a character: "); scanf("% c",&c);
  fun(s,c);
  printf("\nThe result is: % s \n",s);
}
```

**解题思路：**

第一处：在 for 循环中终止值要判断字符串是否结束符，所以应填：'\0'。

第二处：n 用于统计参数 c 后还有多少个字符，要对其进行初始化，所以应填：0。

第三处：要求插入相同的字符 c，所以应填：c。

# 第二部分  改错题

改正以下各套程序中的错误,使程序能输出正确的结果。
注意:不要改动 main 函数,不得增行或删行,也不得更改程序的结构!

## 第 01 套

给定程序 MODI1.C 中函数 fun 的功能是:计算 $n!$。
例如,给 n 输入 5,则输出 120.000 000。

```
#include  <stdio. h>
double fun ( int n )
{ double result  = 1. 0 ;
  /************ found ************/
  if n = = 0                                              改为:if ( n ==0)
  return 1. 0 ;
  while( n >1 && n  < 170 )
  /************ found ************/
  result  * = n --                                        改为:result  * = n -- ;
  return result ;
}
main ( )
{ int n ;
  printf("Input N:") ;
  scanf("% d", &n) ;
  printf("\n\n% d!  = % lf\n\n", n, fun(n)) ;
}
```

**解题思路:**
第一处:条件语句书写格式错误,应改为:if ( n ==0)。
第二处:语句后缺少分号。

## 第 02 套

给定程序 MODI1.C 中函数 fun 的功能是依次取出字符串中所有数字字符,形成新的字符串,并取代原字符串。

```
#include  <stdio. h>
```

```
void fun( char * s)
{ int i,j;
  for(i = 0,j = 0; s[i]! = '\0'; i ++ )
  if(s[i] > = '0' && s[i] <= '9')
  / ********** found ********** /
  s[j] = s[i];                                    改为:s[j ++ ] = s[i];
  / ********** found ********** /
  s[j] = "\0";                                    改为:s[j] = '\0';.
}
main( )
{ char item[80];
  printf("\nEnter a string : ");gets(item);
  printf("\n\nThe string is : \"% s\"\n",item);
  fun(item);
  printf("\n\nThe string of changing is : \"% s\"\n",item );
}
```

**解题思路:**

第一处:要求是取出原字符串中所有数字字符组成一个新的字符串,程序中是使用变量 j 控制新字符串的位置,所以应改为:s[j ++ ] = s[i]。

第二处:置新字符串的结束符,所以应改为:s[j] = '\0'。

# 第 03 套

给定程序 MODI1. C 中的函数 Creatlink 的功能是创建带头节点的单向链表,并为各节点数据域赋 0 到 m - 1 的值。

```
#include < stdio. h >
#include < stdlib. h >
typedef struct aa
{ int data;
  struct aa * next;
} NODE;
NODE * Creatlink( int n, int m)
{ NODE * h = NULL, * p, * s;
  int i;
  / ********** found ********** /
  p = ( NODE ) malloc ( sizeof ( NODE ));    改为:p = ( NODE * ) malloc ( sizeof
                                                        ( NODE ) );

  h = p;
  p -> next = NULL;
```

```
    for( i = 1; i <= n; i ++ )
    { s = ( NODE * ) malloc( sizeof( NODE ) );
      s -> data = rand( ) % m; s -> next = p -> next;
      p -> next = s; p = p -> next;
    }
    / ********** found ********** /
    return p;                                        改为:return h;
  }
  outlink( NODE * h )
  { NODE * p;
    p = h -> next;
    printf( "\n\nTHE LIST :\n\n HEAD " );
    while( p )
    { printf( " -> % d ",p -> data );
      p = p -> next;
    }
    printf( "\n" );
  }
  main( )
  { NODE * head;
    head = Creatlink( 8 ,22 );
    outlink( head );
  }
```

**解题思路:**

第一处:指向刚分配的结构指针,所以应改为:p = ( NODE * ) malloc( sizeof( NODE ) )。

第二处:在动态分配内存的下一行语句是,使用临时结构指针变量 h 保存 p 指针的初始位置,最后返回不能使用 p,是因为 p 的位置已经发生了变化,所以应改为返回 h。

# 第 04 套

给定程序 MODI1. C 中函数 fun 的功能是在字符串的最前端加入 n 个 * 号, 形成新串, 并且覆盖原串。

注意:字符串的长度最长允许为 79。

```
#include < stdio. h >
#include < string. h >
void fun ( char s[ ], int n )
{
    char a[80] , * p;
    int i;
```

```
/ ********** found ********** /
    s = p;                                          改为:p = s;
    for(i = 0; i < n; i++ ) a[i] = '*';
    do
    { a[i] = *p;
      i++;
    }
/ ********** found ********** /
    while( *p++ )                                   改为:while( *p++ );
    a[i] = 0;
    strcpy(s,a);
}
main( )
{ int n; char s[80];
    printf("\nEnter a string : "); gets(s);
    printf("\nThe string \"%s\"\n",s);
    printf("\nEnter n ( number of * ) : "); scanf("%d",&n);
    fun(s,n);
    printf("\nThe string after insert : \"%s\" \n" ,s);
}
```

**解题思路:**

第一处:指针 p 应指向 s,所以应改为:p = s。

第二处:死循环,当 do while 循环执行一次,临时变量 p 应该指向字符串的下一位置,所以应改为:while( *p++ );。

# 第 05 套

给定程序 MODI1.C 中函数 fun 的功能是: 对 N 名学生的学习成绩按从高到低的顺序找出前 m(m≤10)名学生来,并将这些学生数据存放在一个动态分配的连续存储区中,此存储区的首地址作为函数值返回。

```
#include  <stdio.h>
#include  <alloc.h>
#include  <string.h>
#define N 10
typedef struct ss
{ char num[10];
  int s;
} STU;
STU *fun(STU a[], int m)
```

```
{ STU b[N], *t;
  int i,j,k;
  /********** found **********/
  t = (STU * )calloc(sizeof(STU),m)    改为:t = (STU * )calloc(sizeof(STU),m);
  for(i = 0; i < N; i ++) b[i] = a[i];
  for(k = 0; k < m; k ++)
   { for(i = j = 0; i < N; i ++)
     if(b[i].s > b[j].s) j = i;
     /********** found **********/
     t(k) = b(j);                      改为:t[k] = b[j];
     b[j].s = 0;
   }
  return t;
}
outresult(STU a[], FILE * pf)
{ int i;
  for(i = 0; i < N; i ++)
  fprintf(pf,"No = % s Mark = % d\n", a[i].num,a[i].s);
  fprintf(pf,"\n\n");
}
main()
{ STU a[N] = { {"A01",81}, {"A02",89}, {"A03",66}, {"A04",87}, {"A05",77},
  {"A06",90}, {"A07",79}, {"A08",61}, {"A09",80}, {"A10",71} };
  STU * pOrder;
  int i, m;
  printf("***** The Original data ***** \n");
  outresult(a, stdout);
  printf("\nGive the number of the students who have better score: ");
  scanf("% d",&m);
  while( m > 10 )
    { printf("\nGive the number of the students who have better score: ");
      scanf("% d",&m);
    }
  pOrder = fun(a,m);
  printf("***** THE RESULT ***** \n");
  printf("The top : \n");
  for(i = 0; i < m; i ++)
  printf(" % s % d\n",pOrder[i].num , pOrder[i].s);
  free(pOrder);
```

```
              }
```

**解题思路：**

第一处：语句最后缺少分号。

第二处：应该使用方括号，而不是圆括号。

# 第 06 套

给定程序 MODI1.C 中函数 fun 的功能是比较两个字符串,将长的那个字符串的首地址作为函数值返回。

```
#include < stdio. h >
/ ********** found **********/
char fun( char * s, char * t)                    改为:char * fun( char * s,char * t)
{ int sl =0 ,tl =0; char * ss, * tt;
    ss = s; tt = t;
    while( * ss)
      { sl ++ ;
        / ********** found **********/
        ( * ss) ++ ;                              改为:ss ++ ;
      }
    while( * tt)
      { tl ++ ;
        / ********** found **********/
        ( * tt) ++ ;                              改为:tt ++ ;
      }
    if( tl > sl) return t;
    else return s;
}
main( )
{ char a[80],b[80], * p, * q; int i;
  printf("\nEnter a string : "); gets(a);
  printf("\nEnter a string again : "); gets(b);
  printf("\nThe longer is :\n\n\"% s\"\n",fun(a,b));
}
```

**解题思路：**

第一处：试题要求返回字符串的首地址,所以应改为:char * fun( char * s,char * t)

第二处：取字符串指针 ss 的下一个位置,所以应改为:ss ++ ;。

第三处:取字符串指针 tt 的下一个位置,所以应改为:tt ++ ;。

## 第 07 套

给定程序 MODI1. C 中函数 fun 的功能是求出数组中最大数和次最大数,并把最大数和 a[0]中的数对调、次最大数和 a[1]中的数对调。

```
#include  < stdio. h >
#define N 20
int fun ( int * a, int n )
{ int i, m, t, k ;
  for( i = 0 ; i < 2 ; i ++ ) {
  / ********** found ********** /
  m = 0;                            改为:m = i;
  for( k = i + 1 ; k < n ; k ++ )
  / ********** found ********** /
  if( a[ k ] > a[ m ] ) k = m;      改为:if( a[ k ] > a[ m ] ) m = k;
  t = a[ i ] ; a[ i ] = a[ m ] ; a[ m ] = t;
  }
}
main( )
{ int x, b[ N ] = {11,5,12,0,3,6,9,7,10,8}, n = 10, i;
  for ( i = 0; i < n; i ++ ) printf( "% d ", b[ i ] );
  printf( "\n" );
  fun ( b, n );
  for ( i = 0; i < n; i ++ ) printf( "% d ", b[ i ] );
  printf( "\n" );
}
```

**解题思路:**

第一处:外循环每循环一次,把当前位置 i 赋值给 m,所以应改为:m = i;。

第二处:通过内循环来找出最大的一个数的位置 k,所以应改为:if( a[ k ] > a[ m ] ) m = k;。

## 第 08 套

给定程序 MODI1. C 中函数 fun 的功能是:求 $k!$($k < 13$),所求阶乘的值作为函数值返回。
例如:若 $k = 10$,则应输出:3628800。

```
#include  < stdio. h >
long fun ( int k)
{
  / ********** found ********** /
```

```
        if k > 0
        return ( k * fun( k - 1 ) ) ;
        / ************ found ************ /
        else if ( k = 0 )
        return 1L ;
    }
main( )
{ int k = 10 ;
    printf("% d！ = % ld\n", k, fun ( k ) ) ;
}
```

改为 : if( k > 0 )

改为 : else if( k == 0 )

**解题思路 :**

第一处 : 条件判断缺少圆括号。

第二处 : 判断相等的符号是 == 。

# 第 09 套

给定程序 MODI1. C 中函数 fun 的功能是 : 将 s 所指字符串中的字母转换为按字母序列的后续字母(但 Z 转换为 A, z 转换为 a), 其他字符不变。

```
#include < stdio. h >
#include < ctype. h >
void fun ( char * s )
{
    / ********** found *********** /
    while( * s！ = '@' )
        { if( * s > = 'A' & * s <= 'Z' || * s > = 'a' && * s <= 'z' )
            { if( * s == 'Z' )  * s = 'A' ;
            else if( * s == 'z' )  * s = 'a' ;
            else * s += 1 ;
            }
        / ********** found *********** /
        ( * s ) ++ ;
        }
}
main( )
{ char s[ 80 ] ;
    printf("\n Enter a string with length < 80. ;\n\n ") ; gets( s ) ;
    printf("\n The string : \n\n ") ; puts( s ) ;
    fun ( s ) ;
    printf ("\n\n The Cords : \n\n ") ; puts( s ) ;
```

改为 : while( * s )

改为 : s ++ ;

**解题思路：**

第一处：使用 while 循环判断字符串指针 s 是否结束,所以应改为:while( *s)。

第二处：取字符串指针 s 的下一个位置,所以应改为:s ++ ;。

# 第 10 套

给定程序 MODI1. C 中 fun 函数的功能是根据下式计算 $t$ 的值：

$$t = 1 - \frac{1}{2} - \frac{1}{3} - \cdots\cdots - \frac{1}{m}$$

例如,若主函数中输入 5,则应输出 $-0.283333$。

```
#include  < stdio. h >
double fun( int m )
{
  double t = 1. 0;
  int i;
  for( i = 2; i <= m; i ++ )
/ ********** found ********** /
  t = 1. 0 - 1 /i;                          改为:t - = 1. /i;
/ ********** found ********** /
  _____ ;                                应填 return t;
}
main( )
{
  int m ;
  printf( "\nPlease enter 1 integer numbers: \n" );
  scanf( "% d", &m );
  printf( "\n\nThe result is % lf\n", fun( m ) );
}
```

**解题思路：**

第一处:在除法运算中,如果除数和被除数都是整数,所以所除结果也是整数,因此应改为 t - =1. /i。

第二处:应是返回公式的值,函数中公式的值是存放在临时变量 t 中,所以应填 return t;。

# 第 11 套

给定程序 MODI1. C 中函数 fun 的功能是计算 s 所指字符串中含有 t 所指字符串的数目,并作为函数值返回。

```
#include  < stdio. h >
```

```
#include < string. h >
#define N 80
int fun( char * s, char * t)
{ int n;
  char * p , * r;
  n = 0;
  while ( * s )
  { p = s;
    / ********* found ********** /
    r = p;                                            改为:r = t;
    while( * r)
    if( * r == * p) { r ++ ; p ++ ; }
    else break;
    / ********* found ********** /
    if( * r = 0)                                      改为:if( * r == 0)
    n ++ ;
    s ++ ;
  }
  return n;
}
main( )
{ char a[N],b[N]; int m;
  printf("\nPlease enter string a : "); gets(a);
  printf("\nPlease enter substring b : "); gets( b );
  m = fun(a, b);
  printf("\nThe result is : m = % d\n",m);
}
```

**解题思路:**

第一处:程序中子串是由变量控制的,再根据下面 while 循环体中语句可知,所以应改为:
r = t;。

第二处: 是判断相等的条件,所以应改为:if( * r ==0)。

# 第 12 套

给定程序 MODI1. C 中函数 fun 的功能是: 将 s 所指字符串中位于奇数位置的字符或
ASCII 码为偶数的字符放入 t 所指数组中(规定第一个字符放在第 0 位中)。

例如, 字符串中的数据为: AABBCCDDEEFF, 则输出应当是:ABBCDDEFF。

```
#include < stdio. h >
#include < string. h >
```

```
#define N 80
void fun( char  * s, char t[ ] )
{ int i, j = 0;
  for( i = 0; i < strlen( s ) ; i ++ )
  / * * * * * * * * * * * found * * * * * * * * * * /
  if( i%2 && s[ i]%2 ==0)                          改为:if( i%2 || s[ i]%2 ==0)
  t[ j ++ ] = s[ i] ;
  / * * * * * * * * * * * found * * * * * * * * * * /
  t[ i] = '\0';                                    改为:t[ j] = '\0';
}
main( )
{ char s[ N] , t[ N] ;
  printf("\nPlease enter string s : "); gets( s) ;
  fun( s, t) ;
  printf("\nThe result is : % s\n",t) ;
}
```

**解题思路:**

第一处:根据试题分析,两个条件之间应该是"或"的关系,而不是"与"的关系,所以应改为:if( i%2 || s[ i]%2 ==0)。

第二处:当字符串处理结束后,应该补上字符串的结束符,那么字符串 t 的位置是由 i 控制,所以应改为:t[ j] = '\0';。

# 第 13 套

给定程序 MODI1. C 是建立一个带头节点的单向链表,并用随机函数为各节点数据域赋值。函数 fun 的作用是求出单向链表节点(不包括头节点)数据域中的最大值,并且作为函数值返回。

```
#include  < stdio. h >
#include  < stdlib. h >
typedef struct aa
{ int data;
  struct aa  * next;
} NODE;
fun ( NODE  * h )
{ int max = -1;
  NODE  * p;
  / * * * * * * * * * * * found * * * * * * * * * * /
  p = h ;                                          改为:p = h -> next;
  while( p)
```

```
    { if( p -> data > max )
      max = p -> data;
      / ********** found ********** /
      p = h -> next ;                              改为:p = p -> next;
    }
    return max;
  }
outresult( int s, FILE * pf)
{ fprintf( pf,"\nThe max in link : % d\n",s) ;}
NODE * creatlink( int n, int m)
{ NODE * h, * p, * s, * q;
  int i, x;
  h = p = ( NODE  * ) malloc( sizeof( NODE) ) ;h -> data = 9999;
  for( i = 1; i <= n; i ++ )
  { s = ( NODE  * ) malloc( sizeof( NODE) ) ;
    s -> data = rand( ) % m; s -> next = p -> next;
    p -> next = s; p = p -> next;
  }
  p -> next = NULL;
  return h;
}
outlink( NODE  * h, FILE  * pf)
{ NODE  * p;
  p = h -> next;
  fprintf( pf,"\nTHE LIST :\n\n HEAD ") ;
  while( p)
  { fprintf( pf," -> % d ",p -> data) ; p = p -> next; }
  fprintf( pf,"\n") ;
}
main( )
{ NODE  * head; int m;
  head = creatlink( 12, 100) ;
  outlink( head , stdout) ;
  m = fun( head) ;
  printf( "\nTHE RESULT :\n") ; outresult( m, stdout) ;
}
```

**解题思路：**

程序中是使用 while 循环语句和结合结构指针 p 找到数据域中的最大值。

第一处：p 指向形参结构指针 h 的 next 指针，所以应改为:p = h -> next;。

第二处：p 指向自己的下一个节点，所以应改为：p = p -> next;。

# 第 14 套

给定程序 MODI1. C 是建立一个带头节点的单向链表，并用随机函数为各节点赋值。函数 fun 的功能是将单向链表节点（不包括头节点）数据域为偶数的值累加起来，并且作为函数值返回。

```
#include < stdio. h >
#include < stdlib. h >
typedef struct aa
{ int data; struct aa * next; }NODE;
int fun( NODE * h)
{ int sum = 0 ;
  NODE * p;
  / *********** found *********** /
  p = h;                                      改为:p = h -> next;
  while( p)
  { if( p -> data%2 ==0)
    sum += p -> data;
    / *********** found *********** /
    p = h -> next;                            改为:p = p -> next;
  }
  return sum;
}
NODE * creatlink( int n)
{ NODE * h, * p, * s, * q;
  int i, x;
  h = p = ( NODE * ) malloc( sizeof( NODE));
  for( i = 1; i <= n; i ++ )
  { s = ( NODE * ) malloc( sizeof( NODE));
    s -> data = rand( )%16;
    s -> next = p -> next;
    p -> next = s;
    p = p -> next;
  }
  p -> next = NULL;
  return h;
}
outlink( NODE * h, FILE * pf)
```

```
{ NODE  * p;
  p = h -> next;
  fprintf( pf ,"\n \nTHE LIST :\n \n HEAD ");
  while( p )
  { fprintf( pf ," ->% d ",p -> data ) ; p = p -> next ; }
  fprintf ( pf,"\n") ;
}
outresult( int s, FILE  * pf)
{ fprintf( pf,"\nThe sum of even numbers : % d\n",s) ;}
  main( )
{ NODE  * head; int even;
  head = creatlink( 12) ;
  head -> data =9000;
  outlink( head , stdout) ;
  even = fun( head) ;
  printf("\nThe result :\n") ; outresult( even, stdout) ;
}
```

**解题思路：**
第一处：试题要求不计算头节点,所以应改为:p = h -> next。
第二处：指向 p 的下一个节点实现循环,所以应改为:p = p -> next。

# 第 15 套

给定程序 MODI1. C 中函数 fun 的功能是:利用插入排序法对字符串中的字符按从小到大的顺序进行排序。插入法的基本算法是:先对字符串中的头两个元素进行排序,然后把第三个字符插入到前两个字符中,插入后前三个字符依然有序;再把第四个字符插入到前三个字符中……待排序的字符串已在主函数中赋予。

```
#include  < stdio. h >
#include  < string. h >
#define N 80
void insert( char  * aa)
{ int i,j,n; char ch;
  / ********** found ********** /
  n = strlen[ aa ] ;                                  改为:n = strlen( aa ) ;
  for( i =1; i < n ;i ++ ) {
    / ********** found ********** /
    c = aa[ i] ;                                      改为:ch = aa[ i] ;
    j = i -1;
    while ( ( j > =0) && ( ch < aa[ j] ))
```

```
        { aa[ j + 1 ] = aa[ j ] ;
          j -- ;
        }
      aa[ j + 1 ] = ch ;
    }
  }
main( )
{ char a[ N ] = "QWERTYUIOPASDFGHJKLMNBVCXZ" ;
  int i ;
  printf ( "The original string : % s \n", a ) ;
  insert( a ) ;
  printf( "The string after sorting : % s \n\n",a ) ;
}
```

**解题思路:**

第一处:函数应该使用圆括号,所以应改为:n = strlen( aa ) ;。

第二处:变量 c 没有定义,但后面使用的是 ch 变量,所以应改为:ch = aa[ i ] ;。

# 第 16 套

给定程序 MODI1. C 中 fun 函数的功能是:将 p 所指字符串中每个单词的最后一个字母改成大写。(这里的"单词"是指由空格隔开的字符串)。

例如, 若输入 "I am a student to take the examination. ",则应输出 "I aM A studenT tO takE thE examination. "。

```
    #include  < ctype. h >
    #include  < stdio. h >
    void fun ( char * p )
    {
      int k = 0 ;
      for( ; * p; p ++ )
      if( k )
      {
      / * * * * * * * * * * found * * * * * * * * * * * /
        if( p == ' ' )                              改为:if( * p == ' ' )

        {
          k = 0 ;
          / * * * * * * * * * * found * * * * * * * * * * * /
          * ( p - 1 ) = toupper( * ( p - 1 ) )     改为: * ( p - 1 ) = toupper( * ( p - 1 ) ) ;
```

```
        }
      }
    else
    k = 1;
}
main( )
{
    char chrstr[64];
    int d;
    printf( "\nPlease enter an English sentence within 63 letters: ");
    gets( chrstr );
    d = strlen( chrstr );
    chrstr[d] = ' ';
    chrstr[d+1] = 0;
    printf( "\n\nBefore changing:\n %s", chrstr );
    fun( chrstr );
    printf( "\nAfter changing:\n %s", chrstr );
}
```

**解题思路:**

第一处:该处应该判断 p 指向的内容是否为空格,所以应改为计( *p == ' ')。

第二处:此处少分号,所以应改为 *( p - 1) = toupper( *( p - 1));。

# 第 17 套

给定程序 MODI1. C 中函数 fun 的功能是:在 p 所指字符串中找出 ASCII 码值最大的字符,将其放在第一个位置上,并将该字符前的原字符向后顺序移动。

例如,调用 fun 函数之前给字符串输入:ABCDeFGH,调用后字符串中的内容为:eABCDF-GH。

```
#include < stdio. h >
fun( char *p )
{ char max, *q; int i = 0;
  max = p[i];
  while( p[i]! = 0 )
  { if( max < p[i] )
    { max = p[i];
      / ********** found **********/
      q = p + i                                          改为:q = p + i;
    }
    i ++;
```

```
        }
        / ********** found **********/
        wihle( q > p )                              改为:while( q > p )
        { *q = *( q - 1 );
          q --;
        }
        p[0] = max;
}
main( )
{ char str[80];
  printf("Enter a string:"); gets( str );
  printf("\nThe original string:"); puts( str );
  fun( str );
  printf("\nThe string after moving:"); puts( str ); printf("\n\n");
}
```

**解题思路:**

第一处:在语句后缺少分号,所应改为:q = p + i;。

第二处:保留字 while 写错,所应改为:while(q > p)。

# 第 18 套

给定程序 MODI1.C 中函数 fun 的功能是:将 s 所指字符串中最后一次出现的与 t1 所指字符串相同的子串替换成 t2 所指字符串,所形成的新串放在 w 所指的数组中。在此处,要求 t1 和 t2 所指字符串的长度相同。例如,当 s 所指字符串中的内容为“abcdabfabc”,t1 所指子串中的内容为“ab”,t2 所指子串中的内容为“99”时,结果在 w 所指的数组中的内容应为:“abcdabf99c”。

```
#include < stdio. h >
#include  < string. h >
int fun ( char *s, char *t1, char *t2 , char *w)
{
  int i; char *p , *r, *a;
  strcpy( w, s );
  / ************ found ************/
  while ( w )                                改为:while( *w)
  { p = w; r = t1;
    while ( *r )
    / ************ found ************/
    IF ( *r == *p )                          改为:if( *r == *p )
    { r ++; p ++; }
```

```
        else break;
        if (  *r == '\0' ) a = w;
        w ++;
    }
    r = t2;
    while ( *r ) { *a = *r; a ++; r ++; }
}
main( )
{
    char s[100], t1[100], t2[100], w[100];
    printf("\nPlease enter string S:"); scanf("%s", s);
    printf("\nPlease enter substring t1:"); scanf("%s", t1);
    printf("\nPlease enter substring t2:"); scanf("%s", t2);
    if ( strlen(t1) == strlen(t2) )
    { fun( s, t1, t2, w);
        printf("\nThe result is : %s\n", w);
    }
    else printf("\nError : strlen(t1) ! = strlen(t2)\n");
}
```

**解题思路：**
第一处：判断 w 指针所指的值是否是结束符，应改为：while( *w)。
第二处：if 错写成 IF。

# 第 19 套

给定程序 MODI1. C 中函数 fun 的功能是：从 N 个字符串中找出最长的那个串，并将其地址作为函数值返回。各字符串在主函数中输入，并放入一个字符串数组中。

```
#include  < stdio. h >
#include  < string. h >
#define N 5
#define M 81
/ ********** found **********/
fun( char ( *sq) [M] )              改为：char *fun( char ( *sq) [M] )
{ int i; char *sp;
    sp = sq[0];
    for( i = 0; i < N; i ++ )
    if( strlen( sp) < strlen( sq[i]))
    sp = sq[i] ;
/ ********** found **********/
```

```
        return sq;                          改为:return sp;
    }
main( )
{ char str[N][M] , *longest; int i;
    printf("Enter %d lines :\n",N);
    for(i=0; i<N; i++) gets(str[i]);
    printf("\nThe N string :\n",N);
    for(i=0; i<N; i++) puts(str[i]);
    longest = fun(str);
    printf("\nThe longest string :\n"); puts(longest);
}
```

**解题思路:**

第一处:要求返回字符串的首地址,所以应改为:char *fun(char (*sq)[M])。

第二处:返回一个由变量 sp 控制的字符串指针,所以应改为:return sp;。

# 第 20 套

给定程序 MODI1.C 中函数 fun 的功能是:统计字符串中元音字母 A、E、I、O、U 的个数。注意:字母不分大、小写。

例如:若输入:THIs is a boot,则输出应该是:1、0、2、2、0。

```
#include  <stdio.h>
fun ( char *s, int num[5] )
{ int k, i=5;
    for ( k = 0; k <i; k++ )
    /********** found **********/
    num[i] =0;                          改为:num[k] =0;
    for ( ; *s; s++ )
    { i = -1;
        /********** found **********/
        switch ( s )                    改为:switch( *s)
        { case 'a': case 'A': {i=0; break;}
          case 'e': case 'E': {i=1; break;}
          case 'i': case 'I': {i=2; break;}
          case 'o': case 'O': {i=3; break;}
          case 'u': case 'U': {i=4; break;}
        }
        if ( i > = 0 )
        num[i] ++ ;
    }
```

```
}
main( )
{ char s1[81]; int num1[5], i;
  printf( "\nPlease enter a string: " ); gets( s1 );
  fun ( s1, num1 );
  for ( i = 0; i < 5; i ++ ) printf ("% d ",num1[i]); printf ("\n");
}
```

**解题思路:**

第一处:num 初始化错误,应为:num[k] = 0;。

第二处:由于 s 是指针型变量,所以应改为:switch( *s )。

## 第 21 套

给定程序 MODI1. C 的功能是:读入一个英文文本行,将其中每个单词的第一个字母改成大写,然后输出此文本行(这里的"单词"是指由空格隔开的字符串)。

例如,若输入:I am a student to take the examination. ,则应输出:I Am A Student To Take The Examination. 。

```
#include  < ctype. h >
#include  < string. h >
/ *********** found *********** /
include  < stdio. h >                          改为:# include  < stdio. h >
/ *********** found *********** /
upfst ( char p )                               改为:upfst( char  *p )
{ int k = 0;
  for (  ; *p; p ++ )
  if ( k )
  { if ( *p == ' ' ) k = 0; }
  else if ( *p ! = ' ' )
  { k = 1; *p = toupper( *p ); }
}
main( )
{ char chrstr[81];
  printf( "\nPlease enter an English text line: " ); gets( chrstr );
  printf( "\n\nBefore changing:\n % s", chrstr );
  upfst( chrstr );
  printf( "\nAfter changing:\n % s\n", chrstr );
}
```

**解题思路:**

第一处:包含头文件的标识错误,在 include 前漏写#。

第二处：由于传入的参数是字符串，所以应为 upfst( char ＊p)。

# 第 22 套

给定程序 MODI1.C 中 fun 函数的功能是将 n 个无序整数从小到大排序。

```
#include ＜stdio.h＞
#include ＜stdlib.h＞
fun ( int n, int ＊a )
{ int i, j, p, t;
  for ( j = 0; j＜n-1 ; j++ )
  { p = j;
    / ＊＊＊＊＊＊＊＊＊＊＊＊ found ＊＊＊＊＊＊＊＊＊＊＊＊/
    for ( i = j+1; i＜n-1 ; i++ )          改为:for ( i = j+1; i＜=n-1 ; i++ )
    if ( a[p]＞a[i] )
    / ＊＊＊＊＊＊＊＊＊＊＊＊ found ＊＊＊＊＊＊＊＊＊＊＊＊/
    t = i;                                 改为:p = i;
    if ( p! =j )
    { t = a[j]; a[j] = a[p]; a[p] = t; }
  }
}
putarr( int n, int ＊z )
{ int i;
  for ( i = 1; i ＜= n; i++ , z++ )
  { printf( "%4d", ＊z );
    if ( ! ( i%10 ) ) printf( "\n" );
  } printf("\n");
}
main( )
{ int aa[20] = {9,3,0,4,1,2,5,6,8,10,7}, n =11;
  printf( "\n\nBefore sorting %d numbers:\n", n ); putarr( n, aa );
  fun( n, aa );
  printf( "\nAfter sorting %d numbers:\n", n ); putarr( n, aa );
}
```

**解题思路：**

第一处：for 循环的终止值应该＜n 或者是＜=n-1。

第二处：使用临时变量 p 保存最小值位置 i，所以应改为：p = i;。

# 第 23 套

给定程序 MODI1. C 中函数 fun 的功能是交换主函数中两个变量的值。例如：若变量 a 中的值原为 8, b 中的值为 3。程序运行后 a 中的值为 3, b 中的值为 8。

```
#include  < stdio. h >
/ ********** found **********/
int fun( int x, int y)                          改为:int fun( int * x, int * y)
{
  int t;
  / ********** found **********/
  t = x; x = y; y = t;                          改为:t = * x; * x = * y; * y = t;
}
main( )
{
  int a, b;
  a = 8; b = 3;
  fun( &a, &b);
  printf( "% d, % d\n", a, b);
}
```

**解题思路:**

第一处:函数形参定义不正确,在定义第 2 个形参时,也应加上 int。由于通过该函数实现两数交换,在 C 语言中,必须交换地址中的值,所以应定义为 int * x, int * y。

第二处:要交换地址中的值,不能交换地址,必须指定地址中的值,因此应改为

t = * x; * x = * y; * y = t;

# 第 24 套

假定整数数列中的数不重复,并存放在数组中。给定程序 MODI1. C 中函数 fun 的功能是:删除数列中值为 x 的元素。n 中存放的是数列中元素的个数。

```
#include  < stdio. h >
#define N 20
fun( int * a, int n, int x)
{ int p = 0, i;
  a[ n] = x;
  while( x! = a[ p] )
  p = p + 1;
  / ********** found **********/
  if( P == n) return  - 1;                      改为:if( p == n) return  - 1;
```

```
        else
        { for(i = p;i < n;i ++ )
          / *********** found ********** /
          a[i+1] = a[i];                          改为:a[i] = a[i+1];
        }
      }
    main( )
    { int w[N] = { -3,0,1,5,7,99,10,15,30,90} ,x,n,i;
      n = 10;
      printf("The original data : \n");
      for(i = 0;i < n;i ++ ) printf("% 5d",w[i]);
      printf("\nInput x (to delete): "); scanf("% d",&x);
      printf("Delete : % d\n",x);
      n = fun(w,n,x);
      if ( n == -1 ) printf(" *** Not be found!  *** \n\n");
      else
      { printf("The data after deleted: \n");
        for(i = 0;i < n;i ++ ) printf("% 5d",w[i]);printf("\n\n");
      }
    }
```

**解题思路:**

第一处:条件语句中的小写 p 错写成大写 P 了。

第二处:删除元素,应该是后面位置的元素值赋值给前面的位置上,所以应改为:

　　a[i] = a[i+1];

# 第 25 套

给定程序 MODI1.C 中函数 fun 的功能是:从 s 所指字符串中,找出与 t 所指字符串相同的子串的个数作为函数值返回。

例如,当 s 所指字符串中的内容为"abcdabfab",t 所指字符串的内容为"ab",则函数返回整数 3。

```
    #include < stdio. h >
    #include < string. h >
    int fun ( char * s, char * t)
    {
      int n; char * p , * r;
      n = 0;
      while ( * s )
      { p = s; r = t;
```

```
      while ( * r )
      if ( * r == * p ) {
        / ************ found ************ /
        r ++ ; p ++                                改为:r ++ ; p ++ ;
      }
      else break ;
      / ************ found ************ /
      if ( r == '\0' )                             改为:if( * r ==0)
      n ++ ;
      s ++ ;
    }
    return n ;
  }
main( )
  {
    char s[100], t[100]; int m;
    printf("\nPlease enter string S:"); scanf("% s", s);
    printf("\nPlease enter substring t:"); scanf("% s", t);
    m = fun( s, t);
    printf("\nThe result is: m = % d\n", m);
  }
```

**解题思路:**

第一处:语句后缺少分号。

第二处:判断 r 的当前字符是否是字符串结束符,所以应改为:if( * r ==0)。

# 第 26 套

给定程序 MODI1. C 中函数 fun 的功能是:用选择法对数组中的 n 个元素按从小到大的顺序进行排序。

```
#include < stdio. h >
#define N 20
void fun( int a[ ], int n)
{ int i, j, t, p;
  for (j = 0 ;j < n-1 ;j ++) {
    / ************ found ************ /
    p = j                                          改为:p = j;
    for (i = j;i < n; i ++)
    if(a[i] < a[p])
    / ************ found ************ /
```

```
        p = j;                                    改为:p = i;
        t = a[p] ; a[p] = a[j] ; a[j] = t;
    }
}
main( )
{
    int a[N] = {9,6,8,3, -1},i, m = 5;
    printf("排序前的数据:") ;
    for(i = 0;i < m;i ++ ) printf("% d ",a[i]) ; printf("\n");
    fun(a,m);
    printf("排序后的数据:") ;
    for(i = 0;i < m;i ++ ) printf("% d ",a[i]) ; printf("\n");
}
```

**解题思路:**

第一处:语句后缺少分号。

第二处:保存最小值的位置,所以应改为:

```
    p = i;
```

# 第 27 套

给定程序 MODI1. C 中函数 fun 的功能是:统计 substr 所指子字符串在 str 所指字符串中出现的次数。例如,若字符串为 aaas lkaaas,子字符串为 as,则应输出2。

```
#include < stdio. h >
fun ( char * str,char * substr)
{ int i,j,k,num = 0;
    / ************ found ************/
    for(i = 0, str[i], i ++ )                     改为:for(i = 0;str[i];i ++ )
    for(j = i,k = 0;substr[k] == str[j];k ++ ,j ++ )
    / ************ found ************/
    If( substr[k + 1] == '\0')                    改为:if ( substr[k + 1] == '\0')
    { num ++ ;
        break;
    }
    return num;
}
main( )
{
    char str[80],substr[80] ;
    printf("Input a string:") ;
```

```
        gets( str) ;
        printf("Input a substring:") ;
        gets( substr) ;
        printf("% d\n",fun( str,substr)) ;
    }
```

**解题思路：**

第一处：循环 for 语句中应有分号。

第二处：if 错写成 If。

# 第 28 套

给定程序 MODI1. C 中函数 fun 的功能是：通过某种方式实现两个变量值的交换，规定不允许增加语句和表达式。例如变量 a 中的值原为 8，b 中的值原为 3，程序运行后 a 中的值为3，b 中的值为 8。

```
        #include < stdio. h >
        int fun( int  * x,int y)
        {
          int t ;
        / ************* found *************/
          t = x ; x = y ;                         改为:t = * x; * x = y;
        / ************* found *************/
          return(y) ;                             改为:return(t);
        }
        main( )
        {
          int a = 3, b = 8 ;
          printf("% d % d\n", a, b) ;
          b = fun(&a, b) ;
          printf("% d % d\n", a, b) ;
        }
```

**解题思路：**

第一处：由于 x 是整型指针变量，所以地址不能赋值给整型变量，因此必须取 x 地址上的值，所以应改为

　　　　t = * x; * x = y;

第二处：已交换后的值存放在 t 中，所以返回值应为

　　　　return(t);

## 第 29 套

给定程序 MODI1. C 中函数 fun 的功能是用递归算法求 $a$ 的平方根。求平方根的迭代公式如下：

$$x_1 = \frac{1}{2}\left( x_0 + \frac{a}{x_0} \right)$$

例如，$a$ 为 2 时，平方根值为：1. 414 214。

```
#include  < stdio. h >
#include  < math. h >
/ ********** found **********/
double fun( double a, dounle x0 )            改为:double fun( double a, double x0 )
{ double x1, y;
   x1 = ( x0 +  a/x0 )/2. 0;
   / ********** found **********/
   if( fabs( x1 - xo ) >0. 00001 )            改为:if( fabs( x1 - x0 ) >0. 00001 )
   y = fun( a,x1 );
   else y = x1;
   return y;
}
main( )
{ double x;
  printf("Enter x: "); scanf("% lf",&x );
  printf("The square root of % lf is % lf\n",x,fun( x,1. 0 ) );
}
```

**解题思路：**

第一处：第二个变量定义的保留字 double 写错。

第二处：变量 x0 错写成 xo 了。

## 第 30 套

给定程序 MODI1. C 中函数 fun 的功能是：从 s 所指字符串中删除所有小写字母 c。

```
#include  < stdio. h >
void fun( char * s )
{ int i,j;
  for( i = j = 0; s[i]!  = '\0'; i ++ )
  if( s[i]!  = 'c' )
  / ********** found **********/
  s[j] = s[i];                                改为:s[j ++ ] = s[i];
```

```
/ ************ found ************ /
  s[i] = '\0';                                    改为:s[j] = 0;
}
main( )
{ char s[80];
  printf("Enter a string: "); gets(s);
  printf("The original string: "); puts(s);
  fun(s);
  printf("The string after deleted : "); puts(s);printf("\n\n");
}
```

**解题思路:**

第一处:新字符串的位置值是由变量 j 控制的,但程序中字符赋值后没有对 j 进行增量的语句,所以应改为:s[j++] = s[i]。

第二处:对新字符串添加字符串结束符,由于程序中使用变量 j 对新字符串控制的,所以应改为:s[j] = 0。

# 第 31 套

给定程序 MODI1.C 中函数 fun 的功能是:用下面的公式求 π 的近似值,直到最后一项的绝对值小于指定的数(参数 num)为止:

$$\frac{\pi}{4} \approx 1 - \frac{1}{3} + \frac{1}{5} - \frac{1}{7} + \cdots$$

例如,程序运行后,输入 0.000 1,则程序输出 3.141 4。

```
#include  < math. h >
#include  < stdio. h >
float fun ( float num )
{ int s ;
  float n, t, pi ;
  t = 1 ; pi = 0 ;n = 1 ;s = 1 ;
/ ************ found ************ /
  while( t > = num )                              改为:while( fabs(t) > = num )
  {
    pi = pi + t ;
    n = n + 2 ;
    s = - s ;
/ ************ found ************ /
    t = s% n ;                                    改为:t = s/n ;
  }
  pi = pi * 4 ;
```

```
        return pi ;
    }
main( )
{ float n1, n2 ;
    printf("Enter a float number: ") ;
    scanf("% f", &n1) ;
    n2 = fun(n1) ;
    printf("%6. 4f\n", n2) ;
}
```

**解题思路:**

第一处:要判断 t 的最后一项绝对小于指定的数,由于 t 是实数,那么应改为
while(fabs(t) > = num)。

第二处:t 是 s 除以 n 的值,而不是取余数,所以应改 t = s/n。

# 第 32 套

给定程序 MODI1. C 中函数 fun 的功能是:根据以下公式求 π 值,并作为函数值返回。
例如,给指定精度的变量 eps 输入 0. 000 5 时,应当输出 Pi = 3. 140 578。

$$\frac{\pi}{2} = 1 + \frac{1}{3} + \frac{1}{3} \times \frac{2}{5} + \frac{1}{3} \times \frac{2}{5} \times \frac{3}{7} + \frac{1}{3} \times \frac{2}{5} \times \frac{3}{7} \times \frac{4}{9} + \cdots\cdots$$

```
#include < math. h >
#include < stdio. h >
double fun( double eps)
{ double s,t; int n = 1;
    s = 0. 0;
    / *********** found ************/
    t = 0;                                           改为:t = 1;
    while( t > eps)
    { s += t;
      t = t * n/(2 * n + 1);
      n ++ ;
    }
    / *********** found ************/
    return(s);                                       改为:return(2 * s);
}
main( )
{ double x;
    printf("\nPlease enter a precision: "); scanf("% lf",&x);
    printf("\neps = % lf, Pi = % lf\n\n",x,fun(x));
```

```
    }
```

**解题思路：**

第一处：初始化 t 的值，根据程序中的计算程序和试题的要求得出，t 应为 1。

第二处：根据公式 π/2 得出，所以返回时应原有 s 的基础上乘以 2 作为返回值。

## 第 33 套

给定程序 MODI1.C 中函数 fun 的功能是：将长整型数中每一位偶数依次取出，构成一个新数放在 t 中。高位仍在高位，低位仍在低位。

例如，当 s 中的数为：87653142 时，t 中的数为：8642。

```
#include  <stdio. h >
void fun ( long s, long * t)
{ int d;
  long sl = 1;
  *t = 0;
  while ( s > 0)
  { d =  s%10;
    / * * * * * * * * * * * * found * * * * * * * * * * * * /
    if ( d%2 =0)                           改为:if ( d%2 ==0)
    { *t = d * sl + *t;
      sl * = 10;
    }
    / * * * * * * * * * * * * found * * * * * * * * * * * * /
    s\ = 10;                               改为:s / = 10;
  }
}

main( )
{ long s, t;
  printf("\nPlease enter s:"); scanf("% ld", &s);
  fun(s, &t);
  printf("The result is: % ld\n", t);
}
```

**解题思路：**

第一处：判断相等的条件是 == 。

第二处：整除的符号是/。

## 第 34 套

给定程序 MODI1.C 中函数 fun 的功能是：为一个偶数寻找两个素数，这两个素数之和等于该偶数,并将这两个素数通过形参指针传回主函数。

```
#include <stdio.h>
#include <math.h>
void fun(int a,int *b,int *c)
{ int i,j,d,y;
    for(i=3;i<=a/2;i=i+2) {
    /*************** found ***************/
    Y=1;                                          改为:y=1;
        for(j=2;j<=sqrt((double)i);j++)
        if(i%j==0) y=0;
        if(y==1) {
        /************** found **************/
        d==a-i;                                   改为:d=a-i;
            for(j=2;j<=sqrt((double)d);j++)
            if(d%j==0) y=0;
            if(y==1)
            { *b=i; *c=d; }
        }
    }
}
main()
{ int a,b,c;
    do
    { printf("\nInput a: "); scanf("%d",&a); }
    while(a%2);
    fun(a,&b,&c);
    printf("\n\n%d = %d + %d\n",a,b,c);
}
```

**解题思路:**

第一处:变量 y 错写成 Y。

第二处:给变量 d 进行赋值,所以应改为:d=a-i。

# 第 35 套

给定程序 MODI1.C 中函数 fun 的功能是:将十进制正整数 $m$ 转换成 $k(2 \leq k \leq 9)$ 进制数,并按高位到低位顺序输出。

例如,若输入 8 和 2,则应输出 1000(即十进制数 8 转换成二进制表示是 1000)。

```
#include <conio.h>
#include <stdio.h>
```

```
void fun( int m, int k )
{
    int aa[20], i;
    for( i = 0; m; i++ )
    {
        / ********** found ********** /
        aa[i] = m/k;                                改为:aa[i] = m%k;
        m /= k;
    }
    for( ; i; i-- )
    / ********** found ********** /
    printf( "%d", aa[i] );                          改为:printf("%d",aa[i-1]);
}
main( )
{
    int b, n;
    printf("\nPlease enter a number and a base:\n" );
    scanf("%d %d", &n, &b );
    fun( n, b );
    printf("\n");
}
```

**解题思路:**

第一处:应该取模而不是整除,所以应为 aa[i] = m%k。

第二处:输出 aa 的位置不正确,所以应为 printf("%d",aa[i-1])。

# 第 36 套

给定程序 MODI1.C 中函数 fun 的功能是:求出 s 所指字符串中最后一次出现的 t 所指子字符串的地址,通过函数值返回,在主函数中输出从此地址开始的字符串;若未找到,则函数值为 NULL。

例如,当字符串中的内容为"abcdabfabcdx",t 中的内容为"ab"时,输出结果应是:abcdx。当字符串中的内容为"abcdabfabcdx",t 中的内容为"abd"时,则程序输出未找到信息:not be found!。

```
#include  < stdio.h >
#include  < string.h >
char * fun ( char * s, char * t )
{
    char * p, * r, * a;
    / ********** found ********** /
```

```
        a = Null;                                          改为:a = NULL;
        while ( * s )
        { p = s; r = t;
          while ( * r )
          / *********** found *********** /
          if ( r == p )                                    改为:if( * r == * p )
          { r ++ ; p ++ ; }
          else break;
          if ( * r == '\0' ) a = s;
          s ++ ;
        }
        return a ;
      }
      main( )
      {
        char s[100], t[100], * p;
        printf("\nPlease enter string S :"); scanf("% s", s );
        printf("\nPlease enter substring t :"); scanf("% s", t );
        p = fun( s, t );
        if ( p ) printf("\nThe result is : % s\n", p);
        else printf("\nNot found ! \n" );
      }
```

**解题思路:**

第一处:指向空指针错误,Null 应 NULL。

第二处:比较指针位置的值是否相等,所以应改为:if( * r == * p )。

# 第 37 套

给定程序 MODI1. C 中函数 fun 的功能是:求三个数的最小公倍数。

例如,给主函数中的变量 x1、x2、x3 分别输入 15 11 2,则输出结果应当是:330。

```
#include < stdio. h >
/ *********** found *********** /
fun( int x, y, z )                                         改为:fun( int x, int y, int z)
{ int j,t ,n ,m;
  j = 1;
  t = j% x;
  m = j% y ;
  n = j% z;
  while( t! = 0 | | m! = 0 | | n! = 0 )
```

```
    { j = j + 1;
      t = j % x;
      m = j % y;
      n = j % z;
    }
  / ************ found ************ /
    return i;                                    改为:return j;
  }
main( )
{ int x1,x2,x3,j ;
  printf("Input x1 x2 x3: "); scanf("%d%d%d",&x1,&x2,&x3);
  printf("x1 = %d, x2 = %d, x3 = %d \n",x1,x2,x3);
  j = fun(x1,x2,x3);
  printf("The minimal common multiple is : %d\n",j);
}
```

**解题思路:**

第一处:函数中形参的定义不正确,应改为 fun( int x,int y, int z)。

第二处:程序中三个数的最小公倍数是用 j 处理的,所以应返回 j 的值。

# 第 38 套

给定程序 MODI1.C 中函数 fun 的功能是:求出两个非零正整数的最大公约数,并作为函数值返回。

例如,若给 num1 和 num2 分别输入 49 和 21,则输出的最大公约数为 7;若给 num1 和 num2 分别输入 27 和 81,则输出的最大公约数为 27。

```
    #include  < stdio. h >
    int fun( int a,int b)
  { int r,t;
    if( a < b)  {
    / ************ found ************ /
      t = a; b = a; a = t;                      改为:t = a;a = b;b = t;
    }
    r = a % b;
    while( r! = 0)
    { a = b; b = r; r = a % b; }
    / ************ found ************ /
    return( a);                                 改为:return( b);
  }
main( )
```

```
{ int num1, num2, a;
  printf("Input num1 num2: "); scanf("% d% d",&num1,&num2);
  printf("num1 = % d num2 = % d\n\n",num1,num2);
  a = fun(num1,num2);
  printf("The maximun common divisor is % d\n\n",a);
}
```

**解题思路：**

第一处：交换值的次序有问题，所以应改为：t = a;a = b;b = t。

第二处：返回值错误，应改为：return(b)。

# 第 39 套

给定程序 MODI1. C 中函数 fun 的功能是：逐个比较 p、q 所指两个字符串对应位置中的字符，把 ASCII 值大或相等的字符依次存放到 c 所指数组中，形成一个新的字符串。

例如，若主函数中 a 字符串为"aBCDeFgH"，主函数中 b 字符串为"ABcd"，则 c 中的字符串应为"aBcdeFgH"。

```
#include  < stdio. h >
#include  < string. h >
void fun(char * p ,char * q, char * c)
{
  / * * * * * * * * * * * * found * * * * * * * * * * * * /
  int k = 1;                                    改为:int k = 0;
  / * * * * * * * * * * * * found * * * * * * * * * * * * /
  while( * p ! = * q )                          改为:while( * p || * q )
  { if( * p < * q ) c[k] = * q;
    else c[k] = * p;
    if( * p) p ++ ;
    if( * q) q ++ ;
    k ++ ;
  }
}
main( )
{ char a[10] = "aBCDeFgH", b[10] = "ABcd", c[80] = {'\0'};
  fun(a,b,c);
  printf("The string a: "); puts(a);
  printf("The string b: "); puts(b);
  printf("The result : "); puts(c);
}
```

**解题思路：**

第一处:存放字符串初始位置也是从0开始存放的,由于k是控制c字符串的位置值,所以k值应为0。

第二处:判断两个字符串中是否有字符串结束符产生,所以应改为:while( *p || *q ),而不是两字符串中对应位置的值不相等。

# 第40套

给定程序 MODI1.C 中函数 fun 的功能是:计算正整数 num 的各位上的数字之积。

例如,若输入:252,则输出应该是:20。若输入:202,则输出应该是:0。

```
#include < stdio.h >
long fun (long num)
{
  / ************* found ************/
  long k;                          改为:long k =1;
  do
  { k * = num%10 ;
    / ************ found ************/
    num\ =10;                       改为:num/ =10 ;
  } while(num) ;
  return (k) ;
}
main( )
{ long n ;
  printf("\Please enter a number:") ; scanf("% ld",&n) ;
  printf("\n% ld\n",fun(n)) ;
}
```

**解题思路:**

第一处:由于在 k 定义时没有赋初值,所以 k 是一个随机数,根据试题要求,k 应赋值为1。
第二处:整除的符号是/。

# 第41套

给定程序 MODI1.C 中函数 fun 的功能是:根据整型形参 n,计算如下数列的值:

$$A_1 = 1, A_2 = \frac{1}{1+A_1}, A_3 = \frac{1}{1+A_2}, \cdots, A_n = \frac{1}{1+A_{n-1}}$$

例如,若 n =10,则应输出:0.617977。

```
#include < stdio.h >
/ ************ found ************/
int fun ( int n )                   改为:float fun( int n )
```

```
{ float A = 1; int i;
  / ************ found ************/
  for ( i = 2; i < n; i ++ )                        改为:for ( i = 2; i <= n; i ++ )
  A = 1.0/(1 + A);
  return A;
}
main( )
{ int n;
  printf("\nPlease enter n: ");
  scanf("% d", &n);
  printf("A% d = % f\n", n, fun(n) );
}
```

**解题思路:**

第一处:函数的返回是浮点型数,所以应改为:float fun( int n)。

第二处:for 的终止条件应是 i <= n。

# 第 42 套

给定程序 MODI1. C 中函数 fun 的功能是:用冒泡法对 6 个字符串按由小到大的顺序排序。

```
#include  < stdio. h >
#include  < string. h >
#define MAXLINE 20
fun ( char * pstr[6])
{ int i, j;
  char * p;
  for ( i = 0 ; i < 5 ; i ++ ) {
  / ************** found **************/
  for ( j = i + 1, j < 6, j ++ )              改为:for ( j = i + 1;j < 6;j ++ )
  {
    if( strcmp( * (pstr + i), * (pstr + j)) > 0)
    {
      p = * (pstr + i);
      / ************* found *************/
      * (pstr + i) = pstr + j;                  改为:* (pstr + i) = * (pstr + j);
      * (pstr + j) = p;
    }
  }
 }
```

```
}
main( )
{ int i ;
  char * pstr[6], str[6][MAXLINE] ;
  for( i = 0; i < 6 ; i++ ) pstr[i] = str[i] ;
  printf( "\nEnter 6 string(1 string at each line): \n" ) ;
  for( i = 0 ; i < 6 ; i++ ) scanf("%s", pstr[i]) ;
  fun( pstr ) ;
  printf("The strings after sorting: \n") ;
  for( i = 0 ; i < 6 ; i++ ) printf("%s\n", pstr[i]) ;
}
```

**解题思路:**

第一处:for 循环语句中缺少分号。

第二处:应该把 pstr + j 位置上的值赋值给 * ( pstr + i) 上,所以应改为:

* ( pstr + i) = * ( pstr + j);

# 第 43 套

给定程序 MODI1. C 中函数 fun 的功能是:从整数 1 到 55 之间,选出能被 3 整除且有一位上的数是 5 的那些数,并把这些数放在 b 所指的数组中,这些数的个数作为函数值返回。规定函数中 a1 放个位数,a2 放十位数。

```
#include  < stdio. h >
fun( int * b )
{ int k,a1,a2,i =0;
  for( k = 10; k <=55; k ++ ) {
    / ************ found ************/
    a2 = k/1O;                              改为:a2 = k/10;
    a1 = k-a2 * 10;
    if( ( k%3 ==0 && a2 ==5)||( k%3 ==0 && a1 ==5))
    { b[i] = k; i ++ ; }
  }
  / ************ found ************/
  return k;                                改为:return i;
}
main( )
{ int a[100],k,m;
  m = fun( a );
  printf("The result is : \n");
  for( k =0; k < m; k ++ ) printf("%4d",a[k]); printf("\n");
```

```
      }
```

**解题思路:**

第一处:取当前变量 k 的十位数字上的数,所以应改为:a2 = k/10。

第二处:要求统计个数并存入变量 i 中,最后返回 i,所以应改为:return i。

# 第 44 套

给定程序 MODI1. C 中函数 fun 的功能是:将 p 所指字符串中的所有字符复制到 b 中,要求每复制三个字符之后插入一个空格。

例如,在调用 fun 函数之前给 a 输入字符串:ABCDEFGHIJK。调用函数之后,字符数组 b 中的内容则为:ABC DEF GHI JK。

```
#include < stdio. h >
void fun( char * p, char * b)
{ int i, k = 0;
  while( * p)
  { i = 1;
    while( i < = 3 && * p ) {
    / * * * * * * * * * * * found * * * * * * * * * * /
    b[ k] = p;                          改为:b[ k] = * p;
    k ++ ; p ++ ; i ++ ;
    }
    if( * p)
    {
    / * * * * * * * * * * * found * * * * * * * * * * /
    b[ k ++ ] = " ";                     改为:b[ k ++ ] = ' ';
    }
  }
  b[ k] = '\0';
}
main( )
{ char a[80], b[80];
  printf("Enter a string: "); gets( a);
  printf("The original string: "); puts( a);
  fun( a, b);
  printf("\nThe string after insert space: "); puts( b); printf("\n \n");
}
```

**解题思路:**

第一处:把指针 p 所指的值赋值给 b[ k] 中。

第二处:把空格字符赋值给 b[ k ++ ] 中,而不是一个空格的字符串。

# 第 45 套

给定程序 MODI1. C 中函数 fun 的功能是:按以下递归公式求函数值:

$$fun(n) = \begin{cases} 10 & (n=1) \\ fun(n-1)+2 & (n>1) \end{cases}$$

例如,当给 n 输入 5 时,函数值为 18;当给 n 输入 3 时,函数值为 14。

```
#include  < stdio. h >
/ * * * * * * * * * * * * found * * * * * * * * * * * * /
fun ( n )                                    改为:fun ( int n)
{ int c;
  / * * * * * * * * * * * * found * * * * * * * * * * * * /
  if( n = 1)                                  改为:if( n == 1)
  c = 10;
  else
  c = fun( n - 1) + 2;
  return( c);
}
main( )
{ int n;
  printf("Enter n : "); scanf("% d",&n);
  printf("The result : % d\n\n", fun( n));
}
```

**解题思路:**

第一处:形参 n 没有定义类型,所以应改为:fun ( int n)。

第二处:判断相等的符号是 == 。

# 第 46 套

已知一个数列从第 0 项开始的前三项分别为 0、0、1,以后的各项都是其相邻的前三项之和。给定程序 MODI1. C 中函数 fun 的功能是:计算并输出该数列前 n 项的平方根之和。n 的值通过形参传入。例如,当 n = 10 时,程序的输出结果应为:23. 197 745。

```
#include  < stdio. h >
#include  < math. h >
/ * * * * * * * * * * * * found * * * * * * * * * * * * /
fun(int n)                                    改为:double fun( int n)
{ double sum, s0, s1, s2, s; int k;
  sum = 1.0;
```

```
        if ( n <= 2) sum = 0.0;
        s0 = 0.0; s1 = 0.0; s2 = 1.0;
        for ( k = 4; k <= n; k ++)
        { s = s0 + s1 + s2;
          sum += sqrt(s);
          s0 = s1; s1 = s2; s2 = s;
        }
/ ************ found ************/
        return sum                          改为:return sum;
    }
    main ( )
    { int n;
      printf("Input N =");
      scanf("% d", &n);
      printf("% f\n", fun(n) );
    }
```

**解题思路:**

第一处:由于函数返回是实数,所以必须定义返回的类型,只有整型或无结果返回可以忽略,其他必须定义返回的类型,所以要在此行前加上 double 或 float。

第二处:该行缺少分号。

# 第 47 套

给定程序 MODI1. C 中函数 fun 的功能是求 S 的值。计算 S 的公式如下:

$$S = \frac{2 \times 2}{1 \times 3} \times \frac{4 \times 2}{3 \times 5} \times \frac{6 \times 2}{5 \times 7} \times \cdots \times \frac{(2k) \times 2}{(2k-1) \times (2k+1)}$$

例如,当 k 为 10 时,函数值应为:1. 533852。

```
    #include  < stdio. h >
    #include  < math. h >
/ *********** found ************/
    void fun( int k )                       改为:double fun( int k)
    { int n; float s, w, p, q;
      n = 1;
      s = 1.0;
      while ( n <= k )
      { w = 2.0 * n;
        p = w - 1.0;
        q = w + 1.0;
        s = s * w * w/p/q;
```

```
        n ++ ;
    }
    / ************ found ************ /
    return s                              改为：return s;
    }
main ( )
{
    printf("% f\n", fun (10));
}
```

**解题思路：**

第一处：由于函数返回是实数，所以必须定义返回的类型，只有整型或无结果返回可以忽略，其他必须定义返回的类型，所以要在此行前加上 double 或 float。

第二处：缺少分号。

# 第 48 套

给定程序 MODI1.C 中函数 fun 的功能是：计算小于形参 k 的最大 10 个能被 13 或 17 整除的自然数之和。k 的值由主函数传入，若 k 的值为 500，则函数值为 4622。

```
#include < stdio. h >
int fun( int k )
{ int m = 0, mc = 0, j ;
    while (( k > = 2) && (mc < 10))
    {
    / ************ found ************ /
    if (( k%13 = 0) || ( k%17 = 0))    改为：if(( k%13 ==0)||( k%17 ==0))
    { m = m + k; mc ++ ; }
    k -- ;
    }
    return m ;
    / ************ found ************ /
    _____                              应填 }
main ( )
{
    printf("% d\n", fun (500));
}
```

**解题思路：**

第一处：判断相等的条件是 == ，而不是 = ，所以只能在比较处再添加一个 = 。

第二处：经过编译可知，"{"和"}"没有配对，所以在横线处加上"}"。

## 第 49 套

给定程序 MODI1. C 中函数 fun 的功能是：由形参给定 n 个实数，输出平均值，并统计在平均值以上（含平均值）的实数个数。

例如，n = 8 时，输入：193. 199，195. 673，195. 757，196. 051，196. 092，196. 596，196. 579，196. 763。所得平均值为 195. 838745，在平均值以上的实数个数应为 5。

```
#include <stdio. h>
int fun( float x[ ], int n)
{
/ ************ found ************ /
int j, c =0, float xa =0. 0;              改为：int j, c =0; float xa =0. 0;
for (j =0; j < n; j ++ )
xa  += x[j]/n;
printf("ave = % f\n",xa);
for (j =0; j < n; j ++ )
/ ************ found ************ /
if (x[j] = > xa)                          改为：if (x[j] > = xa)
c ++ ;
return c;
}
main ( )
{ float x [ 100 ]  =  {193. 199，195. 673，195. 757，196. 051，196. 092，196. 596，
196. 579，196. 763};
printf("% d\n", fun (x, 8));
}
```

**解题思路：**
第一处：两种类型变量定义之间应该用分号，所以应改为：int j, c =0; float xa =0. 0。
第二处：在 C 语言中，大于等于应表达为 > =。

## 第 50 套

给定程序 MODI1. C 中函数 fun 的功能是：计算函数 $F(x,y,z) = (x + y)/(x - y) + (z + y)/(z - y)$ 的值。其中 $x$ 和 $y$ 的值不等，$z$ 和 $y$ 的值不等。

例如，当 $x$ 的值为 9、$y$ 的值为 11、$z$ 的值为 15 时，函数值为 -3. 50。

```
#include <stdio. h>
#include <math. h>
#include <stdlib. h>
/ ************ found ************ /
```

```
#define FU(m,n) (m/n)                    改为:#define FU(m,n) ((m)/(n))
float fun(float a,float b,float c)
{ float value;
  value = FU(a+b,a-b) + FU(c+b,c-b);
  / ************ found ************/
  Return(Value);                         改为:return(value);
}
main()
{ float x,y,z,sum;
  printf("Input x y z: ");
  scanf("%f%f%f",&x,&y,&z);
  printf("x = %f,y = %f,z = %f\n",x,y,z);
  if (x==y||y==z){printf("Data error! \n");exit(0);}
  sum = fun(x,y,z);
  printf("The result is : %5.2f\n",sum);
}
```

**解题思路:**

第一处:define 定义错误,所以应改为:#define FU(m,n) ((m)/(n))。

第二处:return 错写成 Return,变量 value 错写成 Value。

# 第 51 套

给定程序 MODI1. C 中函数 fun 的功能是:从 n(形参)个学生的成绩中统计出低于平均分的学生人数,此人数由函数值返回,平均分存放在形参 aver 所指的存储单元中。

例如,若输入 8 名学生的成绩:80.5 60 72 90.5 98 51.5 88 64,则低于平均分的学生人数为: 4(平均分为:75.5625)。

```
#include <stdio.h>
#define N 20
int fun ( float *s, int n, float *aver )
{ float ave, t = 0.0 ;
  int count = 0, k, i ;
  for ( k = 0 ; k < n ; k ++ )
  / ************ found ************/
  t = s[k] ;                             改为:t += s[k];
  ave = t / n ;
  for ( i = 0 ; i < n ; i ++ )
  if ( s[ i ] < ave ) count ++ ;
  / ************ found ************/
  * aver = Ave ;                         改为: * ave = ave;
```

```
        return count ;
    }
main( )
{ float s[30] , aver ;
    int m, i ;
    printf ( "\nPlease enter m: " ) ; scanf ("%d", &m ) ;
    printf ( "\nPlease enter %d mark :\n", m ) ;
    for( i = 0 ; i < m ; i ++ ) scanf ( "%f", s + i ) ;
    printf( "\nThe number of students : %d \n", fun ( s, m, &aver ) );
    printf( "Ave = %f\n", aver ) ;
}
```

**解题思路:**

第一处:应求累加和,而不赋值,所以应改为 t += s[k]。

第二处:ave 不需要取地址,直接赋给 *aver 就可以了。

# 第 52 套

给定程序 MODI1. C 中函数 fun 的功能是:计算并输出下列级数的前 $N$ 项之和 $S_N$,直到 $S_{N+1}$ 大于 $q$ 为止,$q$ 的通过形参传入。计算式如下:

$$S_N = \frac{2}{1} + \frac{3}{2} + \frac{4}{3} + \cdots + \frac{N+1}{N}$$

例如,若 $q$ 的值为: 50.0,则函数值为: 49.394948。

```
#include <stdio.h>
double fun( double q )
{ int n; double s,t;
    n = 2;
    s = 2.0;
    while ( s <= q )
    {
      t = s;
      /*********** found ************/
      s = s + (n+1)/n;                            改为: s += (float)(n+1)/n;
      n ++ ;
    }
    printf("n = %d\n",n) ;
    /*********** found ************/
    return s;                                     改为: return t;
}
main ( )
```

```
        }
        printf("% f\n", fun(50));
    }
```

**解题思路:**

第一处:如果两个整数类型相除,结果仍为整数,所以必须转换其中一个数的类型,所以应改为:s += (float)(n + 1)/n。

第二处:返回结果错误,应改为:return t。

# 第 53 套

给定程序 MODI1. C 中函数 fun 的功能是:求整数 $x$ 的 $y$ 次方的低 3 位值。例如,整数 5 的 6 次方为 15625,此值的低 3 位值为 625。

```
#include < stdio. h >
long fun(int x, int y, long * p)
{ int i;
  long t = 1;
  / ************** found **************/
  for(i = 1; i < y; i ++)            改为:for(i = 1; i <= y; i ++)
  t = t * x;
  * p = t;
  / ************** found **************/
  t = t/1000;                        改为:t = t% 1000;
  return t;
}

main()
{ long t, r; int x, y;
  printf("\nInput x and y: "); scanf("% ld% ld", &x, &y);
  t = fun(x, y, &r);
  printf("\n\nx = % d, y = % d, r = % ld, last = % ld\n\n", x, y, r, t);
}
```

**解题思路:**

第一处:错误在 for 循环语句上,根据试题要求,终止条件应该是 i <= y。

第二处:要取低 3 位的值时,应模 1000 取余数,而不是整除 1000 取商。

# 第 54 套

给定程序 MODI1. C 中函数 fun 的功能是:将 s 所指字符串中出现的与 t1 所指字符串相同的子串全部替换成 t2 所指字符串,所形成的新串放在 w 所指的数组中。在此处,要求 t1 和 t2 所指字符串的长度相同。

例如,当 s 所指字符串中的内容为"abcdabfab"、t1 所指子串中的内容为"ab"、t2 所指子串中的内容为"99"时,结果在 w 所指的数组中的内容应为 "99cd99f99"。

```
#include < stdio. h >
#include < string. h >
int fun ( char * s, char * t1, char * t2 , char * w)
{
    int i; char * p , * r, * a;
    strcpy( w, s ) ;
    while ( * w )
    { p = w; r = t1;
    / ************ found ************/
    while ( r )                         改为:while( * r)
    if ( * r == * p ) { r ++ ; p ++ ; }
    else break;
    if ( * r == '\0' )
    { a = w; r = t2;
        while ( * r ) {
        / *********** found ************/
        * a = * r; a ++ ; r ++       改为: * a = * r; a ++ ; r ++ ;
        }
        w += strlen( t2) ;
    }
    else w ++ ;
    }
}
main( )
{
    char s[ 100] , t1[ 100] , t2[ 100] , w[ 100] ;
    printf("\nPlease enter string S:"); scanf("% s", s) ;
    printf("\nPlease enter substring t1:"); scanf("% s", t1) ;
    printf("\nPlease enter substring t2:"); scanf("% s", t2) ;
    if ( strlen( t1) == strlen( t2) ) {
        fun( s, t1, t2, w) ;
        printf("\nThe result is : % s\n", w) ;
    }
    else printf("Error : strlen( t1) ! = strlen( t2) \n") ;
}
```

**解题思路:**

第一处:判断字符串当前字符是否是字符串结束符,所以应改为:while( * r)。

第二处:语句后缺少分号。

## 第 55 套

给定程序 MODI1．C 中 fun 函数的功能是:求出分数序列

$$\frac{1}{2}, \frac{3}{2}, \frac{5}{3}, \frac{8}{5}, \frac{13}{8}, \frac{21}{13}, \cdots\cdots$$

的前 n 项之和。和值通过函数值返回 main 函数。

例如,若 n = 5,则应输出: 8．391667。

```
#include  < stdio. h >
/ ************* found *************/
fun ( int n )                                           改为:double fun( int n)
{ int a = 2, b = 1, c, k ;
   double s = 0. 0 ;
   for ( k = 1; k <= n; k ++ )
   { s = s + 1. 0 * a / b ;
     / ************* found *************/
     c = a; a += b; b += c;                              改为:c = a; a += b; b = c;
   }
   return( s ) ;
}
main( )
{ int n = 5 ;
   printf( "\nThe value of function is: % lf\n", fun ( n ) ) ;
}
```

**解题思路:**

第一处:由于计算的实型值要通过函数返回,所以必须定义函数的返回类型,只要 int 或 void 可以省略,其他都要定义类型。由于返回是实型值,所以应在数名前加上 double 或 float 等定义。

第二处:根据公式可知,在 for 循环内 b 的值应是 c。

## 第 56 套

给定程序 MODI1．C 中函数 fun 的功能是:从低位开始取出长整型变量 s 中奇数位上的数,依次构成一个新数放在 t 中。高位仍在高位,低位仍在低位。

例如,当 s 中的数为:7654321 时,t 中的数为:7531。

```
#include  < stdio. h >
/ ************ found ************/
void fun ( long s, long t)                              改为:void fun( long s,long * t)
```

```
{ long sl = 10;
 *t = s % 10;
 while ( s > 0 )
 { s = s/100;
  *t = s%10 * sl + *t;
  /************ found ************/
  sl = sl * 100;                          改为:sl = sl * 10;
 }
}
main( )
{ long s, t;
 printf("\nPlease enter s:"); scanf("%ld", &s);
 fun(s, &t);
 printf("The result is: %ld\n", t);
}
```

**解题思路:**

第一处:函数 fun 使用了 *t,但在函数定义时没有使用 *t,所以应改为:void fun(long s, long *t)。

第二处:每循环一次,sl 的值就乘以 10,所以应改为:sl = sl * 10;。

# 第 57 套

给定程序 MODI1. C 中函数 fun 的功能是:用递归算法计算斐波拉契数列中第 $n$ 项的值。从第 1 项起,斐波拉契数列为:1、1、2、3、5、8、13、21、……

例如,若给 n 输入 7,该项的斐波拉契数值为:13。

```
#include <stdio.h>
long fun(int g)
{
  /********** found **********/
  switch(g);                              改为:switch(g)
  { case 0: return 0;
   /********** found **********/
   case 1 ;case 2 : return 1 ;            改为:case 1: return 1; case 2: return 1;
  }
  return( fun(g-1) + fun(g-2) );
}
main( )
{ long fib; int n;
 printf("Input n: "); scanf("%d",&n); printf("n = %d\n",n);
```

```
        fib = fun( n ) ;
        printf("fib = % d\n\n",fib) ;
    }
```

**解题思路：**

第一处：switch 后有多余的分号。

第二处：case 1 后没有返回语句，也应该为 return 1。所以应改为：

　　　case 1：return 1；case2：return 1；

# 第 58 套

给定程序 MODI1. C 中函数 fun 的功能是：找出一个大于形参 m 且紧随 m 的素数，并作为函数值返回。

```
    #include  < stdio. h >
    int fun( int m )
    { int i, k ;
      for ( i = m + 1 ; ; i++ ) {
        for ( k = 2 ; k < i ; k ++ )
    / * * * * * * * * * * * * * found * * * * * * * * * * * * * /
        if ( i % k ! = 0 )                          改为:if( i%k ==0)
        break ;
    / * * * * * * * * * * * * * found * * * * * * * * * * * * * /
        if ( k < i )                                改为:if ( k  == i)
        return( i ) ;
        }
    }
    void main( )
    {
      int n ;
      n = fun( 20 ) ;
      printf("n = % d\n", n ) ;
    }
```

**解题思路：**

第一处：判断素数的条件是一个数 i 除自身或 1 除外不被任何数 k 整除的数。如果一个数 i 被另一个数 k 取模，模值等于零，那么这个不是素数并退出循环体，所以应改为 if( i%k ==0)。

第二处：如果 i 不被循环中任一个 k 值不整除，那么循环结束后 k 的值应该等于 i，所以应改为 if( k ==i) 或 if( k > =i)。

## 第 59 套

给定程序 MODI1. C 中函数 fun 的功能是:根据整型形参 m 的值,计算如下公式的值:

$$t = 1 - \frac{1}{2 \times 2} - \frac{1}{3 \times 3} - \cdots\cdots - \frac{1}{m \times m}$$

例如,若 m 中的值为 5,则应输出 0.536 389。

```
#include < stdio. h >
double fun ( int m )
{ double y = 1.0 ;
  int i ;
  / ************* found ************* /
  for( i = 2 ; i < m ; i ++ )              改为:for( i = 2 ; i <= m ; i ++ )
  / ************* found ************* /
  y - = 1 /( i * i ) ;                      改为:y - = 1./( i * i ) ;
  return( y ) ;
}
main( )
{ int n = 5 ;
  printf( "\nThe result is % lf\n", fun ( n ) ) ;
}
```

**解题思路:**

第一处:使用 for 循环计算公式,必须计算到 m,所以应改为 for( i = 2 ; i <= m ; i ++ )。

第二处:在除法运算中,如果除数和被除数都是整数,那么所除结果也是整数,因此应改为
y - = 1./( i * i );

## 第 60 套

给定程序 MODI1. C 中函数 fun 的功能是:将 m(1≤m≤10)个字符串连接起来,组成一个新串,放入 pt 所指存储区中。

例如:把 3 个串:"abc"、"CD"、"EF"连接起来,结果是"abcCDEF"。

```
#include < stdio. h >
#include < string. h >
int fun ( char str[ ][10], int m, char * pt )
{
  / ************ found ************ /
  Int k, q, i ;                        改为:int k,q,i;
  for ( k = 0; k < m; k ++ )
  { q = strlen ( str [ k ] ) ;
```

```
    for ( i = 0; i < q; i ++ )
    / ************ found ************/
    pt[ i ] = str[ k,i ] ;                        改为: pt[ i ] = str[ k ][ i ] ;
    pt += q ;
    pt[ 0 ] = 0 ;
    }
}
main( )
{ int m, h ;
  char s[ 10 ][ 10 ], p[ 120 ] ;
  printf( "\nPlease enter m:" ) ;
  scanf( "% d", &m ) ; gets( s[ 0 ] ) ;
  printf( "\nPlease enter % d string: \n", m ) ;
  for ( h = 0; h < m; h ++ ) gets( s[ h ]) ;
  fun( s, m, p ) ;
  printf( "\nThe result is : % s\n", p ) ;
}
```

**解题思路:**

第一处:保留字 int 错写成 Int。

第二处:字符数组的字符串书写格式错误。

# 第 61 套

给定程序 MODI1. C 中函数 fun 的功能是:给一维数组 a 输入任意 4 个整数,并按一定规律输出。例如,输入 1、2、3、4,程序运行后按以下规律输出一个方阵:

```
    4 1 2 3
    3 4 1 2
    2 3 4 1
    1 2 3 4
```

```
#include  < stdio. h >
#define M 4
/ ************ found ************/
void fun( int a)                        改为: void fun( int * a)
{ int i,j,k,m;
  printf("Enter 4 number : ");
  for( i = 0; i < M; i ++ ) scanf("% d",&a[ i ]) ;
  printf("\n\nThe result : \n\n") ;
  for( i = M;i > 0;i -- )
  { k = a[ M -1 ] ;
```

```
        for( j = M - 1; j > 0; j -- )
        / ************** found **************/
        aa[ j] = a[ j - 1];                      改为:a[ j] = a[ j - 1];
        a[ 0] = k;
        for( m = 0; m < M; m ++ )  printf("% d ",a[ m]);
        printf("\n");
      }
    }
  main( )
  { int a[ M];
    fun( a); printf("\n\n");
  }
```

**解题思路:**

第一处:在函数 fun 体中,a 是一个整型数组,所以形参 a 应定义为指针型整数变量。

第二处:变量书写错误,aa 应为 a。

# 第 62 套

给定程序 MODI1.C 中 fun 函数的功能是:求 s = aa…aa - … - aaa - aa - a。(此处 aa… aa 表示 n 个 a, a 和 n 的值在 1 至 9 之间)

例如 a = 3, n = 6, 则以上表达式为:s = 333 333 - 33 333 - 3 333 - 333 - 33 - 3, 其值是 296 298。

a 和 n 是 fun 函数的形参,表达式的值作为函数值传回 main 函数。

```
  #include  < stdio. h >
  long fun ( int a, int n)
  { int j ;
  / ************** found **************/
  long s = 0, t = 1;                           改为:long s = 0, t = 0 ;
  for ( j = 0 ; j < n ; j ++ )
  t = t * 10 + a ;
  s = t ;
  for ( j = 1 ; j < n ; j ++ ) {
  / ************** found **************/
  t = t % 10 ;                                 改为:t = t/10;
  s = s - t ;
  }
  return( s) ;
  }
  main( )
```

```
{ int a, n ;
    printf( "\nPlease enter a and n:") ;
    scanf( "% d% d", &a, &n ) ;
    printf( "The value of function is: % ld\n", fun ( a, n ) ) ;
}
```

**解题思路:**

第一处:根据 for 循环计算 t 的值可知,变量 t 的初值不正确,应为 0。

第二处:每次循环都是取 t 除以 10 的值,而不是取余数,所以应改 t = t/10。

# 第 63 套

给定程序 MODI1. C 中函数 fun 的功能是:计算并输出 high 以内最大的 10 个素数之和。high 的值由主函数传给 fun 函数。若 high 的值为:100,则函数的值为:732。

```
#include  < stdio. h >
#include  < math. h >
int fun( int high )
{ int sum = 0, n = 0, j, yes;
  / ************ found ************/
  while ( ( high > = 2) && ( n < 10)      改为:while ( ( high > = 2) && ( n < 10) )
  { yes = 1;
    for ( j = 2; j <= high/2; j ++ )
    if ( high % j == 0 ) {
      / *********** found ************/
      yes = 0; break                     改为:yes = 0; break;
    }
    if ( yes ) { sum += high; n ++ ; }
    high -- ;
  }
  return sum ;
}
main ( )
{
  printf("% d\n", fun (100) );
}
```

**解题思路:**

第一处:括号没有匹配。

第二处:缺少分号。

## 第 64 套

给定程序 MODI1. C 中函数 fun 的功能是：根据形参 m 的值（2≤m≤9），在 m 行 m 列的二维数组中存放如下所示规律的数据，由 main 函数输出。

例如：若输入 2，则输出：

```
1   2
2   4
```

若输入 4，则输出：

```
1   2   3   4
2   4   6   8
3   6   9   12
4   8   12  16
```

```c
#include < conio. h >
#define M 10
int a[M][M] = {0} ;
/ ************** found **************/
fun( int ** a, int m)                     改为:fun( int a[ ][M], int m)
{ int j, k ;
  for ( j = 0 ; j < m ; j++ )
  for ( k = 0 ; k < m ; k++ )
/ ************** found **************/
  a[j][k] = k * j ;                        改为:a[j][k] = (k +1) * (j +1);
}
main ( )
{ int i, j, n ;
  printf ( " Enter n : " ) ; scanf ("% d", &n ) ;
  fun ( a, n ) ;
  for ( i = 0 ; i < n ; i++)
  { for (j = 0 ; j < n ; j++ )
    printf ( "%4d", a[i][j] ) ;
    printf ( "\n" ) ;
  }
}
```

**解题思路：**

第一处：在函数体 fun 中可知，a 是一个字符串数组型变量，所以应改为：fun( int a[ ][M], int m)。

第二处：根据输出的结果可知，应改为：a[j][k] = (k +1) * (j +1)。

# 第 65 套

给定程序 MODI1. C 中函数 fun 的功能是：读入一个字符串（长度 < 20 ），将该字符串中的所有字符按 ASCII 码升序排序后输出。

例如，若输入：edcba，则应输出：abcde。

```
#include  < stdio. h >
void fun( char t[ ] )
{
  char c;
  int i, j;
  / ********** found ***********/
  for( i = strlen( t ); i; i -- )        改为:for( i = strlen( t ) -1; i; i -- )
  for( j = 0; j < i; j ++ )
/ ********** found ***********/
  if( t[ j ] < t[ j + 1 ] )            改为:if( t[ j ] > t[ j +1] )
  {
    c = t[ j ];
    t[ j ] = t[ j + 1 ];
    t[ j + 1 ] = c;
  }
}
main( )
{
  char s[ 81 ];
  printf( "\nPlease enter a character string: " );
  gets( s );
  printf( "\n\nBefore sorting:\n \"% s\"", s );
  fun( s );
  printf( "\nAfter sorting decendingly:\n \"% s\"", s );
}
```

**解题思路：**

第一处：外 for 循环的初始值应是 strlen(t) -1。

第二处：由于是按升序排序，所以应 if(t[j] > t[j +1])。

# 第 66 套

给定程序 MODI1. C 中函数 fun 的功能是实现两个整数的交换。

例如给 a 和 b 分别输入：60 和 65，输出为：a = 65 b = 60。

```
#include  < stdio. h >
/ ********** found **********/
void fun ( int a, b )                              改为:void fun ( int * a, int * b )
{ int t;
  / ********** found **********/
  t = b; b = a ; a = t;                            改为:t = * b; * b = * a; * a = t;
}
main ( )
{ int a, b;
  printf ( "Enter a , b : "); scanf ( "%d,%d", &a, &b );
  fun ( &a , &b ) ;
  printf ("  a = % d b = % d\n ", a, b );
}
```

**解题思路:**

第一处:函数形参定义不正确,在定义第 2 个形参时,也应加上 int。由于通过该函数实现两数交换,在 C 语言中,必须交换地址中的值,所以应定义为 int * a,int * b。

第二处:要交换地址中的值,不能交换地址,必须指定地址中的值,因此应改为

　　t = * b; * b = * a; * a = t;

# 第 67 套

给定程序 MODI1. C 中函数 fun 的功能是: 先从键盘上输入一个 3 行 3 列矩阵元素的值,然后输出主对角线元素之和。

```
#include  < stdio. h >
int fun( )
{
  int a[ 3 ][ 3 ] ,sum;
  int i,j;
  / ********* found **********/
  _____;                                          应填:sum =0;
  for ( i =0;i <3;i ++ )
  { for ( j =0;j <3;j ++ )
    / ********* found **********/
    scanf("% d",a[ i ][ j ]);                      改为:scanf("% d",&a[ i ][ j ]);
  }
  for ( i =0;i <3;i ++ )
  sum = sum + a[ i ][ i ];
  printf("Sum = % d\n",sum);
}
```

```
main()
{
    fun();
}
```

**解题思路:**

第一处:变量 sum 进行初始化,由于计算累加和,所以应为:sum = 0。

第二处:读入整型数,应使用地址读入,所以应为:scanf("%d", &a[i][j])。

# 第 68 套

给定程序 MODI1.C 中 fun 函数的功能是:根据 *m*,计算如下公式的值:

$$t = 1 + \frac{1}{2} + \frac{1}{3} + \frac{1}{4} + \cdots\cdots + \frac{1}{m}$$

例如,若输入 5,则应输出 2.283 333。

```
#include <stdio.h>
double fun( int m )
{
    double t = 1.0;
    int i;
    for( i = 2; i <= m; i++ )
/********** found **********/
    t += 1.0/k;                          改为:t += 1.0/i;
/********** found **********/
    _____                             应填:return t;
}
main()
{
    int m;
    printf( "\nPlease enter 1 integer number:" );
    scanf( "%d", &m );
    printf( "\nThe result is %lf\n", fun( m ) );
}
```

**解题思路:**

第一处:在此变量 k 没有定义过,再根据公式和 for 循环语句中所用的变量可知,这里的 k 实际上是 i。

第二处:应是返回公式的值,函数中公式的值是存放在临时变量 t 中,所以应填 return t。

# 第 69 套

给定程序 MODI1.C 中 fun 函数的功能是:分别统计字符串中大写字母和小写字母的个

数。

例如，给字符串 s 输入：AAaaBBb123CCccccd,则应输出结果：upper = 6，lower = 8。

```
#include < stdio. h >
/ *********** found *********** /
void fun ( char * s, int a, int b )        改为：void fun ( char * s, int * a, int * b )
{
  while ( * s )
  { if ( * s > = 'A' && * s <= 'Z' )
  / *********** found *********** /
   * a = a + 1 ;                                            改为：* a = * a + 1 ;
  if ( * s > = 'a' && * s <= 'z' )
  / *********** found *********** /
   * b = b + 1;                                             改为：* b = * b + 1;
   s ++ ;
  }
}
main( )
{ char s[ 100 ] ; int upper = 0, lower = 0 ;
  printf( "\nPlease a string : " ) ; gets ( s ) ;
  fun ( s, & upper, &lower ) ;
  printf( "\n upper = % d lower = % d\n", upper, lower ) ;
}
```

**解题思路：**

第一处：由于 a 和 b 是指针变量,所以应改为 int * a,int * b。

第二处：此处考查指针运算符 * 的用法,所以在等式右边应写 * a。

第三处：此处也考查指针运算符的用法,故也应在等式右边应写 * b。

# 第 70 套

给定程序 MODI1. C 中函数 fun 的功能是：根据整型形参 m 计算如下公式的值：

$$y = \frac{1}{100 \times 100} + \frac{1}{200 \times 200} + \frac{1}{300 \times 300} + \cdots\cdots + \frac{1}{m \times m}$$

例如,若 m = 2000,则应输出：0.000 160。

```
#include < stdio. h >
/ *********** found *********** /
fun ( int m )                              改为：double fun( int m )
{ double y = 0, d ;
  int i ;
/ *********** found *********** /
```

```
        for( i = 100, i <= m, i += 100 )    改为:for( i = 100;i <= m;i += 100 )
        { d = (double)i * (double)i ;
          y += 1.0 / d ;
        }
        return( y ) ;
    }
    main( )
    { int n = 2000 ;
      printf( "\nThe result is % lf\n", fun ( n ) ) ;
    }
```

**解题思路：**

第一处：由于计算的实型值要通过函数返回，所以必须定义函数的返回类型。只有 int 或 void 可以省略，其他都要定义。由于返回是实型值，所以应在数名前加上 double 等定义，因为使用 float 精度不够，所以在这里不能使用 float 定义。

第二处：在 for 循环中，两个"；"不可省略，在此把"；"错写成","。

# 第 71 套

给定程序 MODI1. C 中函数 fun 的功能是：首先把 b 所指字符串中的字符按逆序存放，然后将 a 所指字符串中的字符和 b 所指字符串中的字符按排列的顺序交叉合并到 c 所指数组中，过长的剩余字符接在 c 所指数组的尾部。例如，当 a 所指字符串中的内容为"abcdefg"，b 所指字符串中的内容为"1234"时，c 所指数组中的内容应该为"a4b3c2d1efg"；而当 a 所指字符串中的内容为"1234"，b 所指字符串中的内容为"abcdefg"时，c 所指数组中的内容应该为"1g2f3e4dcba"。

```
    #include  < stdio. h >
    #include  < string. h >
    void fun( char * a, char * b, char * c )
    {
    int i , j; char ch;
    i = 0; j = strlen(b) -1;
    /************ found ************/
    while ( i > j )                              改为:while(i<j)
    { ch = b[i]; b[i] = b[j]; b[j] = ch;
      i ++ ; j -- ;
    }
    while ( * a || * b ) {
      /************ found ************/
    If ( * a )                                   改为:if ( * a)
      { * c = * a; c ++ ; a ++ ; }
```

```
    if ( *b )
      { *c = *b; c ++; b ++; }
    }
    *c = 0;
  }
main( )
  {
    char s1[100],s2[100],t[200];
    printf("\nEnter s1 string : ");scanf("%s",s1);
    printf("\nEnter s2 string : ");scanf("%s",s2);
    fun( s1, s2, t );
    printf("\nThe result is : %s\n", t );
  }
```

**解题思路：**

第一处：应该判断 i 是否小于 j，所以应改为：while(i<j)。

第二处：if 错写成 If。

# 第 72 套

给定程序 MODI1.C 中函数 fun 的功能是：将 s 所指字符串的正序和反序进行连接，形成一个新串放在 t 所指的数组中。例如，当 s 所指字符串为"ABCD"时，则 t 所指字符串中的内容应为"ABCDDCBA"。

```
#include <stdio.h>
#include <string.h>
/ ************ found ************/
void fun (char s, char t)                    改为:void fun (char *s, char *t)
  {
    int i, d;
    d = strlen(s);
    for (i = 0; i<d; i ++) t[i] = s[i];
    for (i = 0; i<d; i ++) t[d+i] = s[d-1-i];
/ ************ found ************/
    t[2*d-1] = '\0';                         改为:t[2*d]=0;
  }
main( )
  {
    char s[100], t[100];
    printf("\nPlease enter string S:"); scanf("%s", s);
    fun(s, t);
```

```
            printf("\nThe result is：% s\n", t);
        }
```

**解题思路：**

第一处：从函数体 fun 中可知，两个均为字符指针型变量，应改为：void fun ( char ＊ s, char ＊ t)。

第二处：字符串结束位置错误，应改为：t[2 ＊ d] ＝0；。

# 第 73 套

给定程序 MODI1. C 中函数 fun 的功能是：求出分数序列

$$\frac{2}{1}, \frac{3}{2}, \frac{5}{3}, \frac{8}{5}, \frac{13}{8}, \frac{21}{13}, \cdots\cdots$$

的前 n 项之和。和值通过函数值返回到 main 函数。

例如，若 n ＝ 5，则应输出：8. 391 667。

```
        #include  < stdio. h >
        / ＊＊＊＊＊＊＊＊＊＊＊＊ found ＊＊＊＊＊＊＊＊＊＊＊＊/
        fun ( int n )                            改为：double fun ( int n )
        { int a, b, c, k; double s;
            s ＝ 0.0; a ＝ 2; b ＝ 1;
            for ( k ＝ 1; k  <＝ n; k ++ ) {
                / ＊＊＊＊＊＊＊＊＊＊＊＊ found ＊＊＊＊＊＊＊＊＊＊＊＊/
                s ＝ s ＋ (Double)a / b;           改为：s ＝ s ＋ (double)a / b;
                c ＝ a; a ＝ a ＋ b; b ＝ c;
            }
            return s;
        }
        main( )
        { int n ＝ 5;
            printf( "\nThe value of function is：% lf\n", fun ( n ) );
        }
```

**解题思路：**

第一处：由于计算的实型值要通过函数返回，所以必须定义函数的返回类型，只要 int 或 void 可以省略，其他都要定义类型。由于返回是实型值，所以应用 double 或 float 等定义。

第二处：double 的第 1 个字母错写成大写 D。

# 第 74 套

给定程序 MODI1. C 的功能是：读入一个整数 $k(2 \leqslant k \leqslant 10000)$，打印它的所有质因子（即所有为素数的因子）。例如，若输入整数：2310，则应输出：2、3、5、7、11。

```
#include  < stdio. h >
/ *********** found *********** /
IsPrime ( int n );                              改为:IsPrime ( int n )
{ int i, m;
  m = 1;
  for ( i = 2; i < n; i ++ )
/ *********** found *********** /
  if ! ( n%i )                                  改为:if( ! ( n%i ) )
  { m = 0; break ; }
  return ( m );
}
main( )
{ int j, k;
  printf( "\nPlease enter an integer number between 2 and 10000: " ); scanf( "%d",&k );
  printf( "\n\nThe prime factor(s) of %d is( are ):", k );
  for( j = 2; j <= k; j ++ )
  if( ( ! ( k%j ) )&&( IsPrime( j ) ) ) printf( "\n %4d", j );
  printf("\n");
}
```

**解题思路:**
第一处:函数定义的行尾有多余的分号。
第二处:条件判断缺少圆括号。

## 第 75 套

给定程序 MODI1. C 中函数 fun 的功能是:判断 ch 中的字符是否与 str 所指串中的某个字符相同。若相同,什么也不做;若不同,则将其插在串的最后。

```
#include  < stdio. h >
#include  < string. h >
/ ********** found ********** /
void fun( char str, char ch )                   改为:void fun( char * str, char ch)
{ while ( * str && * str ! = ch ) str ++ ;
  / ********** found ********** /
  if ( * str == ch )                            改为:if( * str ! = ch )
  { str [ 0 ] = ch;
    / ********** found ********** /
    str[1] = '0';                               改为:str[1] = 0;
  }
}
```

```
main( )
{ char s[81], c ;
  printf( "\nPlease enter a string:\n" ); gets ( s );
  printf ("\n Please enter the character to search : " );
  c = getchar( );
  fun(s, c) ;
  printf( "\nThe result is % s\n", s);
}
```

**解题思路：**

第一处：第1个形参应该是字符串类型，所以应改为：void fun(char * str, char ch)。

第二处：应该是判断不相等，所以应改为：if( * str! = ch)。

第三次：置字符串结束符错误，所以应改为：str[1] = 0;。

# 第 76 套

给定程序 MODI1. C 中函数 fun 的功能是：判断一个整数是否是素数，若是返回1，否则返回0。在 main( )函数中，若 fun 返回1输出 YES，若 fun 返回0输出 NO!。

```
#include < stdio. h >
int fun ( int m )
{ int k = 2;
  while ( k <= m && (m%k))
  / *********** found ************/
  k ++                                        改为：k ++ ;
  / *********** found ************/
  if (m = k)                                   改为：if (m == k)
  return 1;
  else return 0;
}
main( )
{ int n;
  printf( "\nPlease enter n: " ); scanf( "% d", &n );
  if ( fun ( n ) ) printf( "YES\n" );
  else printf( "NO! \n" );
}
```

**解题思路：**

第一处：语句后缺少分号。

第二处：条件判断相等的符号是 ==。

## 第 77 套

给定程序 MODI1. C 中函数 fun 的功能是：将长整型数中每一位上为奇数的数依次取出，构成一个新数放在 t 中。高位仍在高位，低位仍在低位。

例如，当 s 中的数为 87653142 时，t 中的数为 7531。

```
#include <stdio.h>
void fun (long s, long *t)
{ int d;
  long sl =1;
  /************ found ************/
  t = 0;                                          改为：*t = 0;
  while ( s > 0)
  { d = s%10;
    /************ found ************/
    if (d%2 == 0)                                 改为：if(d%2 != 0)
    { *t = d * sl + *t;
      sl * = 10;
    }
    s / = 10;
  }
}
main()
{ long s, t;
  clrscr();
  printf("\nPlease enter s:"); scanf("%ld", &s);
  fun(s, &t);
  printf("The result is: %ld\n", t);
}
```

**解题思路：**
第一处：由于 t 是一个指针变量，赋初值的方式应为：*t =0；。
第二处：d%2 条件判断时应为不是 0，所以应改为：if(d%2! =0)。

## 第 78 套

由 N 个有序整数组成的数列已放在一维数组中，给定程序 MODI1. C 中函数 fun 的功能是：利用折半查找算法查找整数 m 在数组中的位置。若找到，返回其下标值；否则，返回 -1。

折半查找的基本算法是：每次查找前先确定数组中待查的范围 low 和 high(low < high)，然后把 m 与中间位置(mid)元素的值进行比较。如果 m 的值大于中间位置元素中的值，则下一

次的查找范围落在中间位置之后的元素中;反之,下一次的查找范围落在中间位置之前的元素中。直到 low > high,查找结束。

```
#include  < stdio. h >
#define N 10
/ ************ found ************/
void fun( int a[ ] , int m )                      改为:int fun( int a[ ] ,int m )
{ int low = 0 , high = N - 1 , mid;
  while( low <= high )
  { mid = ( low + high )/2 ;
    if( m < a[ mid ] )
    high = mid - 1 ;
    / ************ found ************/
    else If( m  >  a[ mid ] )                     改为:else if( m  >  a[ mid ] )
    low = mid +1 ;
    else return( mid ) ;
  }
  return( -1 ) ;
}
main( )
{ int i,a[ N ] = { -3 ,4 ,7 ,9 ,13 ,45 ,67 ,89 ,100 ,180 } ,k,m;
  printf("a 数组中的数据如下:");
  for( i =0 ;i < N ;i ++ ) printf("% d ", a[ i ] );
  printf("Enter m: "); scanf("% d",&m);
  k = fun( a,m );
  if( k >  =0 ) printf("m = % d ,index = % d \n",m,k );
  else printf("Not be found!  \n");
}
```

**解题思路:**
第一处:函数有返回值,不能定义为 void,所以应改为:int fun( int a[ ] ,int m )。
第二处:if 错定成 If。

# 第 79 套

给定程序 MODI1. C 中函数 fun 的功能是:将 tt 所指字符串中的小写字母都改为对应的大写字母,其他字符不变。例如,若输入"Ab, cD",则输出"AB, CD"。

```
#include  < stdio. h >
#include  < string. h >
char * fun( char tt[ ] )
{
```

```
        int i;
        for( i = 0; tt[i]; i ++ )
        / * * * * * * * * * * * found * * * * * * * * * * * * /
        if( ( ' a' <= tt[i] )||( tt[i] <= ' z' ) )        改为:if( ( ' a' <= tt[i] )&&( tt[i] <= ' z') )
        / * * * * * * * * * * * found * * * * * * * * * * * * /
        tt[i] + = 32;                                        改为:tt[i] - = 32;
        return( tt );
    }
    main( )
    {
        char tt[81];
        printf( "\nPlease enter a string: " );
        gets( tt );
        printf( "\nThe result string is:\n%s", fun( tt ) );
    }
```

**解题思路:**

第一处:判断是小写字母,则条件应该是"与"的关系。

第二处:小写字母的 ASCII 值减去 32 正好是大写字母。

## 第 80 套

给定程序 MODI1. C 中函数 fun 的功能是:输出 M 行 M 列整数方阵,然后求两条对角线上元素之和,返回此和数。

```
        #include < stdio. h >
        #define M 5
        / * * * * * * * * * * * found * * * * * * * * * * * * /
        int fun( int n, int xx[ ][ ] )                    改为:int fun( int n,int xx[ ][M] )
        { int i, j, sum = 0;
          printf( "\nThe %d x %d matrix:\n", M, M );
          for( i = 0; i < M; i ++ )
          { for( j = 0; j < M; j ++ )
            / * * * * * * * * * * * found * * * * * * * * * * * * /
            printf( "%f ", xx[i][j] );                    改为:printf("%d ",xx[i][j]);
            printf("\n");
          }
          for( i = 0 ; i < n ; i ++ )
          sum + = xx[i][i] +xx[i][ n-i - 1 ];
          return( sum );
```

```
}
main( )
{ int aa[ M ][ M ] = {{1,2,3,4,5},{4,3,2,1,0},
    {6,7,8,9,0},{9,8,7,6,5},{3,4,5,6,7}};
    printf ( "\nThe sum of all elements on 2 diagnals is %d.",fun( M, aa ));
}
```

**解题思路:**

第一处:形参必须定义字符串数组的长度,所以应改为:int fun( int n,int xx[ ][ M ])。

第二处:由于 xx 是整型的双维数组,不能用浮点型输出,所以应改为:printf("%d ",xx[ i ][ j ]);。

# 第 81 套

给定程序 MODI1.C 中函数 fun 的功能是:根据整型形参 m,计算如下公式的值:

$$y = 1 + \frac{1}{2 \times 2} + \frac{1}{3 \times 3} + \frac{1}{4 \times 4} + \cdots\cdots + \frac{1}{m \times m}$$

例如,若 m 中的值为 5,则应输出 1.463611。

```
#include < stdio. h >
double fun ( int m )
{ double y = 1.0 ;
    int i;
    / ************** found **************/
    for(i = 2 ; i < m ; i ++ )              改为:for( i = 2; i <= m; i ++ )
    / ************** found **************/
    y += 1 / ( i * i ) ;                     改为:y += 1./( i * i );
    return( y ) ;
}
main( )
{ int n = 5 ;
    printf( "\nThe result is %lf\n", fun ( n ) ) ;
}
```

**解题思路:**

第一处:使用 for 循环计算公式,必须计算到 m,所以应改为 for( i = 2; i <= m; i ++ )。

第二处:在除法运算中,如果除数和被除数都是整数,所以所除结果也是整数,因此应改为 y += 1./( i * i )。

# 第 82 套

给定程序 MODI1.C 中函数 fun 的功能是:从低位开始取出长整型变量 s 中的偶数位上的

数,依次构成一个新数放在 t 中。高位仍在高位,低位仍在低位。

例如,当 s 中的数为 7654321 时,t 中的数为 642。

```
#include  < stdio. h >
/ ************* found ************ /
void fun ( long s , long t )              改为:void fun ( long s , long * t )
{ long sl = 10 ;
  s / = 10 ;
  *t = s % 10 ;
/ ************* found ************ /
  while ( s < 0 )                         改为:while( s > 0 )
  { s = s/100 ;
    *t = s%10 * sl + *t ;
    sl = sl * 10 ;
  }
}

main( )
{ long s, t;
  printf("\nPlease enter s:"); scanf("%ld", &s);
  fun(s, &t);
  printf("The result is: %ld\n", t);
}
```

**解题思路:**

第一处:在函数 fun 体中,t 是一个指针型变量,因此定义形参时也应定义指针。

第二处:条件应该 s > 0,所以应改为:while( s > 0 )。

# 第 83 套

给定程序 MODI1. C 中函数 fun 的功能是:先将 s 所指字符串中的字符按逆序存放到 t 所指字符串中,然后把 s 所指串中的字符按正序连接到 t 所指串的后面。

例如:当 s 所指的字符串为"ABCDE"时, 则 t 所指的字符串应为"EDCBAABCDE"。

```
#include  < stdio. h >
#include  < string. h >
void fun ( char *s , char *t )
{
/ ************* found ************ /
  int i ;                                 改为:int i,sl ;
  sl = strlen(s) ;
  for ( i = 0 ; i < sl ; i ++ )
/ ************* found ************ /
```

```
    t[i] = s[sl-i];                          改为:t[i] = s[sl-i-1];
    for (i=0; i<sl; i++)
    t[sl+i] = s[i];
    t[2*sl] = '\0';
}
main( )
{ char s[100], t[100];
  printf("\nPlease enter string s:"); scanf("%s", s);
  fun(s, t);
  printf("The result is: %s\n", t);
}
```

**解题思路:**

第一处:变量 sl 没有定义。

第二处:在 C 语言中,字符串的位置从 0 开始的,所以应改为:t[i] = s[sl-i-1];。

# 第 84 套

给定程序 MODI1. C 中函数 fun 的功能是:首先将大写字母转换为对应小写字母;若小写字母为 a~u,则将其转换为其后的第 5 个字母;若小写字母为 v~z, 使其值减 21。转换后的小写字母作为函数值返回。例如,若形参是字母 A,则转换为小写字母 f;若形参是字母 W,则转换为小写字母 b。

```
#include  <stdio. h>
#include  <ctype. h>
char fun( char c)
{ if( c >= 'A' && c <= 'Z')
  /*************** found ***************/
  C = C + 32;                              改为:c = c + 32;
  if( c >= 'a' && c <= 'u')
  /*************** found ***************/
  c = c - 5;                               改为:c = c + 5;
  else if( c >= 'v' && c <= 'z')
  c = c - 21;
  return c;
}
main( )
{ char c1,c2;
  printf("\nEnter a letter( A - Z): "); c1 = getchar( );
  if( isupper( c1 ) )
  { c2 = fun( c1 );
```

```
            printf("\n\nThe letter \'%c\' change to \'%c\'\n", c1,c2);
        }
        else printf("\nEnter (A - Z)! \n");
    }
```

**解题思路：**

第一处：变量 c 错写成大写 C 了。

第二处：要求转换为其后的第 5 个字母，所以应改为：c = c + 5；。

# 第 85 套

给定程序 MODI1. C 中函数 fun 的功能是：先将在字符串 s 中的字符按正序存放到 t 串中，然后把 s 中的字符按逆序连接到 t 串的后面。

例如：当 s 中的字符串为"ABCDE"时，则 t 中的字符串应为"ABCDEEDCBA"。

```
#include <stdio. h>
#include <string. h>
void fun (char * s, char * t)
{ int i, sl;
    sl = strlen(s);
    /************ found ************/
    for( i =0; i <=sl; i ++)              改为:for( i =0; i <=sl; i ++)
    t[i] = s[i];
    for (i =0; i <sl; i ++)
    t[sl +i] = s[sl -i -1];
    /************ found ************/
    t[sl] = '\0';                         改为:t[2 * sl] = '\0';
}
main( )
{ char s[100], t[100];
    printf("\nPlease enter string s:"); scanf("%s", s);
    fun(s, t);
    printf("The result is: %s\n", t);
}
```

**解题思路：**

第一处：变量 sl 错写成了 s1。

第二处：新串 t 的字符串结束位置不正确，应该是两倍的 sl 距离。

# 第 86 套

给定程序 MODI1. C 中函数 fun 的功能是：根据输入的三个边长(整型值)，判断构成三角形、等边三角形还是等腰三角形。若能构成等边三角形函数返回 3,若能构成等腰三角形函数返回 2,若能构成一般三角形函数返回 1,若不能构成三角形函数返回 0。

```
#include  < stdio. h >
#include  < math. h >
/ * * * * * * * * * * * * * * * found * * * * * * * * * * * * * * /
void fun( int a, int b, int c)                 改为:int fun( int a, int b, int c)
{ if( a + b > c && b + c > a && a + c > b) {
    if( a == b && b == c)
    return 3 ;
    else if( a == b | | b == c | | a == c)
    return 2 ;
    / * * * * * * * * * * * * * found * * * * * * * * * * * * * * /
    else retrun 1                              改为:else retrun 1 ;
  }
    else return 0 ;
}
main( )
{ int a, b, c, shape;
  printf( "\nInput a, b, c: " ); scanf( "% d% d% d", &a, &b, &c) ;
  printf( "\na = % d, b = % d, c = % d\n", a, b, c) ;
  shape  = fun( a, b, c) ;
  printf( "\n\nThe shape : % d\n", shape) ;
}
```

**解题思路:**

第一处:函数有返回值,不能定义为 void,所以应改为:int fun( int a, int b, int c)。

第二处:语句后缺少分号。

# 第 87 套

给定程序 MODI1. C 中函数 fun 的功能是:统计一个无符号整数中各位数字值为零的个数,通过形参传回主函数,并把该整数中各位上最大的数字值作为函数值返回。例如,若输入无符号整数 30800,则数字值为零的个数为 3,各位上数字值最大的是 8。

```
#include  < stdio. h >
int fun( unsigned n, int * zero)
{ int count = 0, max = 0, t;
  do
  { t = n% 10 ;
    / * * * * * * * * * * * * * * found * * * * * * * * * * * * * * /
    if( t = 0)                                 改为:if( t == 0)
```

```
        count ++ ;
        if( max < t)  max = t;
        n = n/10;
    } while( n) ;
/ * * * * * * * * * * * * * found * * * * * * * * * * * * * * /
    zero = count;                                  改为: * zero = count;
    return max;
}
main( )
{ unsigned n; int zero,max;
    printf(″\nInput n(unsigned) : ″) ; scanf(″% d″,&n) ;
    max  = fun( n,&zero ) ;
    printf(″\nThe result: max = % d zero = % d\n″,max ,zero) ;
}
```

**解题思路:**

第一处:条件相等符号为 == 。

第二处:由于 zero 是一个指针型变量,所以给它进行赋值时应带指针,因此应改为:

　　* zero = count;

## 第 88 套

给定程序 MODI1. C 中函数 fun 的功能是:按顺序给 s 所指数组中的元素赋予从 2 开始的偶数,然后再按顺序对每五个元素求一个平均值,并将这些值依次存放在 w 所指的数组中。若 s 所指数组中元素的个数不是 5 的倍数,多余部分忽略不计。

例如,s 所指数组有 14 个元素,则只对前 10 个元素进行处理,不对最后的 4 个元素求平均值。

```
#include  < stdio. h >
#define SIZE 20
fun( double  * s,  double  * w)
{ int k,i; double sum;
    for( k = 2,i = 0;i < SIZE;i ++ )
    { s[ i] = k; k + = 2; }
/ * * * * * * * * * * found * * * * * * * * * * /
    sun = 0.0;                                    改为:sum = 0.0;
    for( k = 0,i = 0;i < SIZE;i ++ )
    { sum + = s[ i];
      / * * * * * * * * * * found * * * * * * * * * * /
      if( i +1%5 ==0)                             改为:if( ( i +1)%5 ==0)
      { w[ k] = sum/5; sum = 0; k ++ ; }
```

```
        }
        return k;
    }
    main( )
    { double a[SIZE],b[SIZE/5];
        int i, k;
        k = fun(a,b);
        printf("The original data:\n");
        for(i=0; i<SIZE; i++)
        { if(i%5 ==0) printf("\n");
            printf("%4.0f", a[i]);
        }
        printf("\n\nThe result :\n");
        for(i=0; i<k; i++) printf("%6.2f ",b[i]);
        printf("\n\n");
    }
```

**解题思路：**

第一处：变量名书写错误,应为 sum。

第二处：由于%的优先级比“+”优先,所以必须加上括号,因此改为:if((i+1)%5 ==0)。

# 第 89 套

给定程序 MODI1. C 中函数 fun 的功能是：计算整数 n 的阶乘。请改正程序中的错误或在下画线处填上适当的内容并把下画线删除,使它能计算出正确的结果。

```
    #include <stdio.h>
    double fun(int n)
    {
        double result =1.0;
        while (n>1 && n<170)
/ ********* found *********/
        result * = --n;                     改为:result * = n--;
/ ********* found *********/
        return _____;                       应填:result
    }
    main( )
    {
        int n;
        printf("Enter an integer：");
        scanf("%d",&n);
```

```
            printf("\n\n%d! =%lg\n\n",n,fun(n));
       }
```

**解题思路：**

第一处：--n 是先减 1,n-- 是后减 1。本题应该先乘以 n,再减 1,才正确。

第二处：返回计算结果,所以应填：result。

# 第 90 套

有一个数列,第一项值为 3, 后一项都比前一项的值增 5。给定程序 MODI1. C 中函数 fun 的功能是计算前 n(4 < n < 50)项的累加和;每累加一次把被 4 除后余 2 的当前累加值放入数组中, 符合此条件的累加值的个数作为函数值返回主函数。

例如, 当 n 的值为 20 时,该数列为 3、8、13、18、23、28、……、93、98。符合此条件的累加值应为 42、126、366、570、1010。

```
        #include <stdio. h>
        #define N 20
        int fun(int n,int * a)
        { int i,j,k,sum;
          /*************** found ***************/
          sum = j==0;                                改为：sum = j = 0;
          for(k = 3,i = 0;i < n;i ++ ,k += 5)
          { sum = sum + k;
            /*************** found ***************/
            if(sum%4 = 2)                            改为：if(sum%4 == 2)
            a[j ++ ] = sum;
          }
          return j;
        }
        main()
        { int a[N],d,n,i;
          printf("\nEnter n (4 < n <=50): ");scanf("%d",&n);
          d = fun(n,a);
          printf("\n\nThe result :\n");
          for(i =0; i < d; i ++ )printf("%6d",a[i]);printf("\n\n");
        }
```

**解题思路：**

第一处：连续赋初值为 0,中间使用条件相等符号了,所以应改为：sum = j = 0;。

第二处：条件相等符号为 == 。

# 第 91 套

给定程序 MODI1. C 中函数 fun 的功能是：计算 n 的 5 次方的值（规定 n 的值大于 2、小于 8），通过形参指针传回主函数，并计算该值的个位、十位、百位上数字之和作为函数值返回。

例如，7 的 5 次方是 16807，低 3 位数的和值是 15。

```
#include  < stdio. h >
#include  < math. h >
int fun( int n ,int * value )
{ int d,s,i;
 / ************* found *************/
 d =0; s =0;                          改为:d =1; s =0;
 for( i =1; i <=5; i ++ ) d =d * n;
  * value =d;
 for( i =1; i <=3; i ++ )
 { s =s +d% 10;
   / ************* found *************/
   d =d\10;                           改为:d =d/10;
 }
 return s;
}
main( )
{ int n, sum, v;
 do
 { printf( "\nEnter n( 2 <n <8): ");scanf( "% d",&n ); }
 while( n <=2| |n > =8);
 sum =fun( n,&v );
 printf( "\n\nThe result:\n value =% d sum =% d\n\n",v,sum);
 }
```

**解题思路:**

第一处:变量 d 的初始值应为 1。

第二处:整除的符号是/。

# 第 92 套

给定程序 MODI1. C 中函数 fun 的功能是：找出 100 至 n（不大于 1000）之间三位数字相等的所有整数，把这些整数放在 s 所指数组中，个数作为函数值返回。

```
#include  < stdio. h >
#define N 100
```

```
int fun( int *s, int n)
{ int i,j,k,a,b,c;
    j = 0;
    for( i = 100; i < n; i ++ ) {
    / ************* found *************/
    k = n;                                              改为:k = i;
    a = k%10; k/ = 10;
    b = k%10; k/ = 10;
    / ************* found *************/
    c = k%10                                            改为:c = k%10;
    if( a == b && a == c ) s[j ++ ] = i;
    }
return j;
}
main( )
{ int a[N], n, num = 0, i;
    do
{ printf( "\nEnter n( <= 1000 ) : "); scanf( "%d",&n); }
    while( n > 1000 );
    num = fun( a,n );
    printf( "\n\nThe result : \n");
    for( i = 0; i < num; i ++ )printf( "%5d",a[i]);
    printf( "\n\n");
}
```

**解题思路:**

第一处:k 应该取循环变量 i 的值,所以应改为:k = i;。

第二处:语句后缺少分号。

## 第 93 套

给定程序 MODI1. C 中函数 fun 的功能是:将字符串中的字符按逆序输出,但不改变字符串中的内容。例如,若字符串为 abcd,则应输出:dcba。

```
#include  <stdio. h >
/ *********** found ***********/
fun ( char a)                                          改为:fun ( char * a)
{ if ( * a)
  { fun( a + 1) ;
    / *********** found ***********/
    printf( "%c" * a) ;                                改为:printf( "%c" , * a) ;
```

```
        }
    }
    main( )
    { char s[10] = "abcd";
        printf("处理前字符串 = % s\n 处理后字符串 =", s);
        fun(s); printf("\n");
    }
```

**解题思路:**

第一处:形参 a 应定义为字符串指针。

第二处:语句中缺少逗号。

# 第 94 套

给定程序 MODI1.C 中函数 fun 的功能是:从 3 个红球、5 个白球、6 个黑球中任意取出 8 个作为一组,进行输出。在每组中,可以没有黑球,但必须要有红球和白球。组合数作为函数值返回。正确的组合数应该是 15。程序中 i 的值代表红球数、j 的值代表白球数、k 的值代表黑球数。

```
        #include  < stdio. h >
        int fun( )
        { int i,j,k,sum = 0;
            printf("\nThe result :\n\n");
            / ************** found **************/
            for(i = 0; i <=3; i ++ )                     改为:for(i = 1; i <=3; i ++ )
            { for(j = 1; j <=5; j ++ )
                { k = 8 – i-j;
                    / ************** found **************/
                    if(K > =0 && K <=6)                    改为:if(k > =0 && k <=6)
                        { sum = sum +1;
                            printf("red:%4d white:%4d black:%4d\n",i,j,k);
                        }
                }
            }
            return sum;
        }
        main( )
        { int sum;
            sum = fun( );
            printf("sum = %4d\n\n",sum);
        }
```

**解题思路:**

第一处:外 for 循环的初始变量 i 的值应为 1。

第二处:变量 k 写成了大写 K 了。

# 第 95 套

用二分法求方程 $2x^3 - 4x^2 + 3x - 6 = 0$ 的一个根,并要求绝对误差不超过 0.001。例如,若给 m 输入 −100,给 n 输入 90,则函数求得的一个根值为 2.000。

```
#include < stdio. h >
#include < math. h >
double funx( double x)
{ return( 2 * x * x * x - 4 * x * x + 3 * x - 6) ; }
  double fun( double m, double n)
  {
  / * * * * * * * * * * * * * found * * * * * * * * * * * * /
  int r;                                         改为:double r;
  r = ( m + n) /2;
  / * * * * * * * * * * * * found * * * * * * * * * * * * /
  while( fabs( n - m) < 0. 001)                改为:while( fabs( n - m) > 0. 001)
  { if( funx( r) * funx( n) < 0) m = r;
    else n = r;
    r = ( m + n) /2;
  }
  return r;
  }
main( )
{ double m,n, root;
  printf( "Enter m n : \n") ; scanf( "% lf% lf",&m, &n) ;
  root = fun( m,n ) ;
  printf( "root = % 6. 3f\n",root) ;
}
```

**解题思路:**

第一处:变量 r 应该定义为实数型 double 或浮点型 float 变量。

第二处:while 必须先满足条件,才做循环体的内容,所以应改为:while( fabs( n - m) > 0.001)。

# 第 96 套

给定程序 MODI1. C 中函数 fun 的功能是计算

$$S = f(-n) + f(-n+1) + \ldots + f(0) + f(1) + f(2) + \ldots + f(n)$$

的值。例如,当 $n$ 为 5 时,函数值应为:10.407143。$f(x)$ 函数定义如下:

$$f(x) = \begin{cases} (x+1)/(x-2) & x>0 \quad \text{且} \quad x \neq 2 \\ 0 & x=0 \quad \text{或} \quad x=2 \\ (x-1)/(x-2) & x<0 \end{cases}$$

```
#include < stdio. h >
#include < math. h >
/ ************ found ************/
f( double x)                                    改为: double f( double x)
{
    if (x  == 0.0 || x  == 2.0)
    return 0.0;
    else if (x < 0.0)
    return (x  -1)/(x -2);
    else
    return (x  +1)/(x -2);
}
double fun( int n )
{ int i; double s =0.0, y;
    for (i =  -n; i <=n; i ++ )
    { y = f(1.0 * i); s + = y;}
    / ************ found ************/
    return s                                     改为: return s;
}
main ( )
{
    printf("% f\n", fun(5) );
}
```

**解题思路:**

第一处:由于返回值是实数型值,所以在函数名前加上 double。

第二处:语句后缺少分号。

# 第 97 套

给定程序 MODI1. C 中函数 fun 的功能是:将一个由八进制数字字符组成的字符串转换为与其面值相等的十进制整数。规定输入的字符串最多只能包含 5 位八进制数字字符。

例如,若输入 77777,则输出将是 32767。

```
#include  < stdio. h >
int fun( char * p )
```

```
{ int n;
    / ********** found **********/
    n = *P-'o';                                    改为:n = *p-'0';
    p++;
    while( *p! =0 ) {
    / ********** found **********/
    n = n*8+ *P-'o';                               改为:n = n*8+ *p-'0';
    p++;
    }
    return n;
}
main( )
{ char s[6]; int i; int n;
    printf("Enter a string (Ocatal digits): "); gets(s);
    if(strlen(s) >5) { printf("Error: String too longer ! \n\n");exit(0); }
    for(i =0; s[i]; i++)
    if(s[i] <'0'||s[i] >'7')
  { printf("Error: %c not is ocatal digits! \n\n",s[i]);exit(0); }
    printf("The original string: "); puts(s);
    n =fun(s);
    printf("\n%s is convered to integer number: %d\n\n",s,n);
}
```

**解题思路:**

第一和第二处:*p 错写成*P,'0'错写成'o'。

# 第 98 套

给定程序 MODI1.C 中函数 fun 的功能是:删除 p 所指字符串中的所有空白字符(包括制表符、回车符及换行符)。输入字符串时用'#'结束输入。

```
#include  <string.h>
#include  <stdio.h>
#include  <ctype.h>
fun ( char *p)
{ int i,t; char c[80];
    / *********** found ***********/
    For (i = 0,t = 0; p[i] ; i++)                   改为:for (i = 0,t = 0; p[i] ; i++)
    if( ! isspace( *(p+i))) c[t++] = p[i];
    / *********** found ***********/
    c[t] = "\0";                                    改为:c[t] = '\0';
```

```
        strcpy(p,c);
}
main( )
{ char c,s[80];
    int i = 0;
    printf("Input a string:");
    c = getchar( );
    while(c!  = '#')
{ s[i] = c;i ++ ;c = getchar( ); }
    s[i] = '\0';
    fun(s);
    puts(s);
}
```

**解题思路：**

第一处：保留字 for 错写成 For。

第二处：置字符串结束符错误，应该是：'\0'。

# 第 99 套

给定程序 MODI1. C 中函数 fun 的功能是：把主函数中输入的 3 个数中最大的放在 a、最小的放在 c、中间的放在 b。

例如，输入的数为 55 12 34，输出结果应当是：a = 55.0 , b = 34.0 , c = 12.0。

```
#include  < stdio. h >
void fun(float  * a,float  * b,float  * c)
{

    / * * * * * * * * * * * found * * * * * * * * * * /
    float  * k;                                          改为:float k;
    if(  * a <  * b )
{ k =  * a;  * a =  * b;  * b = k; }
    / * * * * * * * * * * * found * * * * * * * * * * /
    if(  * a >  * c )                                    改为:if(  * a <  * c )
{ k =  * c;  * c =  * a;  * a = k; }
    if(  * b <  * c )
{ k =  * b;  * b =  * c;  * c = k; }
}
main( )
{ float a,b,c;
    printf("Input a b c: "); scanf("%f%f%f",&a,&b,&c);
    printf("a = %4. 1f, b = %4. 1f, c = %4. 1f\n\n",a,b,c);
```

```
fun( &a,&b,&c );
printf("a = %4.1f, b = %4.1f, c = %4.1f\n\n",a,b,c);
}
```

**解题思路:**

第一处:在函数 fun 体中,k 是一个浮点型变量,所以应改为:float k;。

第二处:三个数比较大小,第 1 个条件是第 1 个比第 2 个小,则交换。第 3 个条件是第 2 个比第 3 个小,则也交换。第 2 个条件是应该第 1 和第 3 个小,则交换就符合题意了,所以应改为:if( *a < *c)。

# 第 100 套

在主函数中从键盘输入若干个数放入数组中,用 0 结束输入并把 0 放在最后一个元素中。给定程序 MODI1.C 中函数 fun 的功能是:计算数组元素中值为正数的平均值(不包括 0)。

例如:数组元素中的值依次为 39、-47、21、2、-8、15、0,则程序的运行结果为 19.250000。

```
#include <stdio.h>
double fun ( int x[] )
{
    / ************ found ************/
    int sum = 0.0;                          改为:double sum =0.0;
    int c =0, i =0;
    while (x[i] ! = 0)
    { if (x[i] > 0)
      sum += x[i]; c ++ ; }
      i ++ ;
    }
    / ************ found ************/
    sum \ = c;                             改为:sum / = c;
    return sum;
}
main( )
{ int x[1000]; int i =0;
    printf( "\nPlease enter some data (end with 0): ");
    do
    { scanf("%d", &x[i]);
      while (x[i ++] ! = 0);
      printf("%f\n", fun ( x ));
}
```

**解题思路：**

第一处：由于 sum 是存放实数值，因此不能定义为整型，所以应改为 double sum = 0.0 或 floatsum = 0.0；。

第二处：除的运算符是"/"。

# 第三部分 编程题

以下各类编程题中,部分源程序存在文件 PROG1. C 中。数据文件 IN. DAT 中的数据不得修改。

不能改动主函数 main 和其他函数中的任何内容,仅在函数 fun 的花括号中填入编写的若干语句。

## 类型一 调整一个数的个、十、百、千位

1. 函数 fun 的功能是:将两个两位数的正整数 a、b 合并形成一个整数放在 c 中。合并的方式是:将 a 数的十位和个位数依次放在 c 数的千位和十位上,b 数的十位和个位数依次放在 c 数的百位和个位上。

例如,当 a = 45, b = 12 时,调用该函数后, c = 4152。

```c
#include < stdio. h >
void fun( int a, int b, long * c)
{  * c = ( a/10 ) * 1000 + ( b/10 ) * 100 + ( a%10 ) * 10 + ( b%10 ) ; }
main( )
{ int a,b; long c;
    printf("Input a, b:"); scanf("%d,%d", &a, &b);
    fun( a, b, &c);
    printf("The result is: %d\n", c);
    NONO( );
}
```

2. 请编写函数 fun,其功能是:将两个两位数的正整数 a、b 合并形成一个整数放在 c 中。合并的方式是:将 a 数的十位和个位数依次放在 c 数的个位和百位上,b 数的十位和个位数依次放在 c 数的千位和十位上。

例如,当 a = 45, b = 12,调用该函数后 c = 1524。

```c
#include  < conio. h >
#include  < stdio. h >
void fun ( int a, int b , long * c)
{  * c = ( b/10 ) * 1000 + ( a%10 ) * 100 + ( b%10 ) * 10 + a/10 ; }
main( )
{ int a,b; long c;
    printf(" input a, b: ");
    scanf("%d%d", &a,&b);
    fun( a,b,&c);
```

```
        printf(" the result is :% ld\n", c);
    }
```

3. 请编写函数 fun,其功能是:将两个两位数的正整数 a、b 合并形成一个整数放在 c 中。合并的方式是:将 a 数的十位和个位数依次放在 c 数的个位和百位上,b 数的十位和个位数依次放在 c 数的十位和千位上。

例如,当 a = 45,b = 12,调用该函数后 c = 2514。

```
#include < conio. h >
#include < stdio. h >
void fun ( int a, int b , long * c)
{  * c = ( b%10 ) * 1000 + ( a%10 ) * 100 + ( b/10 ) * 10 + a/10 ; }
main( )
{ int a,b; long c;
    printf(" input a, b: ");
    scanf("% d% d", &a,&b);
    fun(a,b,&c);
    printf(" the result is :% ld\n", c);
}
```

4. 请编写函数 fun,功能是将两个两位数的正整数 a、b 合并形成一个整数放在 c 中。合并的方式是:将 a 数的十位和个位数依次放在 c 数的十位和千位上,b 数的十位和个位数依次放在 c 数的百位和个位上。

例如,当 a = 45,b = 12,调用该函数后 c = 5142。

```
#include < conio. h >
#include < stdio. h >
void fun ( int a, int b , long * c)
{  * c = ( a%10 ) * 1000 + ( b/10 ) * 100 + ( a/10 ) * 10 + b%10 ; }
main( )
{ int a,b; long c;
    printf(" input a, b: ");
    scanf("% d% d", &a,&b);
    fun(a,b,&c);
    printf(" the result is :% ld\n", c);
}
```

5. 请编写函数 fun,其功能是:将两个两位数的正整数 a、b 合并形成一个整数放在 c 中。合并的方式是:将 a 数的十位和个位数依次放在 c 数的十位和千位上,b 数的十位和个位数依次放在 c 数的个位和百位上。

例如,当 a = 45,b = 12,调用该函数后 c = 5241。

```
#include < conio. h >
#include < stdio. h >
void fun( int a, int b, long * c)
```

```
}
        * c = a/10 * 10 + a%10 * 1000 + b/10 + b%10 * 100 ;
}
main ( )
{ int a,b; long c;
  clrscr ( ) ;
  printf ("Input a, b:") ;
  scanf ("% d% d", &a, &b) ;
  fun ( a, b, &c) ;
  printf ("The result is: % ld\n", c) ;
  NONO ( ) ;
}
NONO ( )
{ /* 本函数用于打开文件,输入数据,调用函数,输出数据,关闭文件。*/
  FILE * rf, * wf
  int i, a,b long c
  rf = fopen ("in1. dat", "r")
  wf = fopen ("bc08. dat","w")
  for ( i = 0  i < 10  i ++ ) {
    fscanf ( rf, "% d,% d", &a, &b)
    fun ( a, b, &c)
    fprintf ( wf, "a = % d,b = % d,c = % ld\n", a, b, c)
  }
  fclose ( rf)
  fclose ( wf)
}
```

6. 请编写函数 fun,其功能是:将两个两位数的正整数 a、b 合并形成一个整数放在 c 中。合并的方式是:将 a 数的十位和个位数依次放在 c 数的百位和个位上,b 数的十位和个位数依次放在 c 数的十位和千位上。

例如,当 a = 45,b = 12,调用该函数后 c = 2415。

```
#include < conio. h >
#include < stdio. h >
void fun ( int a; int b , long * c)
{ * c = ( b%10 ) * 1000 + ( a/10 ) * 100 + ( b/10 ) * 10 + a%10 ; }
main ( )
{ int a,b; long c;
  printf (" input a, b: ") ;
  scanf ("% d% d", &a, &b) ;
  fun ( a,b,&c) ;
```

```
        printf("the result is :%ld\n", c);
```

7. 请编写函数 fun,功能是:将两个两位数的正整数 a、b 合并形成一个整数放在 c 中。合并的方式是:将 a 数的十位和个位数依次放在 c 数的百位和个位上,b 数的十位和个位数依次放在 c 数的千位和十位上。

例如,当 a = 45,b = 12,调用该函数后 c = 1425。

```
#include <conio.h>
#include <stdio.h>
void fun (int a, int b , long *c)
{ *c = (b/10)*1000 + (a/10)*100 + (b%10)*10 + a%10; }
main()
{ int a,b; long c;
  printf("input a, b: ");
  scanf("%d%d", &a,&b);
  fun(a,b,&c);
  printf("the result is :%ld\n", c);
}
```

8. 请编写函数 fun,功能是:将两个两位数的正整数 a、b 合并形成一个整数放在 c 中。合并的方式是:将 a 数的十位和个位数依次放在 c 数的千位和十位上,b 数的十位和个位数依次放在 c 数的个位和百位上。

例如,当 a = 45,b = 12,调用该函数后 c = 4251。

```
#include <conio.h>
#include <stdio.h>
void fun(int a, int b, long *c)
{ int i,j,k,n;
  i = a%10; j = a/10; k = b%10; n = b/10;
  *c = j*1000 + k*100 + i*10 + n;
}
main()
{ int a,b; long c;
  printf("input a, b: ");
  scanf("%d%d", &a,&b);
  fun(a,b,&c);
  printf("the result is :%ld\n", c);
}
```

## 类型二　与 * 号有关的操作

1. 规定输入的字符串中只包含字母和 * 号。请编写函数 fun,功能是将字符串中的前导 *

号全部删除,中间和尾部的 ∗ 号不删除。

　　例如,若字符串中的内容为 ∗∗∗∗∗∗∗ A ∗ BC ∗ DEF ∗ G ∗∗∗∗ ,删除后,字符串中的内容则应当是 A ∗ BC ∗ DEF ∗ G ∗∗∗∗ 。在编写函数时,不得使用 C 语言提供的字符串函数。

```c
#include  < stdio. h >
#include  < conio. h >
void fun( char ∗ a)
{
  int j = 0;
  char ∗ p = a ;
  while( ∗ p == ′∗′) p ++ ;
  while( ∗ p) {a[j ++ ] = ∗ p ;p ++ ;}
  a[j] = 0 ;
}
main( )
{
  FILE  ∗ wf;
  char s[81] , ∗ t = ″∗∗∗∗ A ∗ BC ∗ DEF ∗ G ∗∗∗∗∗∗∗″;
  printf(″Enter a string : \n″);
  gets(s);
  fun(s);
  printf(″The string after deleted: \n″) ;puts(s) ;
  wf = fopen(″out. dat″,″w″);
  fun(t);
  fprintf(wf,″% s″,t);
  fclose(wf);
}
```

　　2. 假定输入的字符串中只包含字母和 ∗ 号。请编写函数 fun,功能是除了尾部的 ∗ 号之外,将字符串中其他 ∗ 号全部删除。形参 p 已指向字符串中最后的一个字母。在编写函数时,不得使用 C 语言提供的字符串函数。

　　例如,若字符串中的内容为 ∗∗∗∗ A ∗ BC ∗ DEF ∗ G ∗∗∗∗∗∗∗ ,删除后,字符串中的则内容应当是 ABCDEFG ∗∗∗∗∗∗∗ 。

```c
#include < conio. h >
#include < stdio. h >
void fun( char ∗ a,char ∗ p)
{
  char ∗ q = a; int j = 0;
  while( ∗ q && q < p) { if( ∗ q ! = ′∗′) a[j ++ ] = ∗ q ;q ++ ;}
  while( ∗ p) a[j ++ ] = ∗ p ++ ;
  a[j] = 0;
```

```
    }
  main( )
    {
    FILE * wf;
    char h[81], * t,p[81] = " * * * * A * BC * DEF * G * * * * * * ";
    printf("Enter a string:\n");
    gets(h);
    t = h;
    while( * t)t ++ ;
    t -- ;
    while( * t == ' * ') t -- ;
    fun(h,t);
    printf("The string after deleted:\n");
    puts(h);
    wf = fopen("out. dat","w");
    t = p;
    while( * t) t ++ ;
    t -- ;
    while( * t == ' * ') t -- ;
    fun(p,t);
    fprintf(wf,"% s",p);
    fclose(wf);
    }
```

3. 假定输入的字符串中只包含字母和 * 号。请编写函数 fun,功能是除了字符串前导和尾部的 * 号之外,将串中其他 * 号全部删除。形参 h 已指向字符串中第一个字母,形参 p 已指向字符串中最后一个字母。在编写函数时,不得使用 C 语言提供的字符串函数。

例如,若字符串中的内容为 * * * * A * BC * DEF * G * * * * * * * * ,删除后字符串中的内容则应当是 * * * * ABCDEFC * * * * * * * * 。

```
    #include  < stdio. h >
    #include  < conio. h >
    void fun (char * a, char * h, char * p)
    { int j = 0; char * q = a;
      while( * q&& q < h) a[j ++ ] = * q ++ ;
      while( * h&& * p&&h < p) { if( * h! = ' * ') a[j ++ ] = * h; h ++ ;}
      while( * p) a[j ++ ] = * p ++ ;
      a[j] = 0 ;
    }
  main( )
    {
```

```
    FILE * wf;
    char s[81], * t = "**** A * BC * DEF * G ********";
    printf("Enter a string : \n");
    gets(s);
    fun(s);
    printf("The string after deleted: \n");
    puts(s);
    wf = fopen("out. dat","w");
    fun(t);
    fprintf(wf,"% s",t);
    fclose(wf);
}
```

4. 假定输入的字符串中只包含字母和 * 号。请编写函数 fun,功能是删除字符串中所有的 * 号。在编写函数时,不得使用 C 语言提供的字符串函数。

例如,若字符串中的内容为 **** A * BC * DEF * G ********,删除后,字符串中的内容则应当是 ABCDEFG。

```
    #include < conio. h >
    #include < stdio. h >
    void fun( char * a)
    {
        int j = 0; char * p = a;
        while( * p)
        { if( * p ! = '*') a[j ++ ] = * p;
          p ++ ;
        }
        a[j] = 0;
    }
    main()
    {
        FILE * wf;
        char s[81], * p = "**** A * BC * DEF * G ********";
        printf("Enter a string: \n");
        gets(s);
        fun(s);
        printf("The string after deleted: \n");
        puts(s);
        wf = fopen("out. dat","w");
        fun(p);
        fprintf(wf,"% s",p);
```

```
        fclose( wf) ;
    }
```

5. 假定输入的字符串中只包含字母和 * 号。请编写函数 fun,功能是将字符串尾部的 * 号全部删除,前面和中间的 * 号不删除。

例如,若字符串中的内容为 ****A*BC*DEF*G*******,删除后字符串中的内容则应当是 ****A*BC*DEF*G。在编写函数时,不得使用 C 语言提供的字符串函数。

```
        #include  < stdio. h >
        #include  < conio. h >
        void fun( char  * a )
        {
            char  * p = a ;
            while( * p) p ++ ; p -- ;
            while( * p == ' * ') p -- ;
            p ++ ;
            * p = 0 ;
        }
        main( )
        {
            FILE  * wf;
            char s[81] , * t = " ****A*BC*DEF*G*******";
            printf( "Enter a string : \n");
            gets( s);
            fun( s);
            printf( "The string after deleted : \n");
            puts( s);
            wf = fopen( "out. dat", "w");
            fun( t);
            fprintf( wf, "% s", t);
            fclose( wf);
        }
```

6. 假定输入的字符串中只包含字母和 * 号。请编写函数 fun,功能是除了字符串前导的 * 号之外,将串中其他 * 号全部删除。在编写函数时,不得使用 C 语言提供的字符串函数。

例如,若字符串中的内容为 ****A*BC*DEF*G*******,删除后,字符串中的内容则应当是 ****ABCDEFG。

```
        #include  < stdio. h >
        #include  < conio. h >
        void fun ( char  * a)
        { int i = 0, k;
            while( a[i] == ' * ') i ++ ;
```

```
        k = i;
        while( a[ i ] ! = '\0' )
        { if( a[ i ] ! = ' * ' ) a[ k ++ ] = a[ i ] ;
          i ++ ;
        }
        a[ k ] = '\0' ;
}
main( )
{
    FILE  * wf;
    char s[ 81 ] , * t = " **** A * BC * DEF * G ******* ";
    printf( "Enter a string : \n" ) ;
    gets( s ) ;
    fun( s ) ;
    printf( "The string after deleted: \n" ) ;
    puts( s ) ;
    wf = fopen( "out. dat" , "w" ) ;
    fun( t ) ;
    fprintf( wf , "% s" , t ) ;
    fclose( wf ) ;
}
```

7. 假定输入的字符串中只包含字母和 * 号。请编写函数 fun, 功能是只删除字符串前导和尾部的 * 号, 串中字母之间的 * 号都不删除。形参 n 给出了字符串的长度, 形参 h 给出了字符串中前导 * 号的个数, 形参 e 给出了字符串中最后 * 号的个数。在编写函数时, 不得使用 C 语言提供的字符串函数。

例如, 若字符串中的内容为 **** A * BC * DEF * G *******, 删除后字符串中的内容则应当是 A * BC * DEF * G。

```
#include < stdio. h >
#include < conio. h >
void fun( char * a, int n , int h , int e )
{ int i, j = 0;
    for( i = h; i < n - e ; i ++ ) a[ j ++ ] = a[ i ] ;
    a[ j ] = '\0' ;
}
main( )
{
    FILE  * wf;
    char s[ 81 ] , * t, * f;
    char  * p = " **** A * BC * DEF * G ******* ";
```

```
    int m = 0, tn = 0, fn = 0;
    printf("Enter a string :\n");
    gets(s);
    t = f = s;
    while( * t) {t ++ ;m ++ ;}
    t -- ;
    while( * t == '*') {t -- ;tn ++ ;}
    while( * f == '*') {f ++ ;fn ++ ;}
    fun( s, m, fn, tn);
    printf("The string after deleted:\n");
    puts(s);
    wf = fopen("out. dat","w");
    fun(p,21,4,7);
    fprintf(wf,"%s",p);
    fclose(wf);
}
```

8. 假定输入的字符串中只包含字母和 * 号。请编写函数 fun,功能是使字符串中尾部的 * 号不得多于 n 个;若多于 n 个,则删除多余的 * 号;若少于或等于 n 个,则什么也不做,字符串中间和前面的 * 号不删除。

例如,字符串中的内容为 **** A * BC * DEF * C ********。若 n 的值为 4,删除后字符串中的内容则应当是 **** A * BC * DEF * G ****;若 n 的值 7,则字符串中的内容仍为 *** * A * BC * DEF * C ******** 。n 的值在主函数中输入。在编写函数时,不得使用 C 语言提供的字符串函数。

```
#include  < stdio. h >
#include  < conio. h >
void fun ( char * a , int n )
{ char  * p = a;int j = 0;
  while( * p) p ++ ;
  p -- ;
  while( * p  == '*') p -- ;
  p ++ ;
  while(j < n && * p) {p ++ ;j ++ ;}
  * p = 0;
}
main()
{
  FILE  * wf;
  char s[81], * t = "**** A * BC * DEF * G ********";
  printf("Enter a string :\n");
```

```
        gets(s);
        fun(s);
        printf("The string after deleted:\n");
        puts(s);
        wf = fopen("out. dat","w");
        fun(t);
        fprintf(wf,"% s",t);
        fclose(wf);
    }
```

9. 假定输入的字符串中只包含字母和 * 号。请编写函数 fun,功能是使字符串的前导 * 号不得多于 n 个;若多于 n 个,则删除多余的 * 号;若少于或等于 n 个,则什么也不做,字符串中间和尾部的 * 号不删除。

例如,若字符串中的内容为 * * * * * * * A * BC * DEF * G * * * *。假设 n 的值为 4,删除后字符串中的内容则应当是 * * * * A * BC * DEF * G * * * *;若 n 的值为 8,则字符串中的内容仍为 * * * * * * * A * BC * DEF * G * * * *。n 的值在主函数中输入。在编写函数时,不得使用 C 语言提供的字符串函数。

```
#include  <stdio. h >
#include  <conio. h >
void fun( char  * a, int n )
{
    int i = 0, j, k = 0;
    while( a[k] == ' * ') k ++;
    if( k > n )
    { i = n; j = k;
      for( ; a[j] ! = 0 ; j ++ )a[i ++] = a[j];
      a[i] = 0;}
}
main( )
{
    FILE  * wf;
    char s[81] , * t = " * * * * A * BC * DEF * G * * * * * * * ";
    int n;
    printf("Enter a string : \n");
    gets(s);
    printf("Enter n : ");
    scanf("% d", &n);
    fun(s, n);
    printf("The string after deleted:\n");
    puts(s);
```

```
        wf = fopen("out. dat","w");
        fun(t,2);
        fprintf(wf,"%s",t);
        fclose(wf);
    }
```

10. 假定输入的字符串中只包含字母和 * 号。请编写函数 fun,功能是将字符串中的前导 * 号全部移到字符串的尾部。

例如,若字符串中的内容为 *******A*BC*DEF*G****,移动后字符串中的内容应当是 A*BC*DEF*G**********。在编写函数时,不得使用 C 语言提供的字符串函数。

```
#include  < stdio. h >
#include  < conio. h >
void fun ( char * a)
{ char * p, * q;int n = 0;
  p = a;
  while( * p == '*'){n ++ ; p ++ ;}
  q = a;
  while( * p)  { * q = * p;p ++ ;q ++ ;}
  for( ;n > 0;n -- ) * q ++ = '*';
  * q = '\0';
}
main( )
{
    FILE * wf;
    char s[81], * t = "****A*BC*DEF*G*******";
    printf("Enter a string :\n");
    gets(s);
    fun(s);
    printf("The string after deleted:\n");
    puts(s);
    wf = fopen("out. dat","w");
    fun(t);
    fprintf(wf,"%s",t);
    fclose(wf);
}
```

11. 编写一个函数,从传入的 num 个字符串中找出最长的一个字符串,并通过形参指针 max 传回该串地址(用 **** 作为结束输入的标志)。

```
#include "stdio. h"
#include "string. h"
#include "conio. h"
```

```
fun( char ( * a )[ 81 ], int num, char ** max )
{ char * p = a[ 0 ]; int i;
  for( i = 1; i < num; i ++ )
    if( strlen( a[ i ] ) > strlen( p ) )  p = a[ i ];
  * max = p;
}
main( )
{ char ss[ 10 ][ 81 ], * ps;
  int n, i = 0;
  clrscr( );
  printf( "enter string: \n" );
  gets( ss[ i ] );
  puts( ss[ i ] );
  while( ! strcmp( ss[ i ], "****" ) == 0 ) { i ++ ; gets( ss[ i ] ); puts( ss[ i ] ); }
  n = i;
  fun( ss, n, &ps );
  printf( "\nmax = % s \n", ps );
}
```

# 类型三　下标或 ASCII 码操作

1. 请编写一个函数 fun，功能是将 ss 所指字符串中所有下标为奇数位置上的字母转换为大写（若该位置上不是字母，则不转换）。

例如，若输入 abc4Efg，则应输出 aBc4EFg。

```
#include < conio. h >
#include < stdio. h >
#include < string. h >
void fun( char * ss )
{
  int i;
  for( i = 0; ss[ i ] ! = '\0'; i ++ )
    if( i%2 == 1 && ss[ i ] > = 'a' && ss[ i ] <= 'z' ) ss[ i ] - = 32;
}
main( )
{
  FILE * wf;
  char tt[ 81 ], s[ 10 ] = "abc4Efg";
  printf( "\nPlease enter an string within 80 characters: \n" );
  gets( tt );
```

```
        printf("\n\nAfter changing, the string\n%s",tt);
        fun(tt);
        printf("\nbecomes\n%s\n",tt);
        wf = fopen("out. dat","w");
        fun(s);
        fprintf(wf,"%s",s);
        fclose(wf);
    }
```

2. 请编写一个函数 void fun( char ∗ ss),功能是将字符串 ss 中所有下标为奇数位置上的字母转换为大写(若该位置上不是字母,则不转换)。

例如,若输入 abc4EFg,则应输出 aBc4EFg。

```
    #include < conio. h >
    #include < stdio. h >
    void fun ( char ∗ ss)
    { int i;
        for( i = 0;ss[ i] ! = '\0';i ++ )
            if( i%2 ==1&&ss[ i] > = 'a' && ss[ i] <= 'z')ss[ i] - = 32;
    }
    main( )
    {
        FILE ∗ wf;
        char tt[ 51] , ∗ s = "abc4Efg";
        printf("Please enter an character string within 50 characters: \n");
        gets(tt);
        printf("\n\nAfter changing,the string\n %s",tt);
        fun(tt);
        printf("\nbecomes\n %s",tt);
        wf = fopen("out. dat","w");
        fun(s);
        fprintf(wf,"%s",s);
        fclose(wf);
    }
```

3. 请编写函数 fun,功能是将 s 所指字符串中下标为偶数的字符删除,串中剩余字符形成的新串放在 t 所指数组中。

例如,当 s 所指字符串中的内容为 ABCDEFGHIJK,则在 t 所指数组中的内容应是 BDFHJ。

```
    #include < conio. h >
    #include < stdio. h >
    #include < string. h >
    void fun(char ∗ s,char t[ ])
```

```
    {
        int i,j = 0,k = strlen(s);
        for(i = 1;i < k;i = i + 2)t[j ++ ] = s[i];
        t[j] = '\0';
    }
    main()
    {
        FILE * wf;
        char s[100],t[100];
        printf("\nPlease enter string S:");
        scanf("%s",s);
        fun(s,t);
        printf("\nThe result is:%s\n",t);
        wf = fopen("out. dat","w");
        fun("ABCDEFGHIJK",t);
        fprintf(wf,"%s",t);
        fclose(wf);
    }
```

4. 编写函数 fun,对长度为 7 个字符的字符串,除首、尾字符外,将其余 5 个字符按 ASCII 码降序排列。

例如,若原来的字符串为 CEAedca,则排序后输出为 CedcEAa。

```
    #include < string. h >
    #include < conio. h >
    #include < stdio. h >
    int fun(char * s,int num)
    { int i,j,t;
        for(i = 1;i < num − 2;i ++ )
            for(j = i + 1;j < num − 1;j ++ )
                if(s[i] < s[j]){t = s[i];s[i] = s[j];s[j] = t;}
    }
    main()
    { char s[10];
        clrscr();
        printf("输入 7 个字符的字符串:");
        gets(s);
        fun(s,7);
        printf("\n%s",s);
    }
```

该题采用的排序法是选择法进行降序排序,算法是用外 for() 循环从字符串的前端往后端走动,每走动一个字符都用内嵌的 for( )循环在该字符后找出最小的字符与该字符进行换位。直到外 for( )循环走到最后一个字符。此外,此题还要注意把首尾字符除开,即在最外层 for( )循环中从 1 开始,到 num −2 即可。

5. 请编写函数 fun,功能是将 s 所指字符串中 ASCII 值为偶数的字符删除,串中剩余字符形成一个新串放在 t 所指的数组中。

例如,若 s 所指字符串的内容为 ABCDEFGl2345,其中字符 B 的 ASCII 码为偶数、……、字符 2 的 ASCII 码为偶数……都应当删除,其他依此类推。最后 t 所指的数组中的内容应是 ACEGl35。

```c
#include  <stdio. h >
#include < string. h >
#include < conio. h >
void fun( char ∗ s, char t[ ] )
{
    int i = 0;
    for( ; ∗ s!  = '\0';s ++ )
        if( ∗ s%2 ==1) t[ i ++ ] = ∗ s;
    t[ i ] = '\0';
}
main( )
{
    FILE ∗ wf;
    char s[ 100 ] ,t[ 100 ];
    printf( "\nPlease enter string S: ");
    scanf( "% s",s);
    fun( s,t);
    printf( "\nThe result is :% s\n",t);
    wf = fopen( "out. dat","w");
    fun( "ABCDEFG12345",t);
    fprintf( wf,"% s",t);
    fclose( wf);
}
```

6. 请编写函数 fun,功能是将 s 所指字符串中 ASCII 值为奇数的字符删除,串中剩余字符形成一个新串放在 t 所指的数组中。

例如,若 s 所指字符串中的内容为 ABCDEFGl2345,其中字符 A 的 ASCII 码值为奇数、……字符 1 的 ASCII 码值也为奇数、……都应当删除,其他依次类推。最后 t 所指的数组中的内容应是 BDF24。

```c
#include  <stdio. h >
#include < string. h >
#include < conio. h >
```

```
void fun ( char * s, char t[ ])
{ int i, j = 0, n ;
  n = strlen ( s ) ;
  for ( i = 0 ; i < n ; i ++ )
    if ( s[ i ] % 2 == 0 ) { t[ j ] = s[ i ] ; j ++ ; }
  t[ j ] = '\0' ;
}

main ( )
{
  FILE * wf;
  char s[ 100 ] , t[ 100 ] ;
  printf ( "\nPlease enter string S : " ) ;
  scanf ( "% s" , s ) ;
  fun ( s , t ) ;
  printf ( "\nThe result is :% s\n" , t ) ;
  wf = fopen ( "out. dat" , "w" ) ;
  fun ( "ABCDEFG12345" , t ) ;
  fprintf ( wf , "% s" , t ) ;
  fclose ( wf ) ;
}
```

7. 请编写函数 fun,功能是将 s 所指字符串中除下标为偶数同时 ASCII 值也为偶数的字符外全都删除。串中剩余字符形成的一个新串放在 t 所指的数组中。

例如,若 s 所指字符串中的内容为 ABCDEFG123456,其中字符 A 的 ASCII 码值为奇数,因此应当删除;其中字符 B 的 ASCII 码值为偶数,但在数组中的下标为奇数,因此也应当删除;而字符 2 的 ASCII 码值为偶数,所在数组中的下标也为偶数,因此不应当删除,其他依此类推。最后 t 所指的数组中的内容应是 246。

```
#include < conio. h >
#include < stdio. h >
#include < string. h >
void fun ( char * s, char t[ ] )
{
  int i , j = 0 ;
  for ( i = 0 ; s[ i ] ! = '\0' ; i ++ )
    if ( i % 2 == 0 && s[ i ] % 2 == 0 ) t[ j ++ ] = s[ i ] ;
  t[ j ] = '\0' ;
}

main ( )
{
  FILE * wf;
```

```
char s[100] ,t[100];
printf("\nPlease enter string S: ");
scanf("%s",s);
fun(s,t);
printf("\nThe result is: %s\n",t);
wf = fopen("out. dat","w");
fun("ABCDEFG123456",t);
fprintf(wf,"%s",t);
fclose(wf);
}
```

8. 请编写函数 fun,功能是将 s 所指字符串中除下标为奇数同时 ASCII 值也为奇数外的所有字符删除,串中剩余字符所形成的一个新串放在 t 所指的数组中。

例如,若 s 所指字符串中的内容为 ABCDEFG12345,其中字符 A 的 ASCII 码值虽为奇数,但所在元素的下标为偶数,因此必须删除;而字符 1 的 ASCII 码值为奇数,所在数组中的下标也为奇数,因此不应当删除,其他依此类推。最后 t 所指的数组中的内容应是 135。

```
#include  < conio. h >
#include  < stdio. h >
#include  < string. h >
void fun ( char * s, char t[ ] )
{ int i, j = 0, n;
  n = strlen(s);
  for( i = 0; i < n; i++ )
  if(i%2! =0&&s[i]%2! =0) {t[j] =s[i]; j++ ;}
  t[j] = '\0' ;
}
main( )
{ char s[100], t[100];
  printf("\nplease enter string S:");
  scanf("%s",s);
  fun(s,t);
  printf("\nthe result is :%s\n", t);
}
```

9. 请编写函数 fun,功能是将 s 所指字符串中下标为偶数同时 ASCII 值为奇数的字符删除,s 中剩余的字符形成的新串放在 t 所指的数组中。

例如,若 s 所指字符串中的内容为 ABCDEFG12345,其中字符 C 的 ASCII 码值为奇数,在数组中的下标为偶数,因此必须删除;而字符 1 的 ASCII 码值为奇数,在数组中的下标也为奇数,因此不应当删除,其他依此类推。最后 t 所指的数组中的内容应是 BDF12345。

```
#include  < conio. h >
#include  < stdio. h >
```

```
#include <string.h>
void fun ( char *s, char t[ ] )
{ int i, j=0, n=strlen(s);
  for(i=0; i<n; i++)
  if( ! (i%2==0&&s[i]%2!=0))) { t[j]=s[i] ; j++ ; }
  t[j] = '\0' ;
}
main( )
{ char s[100], t[100];
  printf("\nplease enter string S:");
  scanf("%s",s);
  fun(s,t);
  printf("\nthe result is :%s\n", t);
}
```

## 类型四 数组和矩阵操作

1. 请编写函数 fun,功能是移动一维数组中的内容。若数组中有 n 个整数,要求把下标从 0 到 p(p 小于等于 n-1)的数组元素平移到数组的最后。

例如,一维数组中的原始内容为:1,2,3,4,5,6,7,8,9,10;p 的值为 3。移动后,一维数组中的内容应为:5,6,7,8,9,10,1,2,3,4。

```
#include <stdio.h>
#define N 80
void fun(int *w, int p, int n)
{
  int i,k=0,b[N];
  for(i=p+1; i<n; i++) b[k++]=w[i];
  for(i=0; i<=p; i++) b[k++]=w[i];
  for(i=0; i<n; i++) w[i]=b[i];
}
main( )
{ int a[N]={1,2,3,4,5,6,7,8,9,10,11,12,13,14,15};
  int i,p,n=15;
  printf("The original data:\n");
  for(i=0; i
  printf("\n\nEnter p: ");scanf("%d",&p);
  fun(a,p,n);
  printf("\nThe data after moving:\n");
  for(i=0; i
```

```
    printf("\n\n");
    NONO( );
}
NONO( )
{/* 在此函数内打开文件,输入测试数据,调用 fun 函数,输出数据,关闭文件。*/
    FILE  * rf, * wf int a[N], i, j, p, n
    rf = fopen("bc. in", "r")
    wf = fopen("bc. out", "w")
    for(i = 0  i < 5  i ++) {
        fscanf(rf, "% d % d", &n, &p)
        for(j = 0  j < n  j ++) fscanf(rf, "% d", &a[j])
        fun(a, p, n)
        for(j = 0  j < n  j ++) fprintf(wf, "%3d", a[j])  fprintf(wf, "\n")
    }
    fclose(rf)    fclose(wf)
}
```

2. 请编写函数 fun,功能是删去一维数组中所有相同的数,使之只剩一个。数组中的数已按由小到大的顺序排列,函数返回删除后数组中数据的个数。

例如,若一维数组中的数据是: 2 2 2 3 4 4 5 6 6 6 6 7 7 8 9 9 10 10 10。

删除后,数组中的内容应该是: 2 3 4 5 6 7 8 9 10。

```
#include  < stdio. h >
#define N 80
int fun( int a[ ], int n)
{
    int i, j =1;
    for( i =1;i < n;i ++)
        if( a[j -1]! = a[i])a[j ++ ] = a[i];
    return j;
}
main( )
{
    FILE  * wf;
    int a[N] = { 2,2,2,3,4,4,5,6,6,6,6,7,7,8,9,9,10,10,10,10}, i, n =20;
    printf("The original data :\n");
    for( i =0; i < n; i ++)
        printf("%3d",a[i]);
    n = fun(a,n);
    printf("\n\nThe data after deleted :\n");
    for( i =0; i < n; i ++)
```

```
        printf("%3d",a[i]);
    printf("\n\n");
    wf = fopen("out. dat","w");
    for(i =0; i < n; i ++ )
        fprintf( wf,"%3d",a[i]);
    fclose( wf);
}
```

3. 请编写一个函数 fun,功能是找出一维整型数组元素中最大的值和它所在的下标,最大的值和它所在的下标通过形参传回。数组元素中的值已在主函数中赋予。主函数中 x 是数组名,n 是 x 中的数据个数,max 存放最大值,index 存放最大值所在元素的下标。

```
    #include  < stdlib. h >
    #include  < stdio. h >
    void fun( int a[ ],int n , int  * max, int  * d )
    { int i;
       * max = a[0];
       * d =0;
       for( i =0;i < n;i ++ )
         if( a[i] >  * max){  * max = a[i];  * d = i;}
    }
    main( )
    { int i,x[20],max , index, n = 10;
       randomize( ) ;
       for ( i =0;i < n;i ++ ) {x[i] = rand( )%50; printf("%4d", x[i]) ; }
       printf("\n");
       fun( x, n , &max, &index);
       printf("Max =%5d ,Index =%4d\n",max, index );
    }
```

4. 请编写一个函数 int fun( int  * s,int t, int  * k),用来求出数组的最大元素在数组中的下标并存放在 k 所指的存储单元中。

例如,输入整数 876 675 896 101 301 401 980 431 451 777,则输出结果为:6,980。

```
    #include < conio. h >
    #include  < stdio. h >
    int fun( int  * s,int t,int  * k)
    { int i , max ;
       max = s[0];
       for  ( i =0; i < t; i ++ )
         if( s[i] > max){ max = s[i];  * k = i; }
    }
    main( )
```

```
{ int a[10] = {876,675,896,101,301,401,980,431,451,777},k;
  clrscr();
  fun(a,10,&k);
  printf("%d,%d\n",k,a[k]);
}
```

5. 程序定义了 $N \times N$ 的二维数组,并在主函数中自动赋值。请编写函数 fun(inta[ ][N], int n),功能是使数组左下半三角元素中的值乘以 $n$。例如:若 $n$ 的值为 3,a 数组中的值为 a =

$$\begin{vmatrix} 1 & 9 & 7 \\ 2 & 3 & 8 \\ 4 & 5 & 6 \end{vmatrix}$$,则返回主程序后 a 数组中的值应为 $\begin{vmatrix} 3 & 9 & 7 \\ 6 & 9 & 8 \\ 12 & 15 & 18 \end{vmatrix}$。

```
#include <stdio.h>
#include <conio.h>
#include <stdlib.h>
#define N 5
int fun( int a[ ][N], int n)
{ int i,j;
  for(i=0; i<N; i++)
    for(j=0; j<=i; j++)a[i][j] *=n;
}
main()
{ int a[N][N],n,i,j;
  printf(" **** the array **** \n");
  for( i=0; i<N; i++)
  { for( j=0; j<N; j++)
    { a[i][j] = rand()%10; printf("%4d", a[i][j]); }
    printf("\n");
  }
  do n = rand()%10 ; while(n >=3);
  printf("n = %4d \n", n);
  fun( a,n);
  printf( " **** the result **** \n");
  for(i=0;i<N; i++)
  {for(j=0; j<N; j++) printf("%4d", a[i][j]);
    printf("\n");
  }
}
```

6. 下列程序定义了 $N \times N$ 的二维数组,并在主函数中自动赋值。请编写函数 fun(int a[ ][N],int n),功能是使数组右上半三角元素中的值乘以 m。

例如:若 m 的值为 2,a 数组中的值为 a = $\begin{vmatrix} 1 & 9 & 7 \\ 2 & 3 & 8 \\ 4 & 5 & 6 \end{vmatrix}$,则返回主程序后 a 数组中的值应为

$\begin{vmatrix} 2 & 18 & 14 \\ 2 & 6 & 16 \\ 4 & 5 & 12 \end{vmatrix}$。

```c
#include <stdio.h>
#include <conio.h>
#include <stdlib.h>
#define N 5
int fun( int a[ ][N], int m)
{ int i,j;
  for(i=0; i<N; i++)
    for(j=N-1; j>=i; j--)a[i][j] *=m;
}
main( )
{ int a[N][N],m,i,j;
  printf("**** the array ****\n");
  for( i=0; i<N;i++)
  { for( j=0; j<N; j++)
    { a[i][j] = rand( )%20; printf("%4d", a[i][j]); }
  printf("\n");
  }
  do m = rand( )%10; while( m>=3);
  printf("m = %4d\n", m);
  fun( a,m);
  printf(" the result \n");
  for(i=0; i<N; i++)
  { for(j=0; j<N; j++) printf("%4d", a[i][j]);
  printf("\n");
  }
}
```

7. 下列程序定义了 $N \times N$ 的二维数组,并在主函数中自动赋值。请编写函数 fun( int a[ ]

[N]),功能是使数组左下半三角元素中的值全部置成0。例如:a 数组中的值为 $\begin{vmatrix} 1 & 9 & 7 \\ 2 & 3 & 8 \\ 4 & 5 & 6 \end{vmatrix}$,则

返回主程序后 a 数组中的值应为 $\begin{vmatrix} 0 & 9 & 7 \\ 0 & 0 & 8 \\ 0 & 0 & 0 \end{vmatrix}$。

```
#include < stdio. h >
#include < conio. h >
#include < stdlib. h >
#define N 5
int fun( int a[ ][ N] )
{ int i,j;
  for( i = 0;i < N;i ++ )
    for( j = 0;j <= i;j ++ ) a[ i][ j] = 0;
}
main( )
{ int a[ N][ N],i,j;
  clrscr( );
  printf( " *** The array **** \n") ;
  for( i = 0;i < N;i ++ )
  { for( j = 0;j < N;j ++ )
    { a[ i][ j] = rand( ) % 10;printf( "% 4d",a[ i][ j] ) ;}
    printf( "\n") ;
  }
  fun( a) ;
  printf( "The result\n") ;
  for( i = 0;i < N;i ++ )
  { for( j = 0;j < N;j ++ )
    printf( "% 4d",a[ i][ j] ) ;
    printf( "\n") ;
  }
}
```

8. 请编一个函数 void fun( int tt[ M][ N],int pp[ N] ),tt 指向一个 M 行 N 列的二维数组,求出二维数组每列中最小元素,并依次放入 pp 所指一维数组中。二维数组中的数已在主函数中赋予。

```
#include "conio. h"
#include "stdio. h"
#define M 3
#define N 4
void fun( int tt[ M][ N],int pp[ N] )
{ int i, j;
  for( i = 0;i < N;i ++ )
  { pp = tt[ 0][ i] ;
    for( j = 0;j < M;j ++ )
    if( tt[ j][ i] < pp[ i] ) pp[ i] = tt[ j][ i] ;
```

```
    }
  }
main( )
{ int t[M][N] = { {22,45,56,30},
      {19,33,45,38},
      {20,22,66,40}};
  int p[N],i,j,k;
  clrscr( );
  printf("the original data is:\n");
  for(i =0;i < M;i ++ )
  { for(j =0;j < N;j ++ )
    printf("%6d",t[i][j]);
    printf("\n");
  }
  fun(t,p);
  printf("\nthe result is:\n");
  for(k =0;k < N;k ++ )
  printf("%4d",p[k]);
  printf("\n");
}
```

9. 请编写一个函数 fun,功能是求出一个 2 × M 整型二维数组中最大元素的值,并将此值返回调用函数。

```
#define M 4
#include < stdio. h >
fun (int a[ ][M])
{
  int i,j,max = a[0][0] ;
  for(i =0;i <2;i ++ )
    for(j =0;j < M;j ++ )
      if(max < a[i][j])max =a[i][j];
  return max;
}
main( )
{
  FILE  * wf;
  int arr[2][M] = {5,8,3,45,76, -4,12,82};
  printf("max = % d\n",fun(arr));
  wf = fopen("out. dat","w");
  fprintf (wf,"% d",fun(arr));
```

```
    fclose( wf) ;
  }
```

10.编写程序,实现矩阵(3 行 3 列)的转置(即行、列互换)。

例如,若输入下面的矩阵:$\begin{bmatrix} 100 & 200 & 300 \\ 400 & 500 & 600 \\ 700 & 800 & 900 \end{bmatrix}$,则程序输出 $\begin{bmatrix} 100 & 400 & 700 \\ 200 & 500 & 800 \\ 300 & 600 & 900 \end{bmatrix}$。

```
#include  <stdio. h>
#include  <conio. h>
int fun( int array[3][3])
{ int i,j,t;
  for( i = 0 ;i < 2 ;i ++ )
    for( j = i + 1 ;j < 3 ;j ++ )
      { t = array[i][j] ;array[i][j] = array[j][i] ;array[j][i] = t; }
}
main( )
{ int i,j;
  int array[3][3] = { {100,200,300} ,{400,500,600} ,{700,800,900} } ;
  clrscr( ) ;
  for( i = 0 ;i < 3 ;i ++ )
  { for( j = 0 ;j < 3 ;j ++ )
    printf( "% 7d" ,array[i][j]) ;
    printf( "\n") ;
  }
  fun( array) ;
  printf( "Converted array: \n") ;
  for( i = 0 ;i < 3 ;i ++ )
  { for( j = 0 ;j < 3 ;j ++ )
    printf( "% 7d" ,array[i][j]) ;
    printf( "\n") ;
  }
}
```

11. 请编写函数 fun,功能是将 M 行 N 列的二维数组中的数据按列的顺序依次放到一维数组中。例如,若二维数组中的数据为:

$$\begin{bmatrix} 33 & 33 & 33 & 33 \\ 44 & 44 & 44 & 44 \\ 55 & 55 & 55 & 55 \end{bmatrix}$$

则一维数组中的内容应是:33　44　55　33　44　55　33　44　55　33　44　55。

```
#include  <stdio. h>
void fun( int ( * s)[10],int * b,int * n,int mm,int nn)
```

```
    { int i,j;
      for(j =0;j < nn;j ++ )
        for( i =0;i < mm;i ++ )
          {b[ * n] = * ( * (s +i) +j);
            *n = *n +1; }
    }
main( )
  {
    FILE  * wf;
    int w[10][10] = {{33,33,33,33},{44,44,44,44},{55,55,55,55}}, i, j;
    int a[100] = {0},n =0 ;
    printf("The matrix:\n");
    for (i =0; i <3; i ++ )
      { for (j =0;j <4;j ++ )
        printf("%3d",w[i][j]);
      printf("\n");
      }
    fun(w,a, &n,3,4);
    printf("The A array:\n");
    for(i =0; i < n; i ++ )
      printf("%3d",a[i]);
    printf("\n\n");
    wf = fopen("out. dat","w");
    for(i =0; i < n; i ++ )
      fprintf(wf,"%3d",a[i]);
    fclose(wf);
  }
```

12. 请编写函数 fun,功能是将 M 行 N 列的二维数组中的数据按行的顺序依次放到一维数组中,一维数组中数据的个数存放在形参 n 所指的存储单元中。例如,若二维数组中的数据为:

$$\begin{bmatrix} 33 & 33 & 33 & 33 \\ 44 & 44 & 44 & 44 \\ 55 & 55 & 55 & 55 \end{bmatrix}$$

则一维数组中的内容应是:33  33  33  33  44  44  44  44  55  55  55  55。

```
    #include <stdio. h>
    void fun (int ( * s)[10], int * b, int * n, int mm, int nn)
    {
      int i,j,k =0;
      for( i =0;i < mm;i ++ )
```

```
        for(j =0;j < nn;j ++ )b[k ++ ] = s[i][j] ;
      * n = k;
    }
  main( )
  {
    FILE * wf;
    int w[10][10] = { {33,33,33,33} ,{44,44,44,44} ,{55,55,55,55} } ,, i, j;
    int a[100] = {0} ,n =0 ;
    printf("The matrix:\n") ;
    for (i =0; i <3; i ++ )
      { for (j =0;j <4;j ++ )
        printf("% 3d",w[i][j]) ;
      printf("\n") ;
      }
    fun(w,a, &n,3,4) ;
    printf("The A array:\n") ;
    for(i =0; i < n; i ++ )
      printf("% 3d",a[i]) ;
    printf("\n\n") ;
    wf = fopen("out. dat","w") ;
    for(i =0; i < n; i ++ )
      fprintf( wf,"% 3d",a[i]) ;
    fclose(wf) ;
  }
```

13. 请编写函数 fun,该函数的功能是:将 M 行 N 列的二维数组中的字符数据,按列顺序依次放到一个字符串中。例如,若二维数组中的数据为:

$$\begin{bmatrix} W & W & W & W \\ S & S & S & S \\ H & H & H & H \end{bmatrix}$$

则字符串中的内容应是 WSHWSHWSHWSH。

```
  #include < stdio. h >
  #define M 3
  #define N 4
  void fun( char ( * s)[N],char * b)
  {
    int i,j,k =0;
    for(i =0;i < N;i ++ )
      for(j =0;j < M;j ++ )b[k ++ ] = s[j][i] ;
    b[k] = '\0';
```

```
        }
    main( )
        {
        FILE * wf;
        char a[100],w[M][N] = {{ 'W', 'W', 'W', 'W'},{'S', 'S', 'S', 'S'},{'H', '
        H', 'H', 'H'}};
        int i,j;
        printf("The matrix:\n");
        for(i = 0;i < M;i ++ )
            { for(j = 0;j < N;j ++ )
            printf("%3c",w[i][j]);
            printf("\n");
            }
        fun(w,a);
        printf("The A string:\n");
        puts(a);
        printf("\n\n");
        wf = fopen("out. dat","w");
        fprintf(wf,"%s",a);
        fclose(wf);
        }
```

14. 下列程序定义了 $N \times N$ 的二维数组,并在主函数中赋值。请编写函数 fun,功能是求出数组周边元素的平均值并作为函数值返回给主函数中的 s。例如:若 a 数组中的值为 a =

$$\begin{vmatrix} 0 & 1 & 2 & 7 & 9 \\ 1 & 9 & 7 & 4 & 5 \\ 2 & 3 & 8 & 3 & 1 \\ 4 & 5 & 6 & 8 & 2 \\ 5 & 9 & 1 & 4 & 1 \end{vmatrix}$$ ,则返回主程序后 s 的值应为 3.375。

```
        #include < stdio. h >
        #include < conio. h >
        #include < stdlib. h >
        #define N 5
        double fun ( int w[ ][N])
        { int i,t = 0;
          double s = 0;
          for(i = 0;i < N;i ++ )
            { s += w[i][0] + w[i][N - 1]; t += 2;}
          for(i = 1;i < N - 1;i ++ )
            { s += w[0][i] + w[N - 1][i]; t += 2;}
```

```
     s = s/t;
     return s;
}
main( )
{ int a[N][N] = {0,1,2,7,9,1,9,7,4,5,2,3,8,3,1,4,5,6,8,2,5,9,1,4,1};
  int i,j;
  double s;
  clrscr( );
  printf(" ***** The array ***** \n");
  for(i = 0;i < N;i ++ )
  { for(j = 0;j < N;j ++ )
    printf("%4d",a[i][j]);
    printf("\n");
  }
  s = fun(a);
  printf(" ***** The result ***** \n");
  printf("The sum is %lf\n",s);
}
```

15. 请编写函数 fun,功能是求出二维数组周边元素之和,作为函数值返回。二维数组中的值在主函数中赋予。例如:若二维数组中的值为

$$\begin{bmatrix} 1 & 3 & 5 & 7 & 9 \\ 2 & 9 & 9 & 9 & 4 \\ 6 & 9 & 9 & 9 & 8 \\ 1 & 3 & 5 & 7 & 0 \end{bmatrix}$$

则函数值为 61。

```
#include  < conio. h >
#include  < stdio. h >
#define M 4
#define N 5
int fun( int a[M][N])
{ int sum = 0,i;
  for(i = 0;i < N;i ++ ) sum += a[0][i] + a[M -1][i];
  for(i = 1;i < M -1;i ++ ) sum += a[i][0] + a[i][N -1];
  return sum ;
}
main( )
{ int aa[M][N] = {{1,3,5,7,9},
  {2,9,9,9,4},
  {6,9,9,9,8},
```

```
                {1,3,5,7,0}};
         int i,j,y;
         clrscr();
         printf("The original data is :\n");
         for(i=0;i<M;i++)
         { for(j=0;j<N;j++) printf("%6d",aa[i][j]);
           printf("\n");
         }
         y=fun(aa);
         printf("\nThe sum:%d\n",y);
         printf("\n");
      }
```

16. 请编写函数 fun,功能是实现 $B = A + A^T$,即把矩阵 $A$ 加上矩阵 $A$ 的转置存放在矩阵 $B$ 中。计算结果在 main 函数中输出。

例如,输入矩阵:　　　其转置矩阵为:　　　则程序输出:

```
1  2  3            1  4  7            2   6   10
4  5  6            2  5  8            6   10  14
7  8  9            3  6  9            10  14  18
```

```
#include < conio. h >
#include < stdio. h >
void fun(int a[3][3],int b[3][3])
{ int i,j;
  for(i=0;i<3;i++)
  for(j=0;j<3;j++) b[i][j]=a[i][j]+a[j][i];
}
main()
{ int a[3][3]={{1,2,3},{4,5,6},{7,8,9}},t[3][3];
  int i,j;
  clrscr();
  fun(a,t);
  for(i=0;i<3;i++)
  { for(j=0;j<3;j++)
    printf("%7d",t[i][j]);
    printf("\n");}
}
```

# 类型五　学生分数操作

1. 请编写一个函数 fun,功能是计算 n 门课程的平均分,计算结果作为函数值返回。

例如:若有 5 门课程的成绩是:90. 5,72,80,61. 5,55,则函数的值为 71. 80。

```c
#include < stdio. h >
float fun ( float * a, int n)
{ float av = 0. 0;
  int i;
  for( i = 0 ;i < n;i ++ ) av = av + a[ i ] ;
  return ( av/n) ;
}
main( )
{
  FILE * wf;
  float score[ 30 ] = {90. 5,72,80,61. 5,55} ,aver;
  aver = fun( score,5 ) ;
  printf( "\nAverage score is:% 5. 2f\n",aver) ;
  wf = fopen( "out. dat","w") ;
  fprintf( wf,"% 5. 2f",aver) ;
  fclose( wf) ;
}
```

2. N 名学生的成绩已在主函数中放入一个带头节点的链表结构中,h 指向链表的头节点。请编写函数 fun,功能是求出平均分,由函数值返回。

例如,若学生的成绩是 85,76,69,85,91,72,64,87,则平均分应当是 78. 625。

```c
#include < stdlib. h >
#include < stdio. h >
#define N 8
struct slist
{ double s;
  struct slist * next;} ;
typedef struct slist STRUC;
double fun( STRUC * h)
{ double av = 0. 0;
  STRUC * p = h -> next;
  while( p! = NULL)
  {av = av + p -> s;
    p = p -> next;
  }
  return av/N;
}
STRUC * creat( double * s)
{
```

```
    STRUC * h, * p, * q;
    int i = 0;
    h = p = ( STRUC * ) malloc( sizeof( STRUC ) ) ;
    p -> s = 0;
    while( i < N )
      {q = ( STRUC * ) malloc( sizeof( STRUC ) ) ;
       q -> s = s[ i ] ; i ++ ; p -> next = q; p = q;
      }
    p -> next = 0;
    return h;
}
outlist( STRUC * h)
{
    STRUC * p;
    p = h -> next;
    printf( "head " ) ;
    do
    { printf( " -> % 4. 1f ", p -> s) ;
      p = p -> next;
    }
    while( p!  = 0 ) ;
}
main( )
{
    FILE * wf;
    double s[ N ] = {85 ,76 ,69 ,85 ,91 ,72 ,64 ,87 } ,ave;
    STRUC * h;
    h = creat( s ) ;
    outlist( h ) ;
    ave = fun( h ) ;
    printf( "ave = % 6. 3f\n ", ave ) ;
    wf = fopen( "out. dat", "w" ) ;
    fprintf( wf, "% 6. 3f", ave ) ;
    fclose( wf ) ;
}
```

3. 某学生的记录由学号、8 门课程成绩和平均分组成,学号和 8 门课程的成绩已在主函数中给出。请编写函数 fun,功能是求出该学生的平均分放在记录的 ave 成员中。请自己定义正确的形参。

例如,若学生的成绩是 85. 5 ,76 ,69. 5 ,85 ,91 ,72 ,64. 5 ,87. 5 ,则平均分应当是 78. 875。

```
#include  < stdio. h >
#define N 8
typedef struct
{ char num[10];
  double s[N];
  double ave;
}
STRUC;
void fun( )
{
  int i;
  p -> ave =0.0 ;
  for(i =0;i < N;i ++)
    p -> ave = p -> ave + p ->s[i];
  p -> ave = p -> ave/N ;
}
main( )
{
  FILE * wf;
  STRUC s = { "GA005 ",85.5,76,69.5,85,91,72,64.5,87.5};
  int i;
  fun( &s);
  printf("The % s's student data:\n", s. num);
  for(i =0;i < N;i ++)
    printf("%4.1f\n",s. s[i]);
  printf("\nave = %7.3f\n", s. ave);
  wf = fopen("out. dat","w");
  fprintf( wf,"ave = %7.3f", s. ave);
  fclose( wf);
}
```

4.已知学生的记录由学号和学习成绩构成,N 名学生的数据已存入 a 结构体数组中。请编写函数 fun,功能是找出成绩最高的学生记录,通过形参返回主函数(规定只有一个最高分)。已给出函数的首部,请完成该函数。

```
#include < stdio. h >
#include  <string. h >
#include  < conio. h >
#define N 10
typedef struct ss
{ char num[10]; int s;} STU;/ * 只是采用的赋值方式不同。采用的是结构体元素
```

```
对结构体元素赋值。*/
fun( STU a[ ], STU *s)
{ int i;
  *s = a[0];
  for( i =1;i < N; i ++)
  if (a[i].s > ( *s).s)
  *s = a[i];
}
main( )
{ STU a[ N ] = { {"A01",81} , {"A02",89} , {"A03",66} , {"A04",87} , {"A05",77} , {"
A06",90} , {"A07",79} , {"A08",61} , {";A09",80} , {"A10",71} } , m;
  int i;
  printf(" ****  the original data  **** \n");
  for( i =0;i < N; i ++ ) printf("N0 = % s Mark = % d\n", a[i]. num,a[i].s);
  fun( a,&m);
  printf(" ****  the result **** \n");
  printf(" the top : % s ,% d\n", m. num,m. s);
}
```

5. 学生的记录由学号和成绩组成,N 名学生的数据已在主函数中放入结构体数组 s 中,请编写函数 fun,功能是把低于平均分的学生数据放在 b 所指的数组中,低于平均分的学生人数通过形参 n 传回,平均分通过函数值返回。

```
#include < stdio. h >
#define N 8
typedef struct
{ char num[10];
  double s;
} STRUC;
double fun(STRUC * a, STRUC * b, int * n)
{
  int i,j =0;
  double av =0.0;
  for( i =0;i < N;i ++)
    av = av + a[i] ;
  av = av/N ;
  for( i =0;i < N;i ++)
    if( a[i].s < av) b[j ++ ] = a[i];
  *n = j;
  return av;
}
```

```
main( )
{
    FILE  * wf;
    STRUC s[ N ] = { { "GA05 ",85} ,{ "GA03 ",76} ,{ "GA02 ",69} ,{ "GA04 ",85} ,
      { "GA01 ",91} ,{ "GA07 ",72} ,{ "GA08 ",64} ,{ "GA06 ",87} } ;
    STRUC h[ N ] ,t ;
    FILE  * out ;
    int i ,j ,n ;
    double ave ;
    ave = fun( s ,h ,&n ) ;
    printf( "The % d student data which is lower than %7. 3f: \n ", n ,ave) ;
    for( i = 0 ;i < n ;i ++ )
        printf( "% s %4. 1f\n ",h[ i ]. num ,h[ i ]. s) ;
    printf( "\n ") ;
    out = fopen( "out71. dat ", "w ") ;
    fprintf( out, "% d\n%7. 3f\n ",n ,ave) ;
    for( i = 0 ;i < n − 1 ;i ++ )
        for( j = i + 1 ;j < n ;j ++ )
            if( h[ i ]. s > h[ j ]. s)
              { t = h[ i ] ; h[ i ] = h[ j ] ; h[ j ] = t ; }
    for( i = 0 ;i < n ;i ++ )
        fprintf( out, "%4. 1f\n ",h[ i ]. s) ;
    fclose( out) ;
    wf = fopen( "out. dat", "w") ;
    fprintf( wf, "% d %7. 3f\n",n ,ave) ;
    for( i = 0 ;i < n ;i ++ )
        fprintf( wf, "% s %4. 1f",h[ i ]. num ,h[ i ]. s) ;
    fclose( wf) ;
}
```

6. 学生的记录由学号和成绩组成, N 名学生的数据已在主函数中放入结构体数组 s 中。请编写函数 fun,功能是把分数最高的学生数据放在 b 所指的数组中。注意:分数最高的学生可能不只一个,函数返回分数最高的学生的人数。

```
#include  < stdio. h >
#define N 16
typedef struct
{ char num[ 10 ] ;
  int s ;
} STRUC ;
int fun ( STRUC * a, STRUC * b)
```

```
{
    int i,j = 0,max = a[0].s;
    for(i = 0;i < N;i ++ )
        if(max < a[i].s) max = a[i].s;
    for(i = 0;i < N;i ++ )
        if(max == a[i].s) b[j ++ ] = a[i];
    return j;
}
main ( )
{
    STRUC s[N] = {{"GA005",85},{"GA003",76},{"GA002",69},{"GA004",85},
    {"GA001",91},{"GA007",72},{"GA008",64},{"GA006",87},
    {"GA015",85},{"GA013",91},{"GA012",64},{"GA014",91},
    {"GA011",66},{"GA017",64},{"GA018",64},{"GA016",72}};
    STRUC h[N];
    int i, n;
    FILE * out;
    n = fun(s,h);
    printf("The % d highest score :\n",n);
    for (i = 0; i < n; i ++ )
        printf("% s %4d\n",h[i].num,h[i].s);
    printf("\n");
    out = fopen("out45. dat", "w");
    fprintf(out, "% d\n",n);
    for(i = 0; i < n; i ++ )
        fprintf(out, "%4d\n",h[i].s);
    fclose(out);
}
```

7. N 名学生的成绩已在主函数中放入一个带头节点的链表结构中,h 指向链表的头节点。请编写函数 fun,功能是找出学生的最高分,由函数值返回。

```
#include <stdio. h>
#include <stdlib. h>
#define N 8
struct slist
{double s;
    struct slist * next;
};
typedef  struct slist  STREC;
double  fun( STREC * h)
```

```
{ double max ;
  int i ;
  max = h -> s;
  for( i = 0 ; i < N ;i ++ )
    if( ( h + i) -> s > max) max = ( h + i) -> s;
  return   max;
}

STREC * creat( double * s)
{ STREC * h, * p, * q;int i = 0;
  h = p = ( STREC * ) malloc( sizeof( STREC ) );p -> s = 0;
  while( i < N )
  { q = ( STREC * ) malloc( sizeof( STREC ) );
    q -> s = s[ i ] ; i ++ ; p -> next = q; p = q;
  }
  p -> next = 0;
  return h;
}

outlist( STREC * h)
{ STREC * p;
  p = h -> next;printf("head") ;
  do
  { printf(" -> % 2. 0f",p -> s) ;p = p -> next;}
  while( p!  = 0) ;
  printf("\n\n") ;
}

main( )
{ double s[ N ] = { 85 ,76 ,69 ,85 ,91 ,72 ,64 ,87} , max ;
  STREC * h;
  h = creat( s ) ;outlist( h) ;
  max = fun( h ) ;
  printf("max = % 6. 1f\n",max) ;
  NONO( ) ;
}

NONO( ){ / * 本函数用于打开文件,输入数据,调用函数,输出数据,关闭文件。*/
  FILE * in, * out ;
  int i,j ; double s[ N ],max ;
  STREC * h ;
  in = fopen("K:\\k01\\24001514\\in. dat","r") ;
  out = fopen("K:\\k01\\24001514\\out. dat","w") ;
```

```
        for( i = 0 ; i < 10 ; i ++ ) {
          for( j = 0 ; j < N; j ++ ) fscanf( in, "% lf,", &s[ j]) ;
          h = creat( s) ;
          max = fun( h) ;
          fprintf( out, "%6. 1lf\n", max) ;
        }
        fclose( in) ;
        fclose( out) ;
      }
```

8. m 个人的成绩存放在 score 数组中,请编写函数 fun,功能是将低于平均分的人数作为函数值返回,将低于平均分的分数放在 below 所指的数组中。

例如,当 score 数组中的数据为 10、20、30、40、50、60、70、80、90 时,函数返回的人数应该是 4, below 中的数据应为 10、20、30、40。

```
#include < string. h >
#include < conio. h >
#include < stdio. h >
int fun( int score[ ], int m, int below[ ])
{ int i, j = 0, aver = 0;
    for( i = 0; i < m; i ++ ) aver += score[ i] ;
  aver/ = m;
  for( i = 0; i < m; i ++ )
    if( score[ i] < aver) below[ j ++ ] = score[ i] ;
  return j;
}
main( )
{ int i, n, below[ 9] ;
  int score[ 9] = { 10, 20, 30, 40, 50, 60, 70, 80, 90} ;
  clrscr( ) ;
  n = fun( score, 9, below) ;
  printf( "\nBelow the average score are :") ;
  for( i = 0; i < n; i ++ ) printf( "% 4d", below[ i]) ;
}
```

9. 学生的记录由学号和成绩组成,N 名学生的数据已在主函数中放入结构体数组 s 中。请编写函数 fun,功能是把高于等于平均分的学生数据放在 b 所指的数组中,高于等于平均分的学生人数通过形参 n 传回,平均分通过函数值返回。

```
#include < stdio. h >
# define    N 12
typedef    struct
{ char num[ 10] ;
```

```
    double s;
} STRUC;
double fun (STRUC * a, STRUC * b, int * n)
{
    int i;
    double av = 0.0 ;
    * n = 0;
    for( i = 0; i < N; i ++ )    av = av + a[ i ]. s;
    av = av/N;
    for( i = 0; i < N; i ++ )
      if( av <= a[ i ]. s)
        { b[ * n ] = a[ i ]; * n = * n + 1;}
    return av ;
}
main( )
{
    FILE * wf;
    STRUC s[ N ] = { {"GA05",85} , {"GA03",76} , {"GA02",69} , {"GA04",85} ,
     {"GA01",91} , {"GA07",72} , {"GA08",64} , {"GA06",87} ,
     {"GA09",60} , {"GA11",79} , {"GA12",73} , {"GA10",90} } ;
    STRUC  h[ N ], t;
    FILE * out;
    int i , j, n;
    double ave;
    ave = fun( s, h, &n);
    printf( "The % d student data which is higher than %7. 3f: \n", n, ave);
    for( i = 0; i < n; i ++ )
      printf( "% s   % 4. 1f\n", h[ i ]. num, h[ i ]. s);
    printf( "\n");
    out = fopen( "out90. dat", "w");
    fprintf( out, "% d\n % 7. 3f\n", n, ave);
    for( i = 0; i < n - 1; i ++ )
      for( j = i + 1; j < n; j ++ )
        if( h[ i ]. s < h[ j ]. s)
          { t = h[ i ]; h[ i ] = h[ j ]; h[ j ] = t;}
    for( i = 0; i < n; i ++ )
      fprintf( out, "% 4. 1f\n", h[ i ]. s);
    fclose( out);
    wf = fopen( "out. dat", "w");
```

```
    fprintf( wf, "% d   % 7. 3f\n",n,ave) ;
    for( i = 0; i < n; i ++ )
       fprintf( wf, "% s % 4. 1f",h[ i]. num,h[ i]. s) ;
    fclose( wf) ;
}
```

10. 学生的记录由学号和成绩组成,N 名学生的数据已在主函数中放入结构体数组 s 中。请编写函数 fun,功能是把分数最低的学生数据放在 b 所指的数组中。注意:分数最低的学生可能不止一个,函数返回分数最低的学生的人数。

```
#include  < stdio. h >
#include  < string. h >
#include  < conio. h >
#define N 10
typedef struct ss
{ char num[ 10] ; int s;} STREC;
int fun ( STREC * a, STREC * b)
{ int i,j = 0, n = 0, min ;
  min = a[ 0]. s ;
  for ( i = 0 ; i < N ; i ++ )
    if( a[ i]. s < min)   min = a[ i]. s ;
  for ( i = 0 ; i < N ;i ++ )
    if( a[ i]. s == min) { * (b + j) = a[ i] ; j ++ ;n ++ ; }
  return n;
}
main( )
{ STREC  a[ N] = { {"A01",81} , {"A02",89} , {"A03",66} , {"A04",87} , {"A05",
77} , {"A06",90} , {"A07",79} , {"A08",61} , {";A09",80} , {"A10",71} } , m;int i;
printf( " **** the original data **** \n") ;for( i = 0 ;i < N; i ++ ) printf( "NO = % s
Mark = % d\n", a[ i]. num,a[ i]. s) ;fun( a,&m) ;
printf( " **** the result **** \n") ;
printf( " the top : % s ,% d\n", m. num,m. s) ;
}
```

11. 已知学生的记录由学号和学习成绩构成,N 名学生的数据已存入 a 结构体数组中。请编写函数 fun,功能是找出成绩最低的学生记录,通过形参返回主函数(规定只有一个最低分)。已给出函数的首部,请完成该函数。

```
#include  < stdio. h >
#include  < string. h >
#include  < conio. h >
#define N 10
typedef struct ss
```

```
{ char num[10]; int s;} STU;
fun( STU a[], STU *s)
{ int k,i;
  (*s).s=a[0].s;
  for( i=0;i<N; i++)
  if (a[i].s<(*s).s){(*s).s=a[i].s; k=i; }
  strcpy ((*s).num, a[k].num);
}
main()
{ STU a[N] = { {"A01",81},{"A02",89},{"A03",66},{"A04",87},{"A05",77},
  {"A06",90},{"A07",79},{"A08",61},{";A09",80},{"A10",71} }, m;
int i;
printf(" **** the original data **** \n");
for(i=0;i<N; i++) printf("N0 = %s Mark = %d\n", a[i].num,a[i].s);
fun( a,&m);
printf(" **** the result **** \n");
printf(" the lowest: %s ,%d\n", m.num,m.s);
}
```

12. 学生的记录由学号和成绩组成,N 名学生的数据已在主函数中放入结构体数组 s 中。请编写函数 fun,功能是按分数的高低排列学生的记录,高分在前。

```
#include <stdio.h>
#define N 16
typedef struct
{ char num[10];
  int s ;
}
STRUC;
void fun (STRUC  a[])
{
  int i,j;
  STRUC t;
  for(i=1 ;i<N;i++)
    for(j=0;j< N-1;j++)
      if(a[j].s < a[j+1].s)
        {t=a[j];a[j]=a[j+1];a[j+1]=t;}
}
main ()
{
  FILE *wf;
```

```
    STRUC s[N] = {{"GA005",85},{"GA003",76},{"GA002",69},{"GA004",85},
    {"GA001",91},{"GA007",72},{"GA008",64},{"GA006",87},
    {"GA015",85},{"GA013",91},{"GA012",64},{"GA014",91},
    {"GA011",66},{"GA017",64},{"GA018",64},{"GA016",72}};
    int i;
    FILE * out;
    fun(s);
    printf("The data after sorted :\n");
    for (i =0; i < N; i ++)
      {if((i)%4 ==0)
        printf("\n");
          printf("%s %4d",s[i].num,s[i].s);
      }
    printf("\n");
    out = fopen("out65. dat", "w");
    for(i =0; i < N; i ++)
      {if((i)%4 ==0&&i)
          fprintf(out, "\n");
        fprintf(out, "%4d",s[i].s);
      }
    fprintf(out, "\n");
    fclose(out);
    wf = fopen("out. dat","w");
    for (i =0; i < N; i ++)
      {if((i)%4 ==0&&i)
        fprintf(wf,"\n");
      fprintf(wf,"%s %4d",s[i].num,s[i].s);
      }
    fclose(wf);
  }
```

13. 学生的记录由学号和成绩组成,N 名学生的数据已在主函数中放入结构体数组 s 中。请编写函数 fun,功能是函数返回指定学号的学生数据,指定的学号在主函数中输入。若没找到指定学号,在结构体变量中给学号置空串,给成绩置 -1,作为函数值返回(用于字符串比较的函数是 strcmp)。

```
    #include < stdio. h >
    #include < stdlib. h >
    #include < string. h >
    #define N 16
    typedef struct
```

```
{ char num[10];
  int s;
}STRUC;
STRUC  fun(STRUC * a, char * b)
{
  int i;
  STRUC str = {"\0", -1};
  for( i = 0;i < N;i ++ )
    if( strcmp( a[i]. num,b) ==0)    str = a[i];
  return str;
}
main( )
{
  FILE * wf;
  STRUC s[N] = {{ "GA005",85},{"GA003",76},{"GA002",69},{"GA004",85},
  {"GA001",91},{"GA007",72},{"GA008",64},{"GA006",87},
  {"GA015",85},{"GA013",91},{"GA012",64},{"GA014",91},
  {"GA011",77},{"GA017",64},{"GA018",64},{"GA016",72}};
  STRUC h;
  char m[10];
  int i;
  FILE * out;
  printf("The original data:\n");
  for( i = 0;i < N;i ++ )
    { if(i%4 ==0)
        printf("\n");
      printf("%s %3d",s[i]. num,s[i]. s);
    }
  printf("\n\nEnter the number: ");
  gets(m);
  h = fun(s,m);
  printf("The data: ");
  printf("\n%s %4d\n",h. num,h. s);
  printf("\n");
  out = fopen("out80. dat", "w");
  h = fun(s, "GA013");
  fprintf(out, "%s %4d\n",h. num,h. s);
  fclose(out);
  wf = fopen("out. dat","w");
```

```
    fprintf(wf,"%s %4d",h.num,h.s);
    fclose(wf);
}
```

14. 学生的记录由学号和成绩组成,N 名学生的数据已在主函数中放入结构体数组 s 中。请编写函数 fun,功能是把指定分数范围内的学生数据放在 b 所指的数组中,分数范围内的学生人数由函数值返回。

　　例如,输入的分数是 60 和 69,则应当把分数在 60 到 69 的学生数据进行输出,包含 60 分和 69 分的学生数据。主函数中将把 60 放在 low 中,把 69 放在 high 中。

```
#include <stdio.h>
#define N 16
typedef struct
{ char num[10];
  int s;
}STRUC;
int  fun (STRUC *a, STRUC *b, int l, int h)
{
  int i,j=0;
  for(i=0;i<N;i++)
    if(a[i].s>=l  && a[i].s<=h)      b[j++]=a[i];
  return j;
}
main()
{
  FILE *wf;
  STRUC s[N]={{"GA005",85},{"GA003",76},{"GA002",69},{"GA004",85},
  {"GA001",96},{"GA007",72},{"GA008",64},{"GA006",87},
  {"GA015",85},{"GA013",94},{"GA012",64},{"GA014",91},
  {"GA011",90},{"GA017",64},{"GA018",64},{"GA016",72}};
  STRUC h[N],tt;
  FILE *out;
  int i, j, n, low, heigh, t;
  printf("Enter 2 integer number low & heigh:");
  scanf("%d%d",&low,&heigh);
  if(heigh<low)
    {t=heigh;heigh=low; low=t;}
  n=fun(s,h,low,heigh);
  printf("The student 's data between %d--%d:\n",low,heigh);
  for(i=0;i<n;i++)
    printf("%s %4d\n",h[i].num, h[i].s);
```

```
    printf("\n");
    out = fopen("out74. dat ", "w");
    fprintf(out, "%d\n",n);
    n = fun(s,h,80,98);
    for(i=0;i<n-1;i++)
      for(j=i+1;j<n;j++)
        if(h[i].s>h[j].s){tt=h[i];h[i]=h[j];h[j]=tt;}
    for(i=0;i<n;i++)fprintf(out, "%4d\n",h[i].s);
    fprintf(out, "\n");
    fclose(out);
    wf = fopen("out. dat","w");
    for(i=0;i<n;i++)
      fprintf(wf, "%s %4d ",h[i].num, h[i].s);
    fclose(wf);
}
```

## 类型六　字符和字符串操作

1. 请编写一个函数 fun,功能是比较两个字符串的长度(不得调用 C 语言提供的求字符串长度的函数),函数返回较长的字符串。若两个字符串长度相同,则返回第一个字符串。例如,输入:beijing shanghai<CR>,函数将返回 shanghai。

```
#include <stdio. h>
char *fun ( char *s, char *t)
{ char *ss=s, *tt=t;
  while((*ss)&&(*tt)) { ss++; tt++; }
  if(*tt) return(t);
  else return(s);
}
main( )
{ char a[20],b[10], *p, *q;
  int i;
  printf("Input 1th string:");
  gets( a);
  printf("Input 2th string:");
  gets( b);
  printf("%s\n",fun (a, b));
  NONO ();
}
NONO ()
```

```
{ /* 本函数用于打开文件,输入数据,调用函数,输出数据,关闭文件。*/
  FILE * fp, * wf ;
  int i ;
  char a[20] , b[20] ;
  fp = fopen("bc03. in","r") ;
  if( fp == NULL) {
    printf("数据文件 bc03. in 不存在!") ;
    return ;
  }
  wf = fopen("bc03. out","w") ;
  for( i = 0 ; i < 10 ; i ++ ) {
    fscanf( fp, "% s % s", a, b) ;
    fprintf( wf, "% s \n", fun( a, b) ) ;
  }
  fclose( fp) ;
  fclose( wf) ;
}
```

2. 编写函数 fun,功能是从字符串中删除指定的字符。同一字母的大、小写按不同字符处理。

例如:若程序执行时输入字符串为:turbo c and borland c ++ 。

从键盘上输入字符 n,则输出后变为:turbo c ad borlad c ++ 。

如果在字符串中不存在输入的字符,则字符串照原样输出。

```
#include < stdio. h >
#include < conio. h >
int fun( char s[ ] , int c)
{ int i, k = 0;
  for( i = 0; s[ i ]; i ++ )
  if( s[ i ] ! = c) s[ k ++ ] = s[ i ];
  s[ k ] = '\0';
}
main( )
{ static char str[ ] = "turbo c and borland c ++ ";
  char ch;
  clrscr( );
  printf(" :% s \n", str);
  printf(" :");
  scanf("% c", &ch);
  fun( str, ch );
  printf("str[ ] = % s \n", str);
```

```
}
```

3. 请编写函数 fun,功能是求出 ss 所指字符串中指定字符的个数,并返回此值。

例如,若输入字符串 123412132,输入字符 1,则输出 3。

```c
#include < conio. h >
#include < stdio. h >
#define M 81
int fun( char  * ss, char c)
{ int num = 0;
  while( * ss!  = '\0')
  { if( * ss == c) num ++ ;
    ss ++ ;
  }
  return( num) ;
}
main( )
{char a[ M] ,ch;
  clrscr( ) ;
  printf(″\nPlease enter a strint:″) ;gets( a) ;
  printf(″\nPlease enter a char:″) ;ch = getchar( ) ;
  printf(″\nThe number of the char is:% d\n″,fun( a,ch) ) ;
}
```

4. 请编写一个函数 void fun( char * tt,int pp[ ]),统计在字符串中'a'到'z'26 个字母各自出现的次数,并依次放在 pp 所指数组中。

例如,当输入字符串 abcdefgabcdeabc 后,程序的输出结果应该是:3 3 3 2 2 1 1 0 0 0 0 0 0 0 0 0 0 0 0 0 0 0 0 0 0 0。

```c
#include < conio. h >
#include < stdio. h >
void fun( char  * tt,int pp[ ])
{ int i;
  for( i = 0;i < 26;i ++ )  pp[i] = 0;
  for( ; * tt;tt ++ )
    if( * tt <= 'z'&& * tt > = 'a')  pp[ * tt − 97] ++ ;
}
main( )
{ char aa[ 1000] ;
  int bb[ 26] ,k;
  clrscr( ) ;
  printf(″\nPlease enter a char string:″) ;scanf(″% s″,aa) ;
  fun( aa,bb) ;
```

```
        for( k =0;k <26;k ++ ) printf("% d",bb[ k ] ) ;
        printf("\n") ;
    }
```

5. 请编写一个函数 void fun( char a[ ] , char b[ ] , int n) ，功能是删除一个字符串中指定下标的字符。其中，a 指向原字符串，删除后的字符串存放在 b 所指的数组中，n 中存放指定的下标。

例如，输入一个字符串 World，然后输入 3，则调用该函数后的结果为 Word。

```
        #include  < stdio. h >
        #include  < conio. h >
        #define LEN 20
        void fun ( char a[ ] , char b [ ] , int n)
        {
            int i,k =0;
            for( i =0;a[ i ] !  = '\0';i ++ )
                if( i! = n) b[ k ++ ] = a[ i ] ;
            b[ k ] = '\0';
        }
        main(  )
        {
            FILE  * wf;
            char str1[ LEN ] , str2[ LEN ] ;
            int n ;
            printf ("Enter the string : \n") ;
            gets ( str1 ) ;
            printf ("Enter the position of the string deleted：") ;
            scanf ("% d", &n) ;
            fun ( str1, str2, n) ;
            printf ("The new string is : % s \n", str2) ;
            wf = fopen("out. dat","w") ;
            fun("world",str2,3) ;
            fprintf( wf,"% s",str2) ;
            fclose( wf) ;
        }
```

6. 请编写函数 fun，功能是统计一行字符串中单词的个数，作为函数值返回。一行字符串在主函数中输入，规定所有单词由小写字母组成，单词之间由若干个空格隔开，一行的开始没有空格。

```
        #include < string. h >
        #include < stdio. h >
        #define N 80
```

```
int fun( char * s)
{
  int i,j =0;
  for( i =0;s[ i] ! ='\0';i ++ )
    if( s[ i] ! =' '&&( s[ i +1] ==' '||s[ i +1] =='\0'))j ++ ;
  return j;
}

main( )
{
  FILE * wf;
  char line[ N ];
  int num =0;
  printf( "Enter a string: \n ");
  gets( line);
  num = fun( line);
  printf( "The number of word is:% d\n\n ",num);
  wf = fopen( "out. dat","w");
  fprintf( wf,"% d",fun( "a big car"));
  fclose( wf);
}
```

7. 请编写函数 fun,功能是将放在字符串数组中的 M 个字符串(每串的长度不超过 N)按顺序合并组成一个新的字符串。

例如,若字符串数组中的 M 个字符串为:

AAAA

BBBBBB

CC

则合并后的字符串的内容应是 AAAABBBBBBBBCC。

```
#include  < stdio. h >
#include  < conio. h >
#define M 3
#define N 20
void fun( char a[ M ][ N ],char * b)
{
  int i,j, k =0;
  for( i =0;i < M;i ++ )
    for( j =0;a[ i][ j] ! ='\0';j ++ )b[ k ++ ] = a[ i][ j];
  b[ k ] ='\0';
}

main( )
```

```
{
    FILE  * wf;
    char w[M][N] = {"AAAA", "BBBBBBB", "CC"},i;
    char a[100] = { " ################################"};
    printf("The string:\n ");
    for(i =0;i < M;i ++ )
        puts(w[i]);
    printf("\n ");
    fun(w,a);
    printf("The A string:\n ");
    printf("%s ",a);
    printf("\n\n ");
    wf = fopen("out. dat","w");
    fprintf(wf,"%s",a);
    fclose(wf);
}
```

8. 请编写函数 fun,功能是判断字符串是否为回文？若是则函数返回 1,主函数中输出 YES;否则返回 0,主函数中输出 NO。回文是指顺读和倒读都一样的字符串。

例如,字符串 LEVEL 是回文,而字符串 123312 就不是回文。

```
#include  < stdio. h >
#define N 80
int fun( char  * str)
{ int i,n =0,fg =1;
  char  * p = str;
  while  ( * p)  {n ++ ;p ++ ;}
  for  (i =0;i < n/2;i ++ )
      if  ( str[i] == str[n -1 -i]);
      else{fg =0;  break;}
  return fg;
}
main( )
{ char   s[N];
  printf("Enter a string: "); gets(s);
  printf("\n\n"); puts(s);
  if(fun(s)) printf("YES\n");
  else printf("NO\n");
  NONO();
}
NONO( )
```

```
}/* 请在此函数内打开文件,输入测试数据,调用 fun 函数,输出数据,关闭文件。
*/
    FILE * rf, * wf ;
    int i ; char s[N] ;
    rf = fopen("K:\\k1\\24000214\\in. dat","r") ;
    wf = fopen("K:\\k1\\24000214\\out. dat","w") ;
    for(i = 0 ; i < 10 ; i ++ ) {
        fscanf( rf, "%s", s) ;
        if( fun(s) ) fprintf( wf, "%s YES\n", s) ;
        else fprintf( wf, "%s NO\n", s) ;
        }
    fclose( rf) ; fclose( wf) ;
}
```

9. 编写一个函数 fun,功能是实现两个字符串的连接(不使用库函数 strcat),即把 p2 所指的字符串连接到 p1 所指的字符串后。

例如,分别输入下面两个字符串:

FirstString --

SecondString

则程序输出:FirstString-SecondString。

```
#include < stdio. h >
#include < conio. h >
void fun( char p1[ ],char p2[ ])
{ int i,j;
    for( i =0;p1[i] ;i ++ );
    for( j =0;p2[j] ;j ++ )
        p1[i ++ ] =p2[j];
    p1[i] ='\0';
}
main( )
{ char s1[80] ,s2[80];
    clrscr( );
    printf("Enter s1 and s2:\n");
    scanf("%s%s",s1,s2);
    printf("s1 = %s\n",s1);
    printf("s2 = %s\n",s2);
    printf("Invoke fun(s1,s2):\n");
    fun(s1,s2);
    printf("After invoking:\n");
    printf("%s\n",s1);
```

10. 请编写一个函数,用来删除字符串中的所有空格。例如,输入 asd af aa z67,则输出为 asdafaaz67。

```c
#include  <stdio. h>
#include  <ctype. h>
#include  <conio. h>
int fun( char * str)
{ char * p = str;
  for( ;  * str;  str ++ )
    if( * str!  = ' ')  * p ++= * str;
  * p = '\0';
}
main( )
{
  char str[81];
  int n;
  clrscr( )
  printf("Input a string:")
  gets( str);
  puts( str);
  fun( str);
  printf(" *** str: % s\n",str);
  NONO( );
}
NONO( )
{
  /* 请在此函数内打开文件,输入调试数据,调用 fun 函数,输出数据,关闭文件。*/
  char str[81];
  int n = 0;
  FILE * rf, * wf
  rf = fopen("b0803. in", "r")
  wf = fopen("b0803. out", "w")
  while( n < 10) {
    fgets( str, 80, rf);
    fun( str);
    fprintf( wf, "% s", str)
    n ++
  }
  fclose( rf)
```

```
        fclose( wf)
    }
```

11. 请编一个函数 fun( char ∗ s),功能是把字符串中的内容逆置。例如:字符串中原有的字符串为 abcdefg,则调用该函数后,串中的内容为 gfedcba。

```
#include  < string. h >
#include  < conio. h >
#include  < stdio. h >
#define N 81
fun( char  ∗ s)
{ int i = 0 ,t,n = strlen( s) ;
    for ( ;s + i < s + n − 1 − i;i ++ )
        {t = ∗ ( s + i) ; ∗ ( s + i) = ∗ ( s + n − 1 − i) ; ∗ ( s + n − 1 − i) = t;}
}
main( )
{ char a[ N] ;
    clrscr( ) ;
    printf("Enter a string:") ; gets( a) ;
    printf("The original string is:") ;puts( a) ;
    fun( a) ;
    printf("\n") ;
    printf("The string after modified:") ;
    puts( a) ;
}
```

12. 请编写一个函数 fun,功能是将一个数字字符串转换为一个整数(不得调用 C 语言提供的将字符串转换为整数的函数)。

例如,若输入字符串"−1234",则函数把它转换为整数值 −1234。

```
#include  < stdio. h >
#include  < string. h >
long fun ( char ∗ p)
{ long s = 0 ,t;
    int i = 0 ,j,n = strlen( p) ,k,s1;
    if( p[ 0] == ' − ')   i ++ ;
    for( j = i;j <= n − 1 ;j ++ )
    { t = p[ j] − '0' ;
        s1 = 10 ;
        for ( k = j;k < n − 1 ;k ++ )   t ∗ = s1;
        s += t;
    }
    if( p[ 0] == ' − ')return − s;
```

```
      else return s;
  }
  main( )/ * 主函数 */
  { char s[6];
    long n;
    printf("Enter a string:\n") ;
    gets(s);
    n = fun(s);
    printf("%ld\n",n);
  }
```

13. 请编写函数 fun,功能是移动字符串中的内容。移动的规则如下:把第 1 到第 m 个字符平移到字符串的最后,把第 m +1 到最后的字符移到字符串的前部。

例如,字符串中原有的内容为 ABCDEFGHIJK,m 的值为 3,移动后,字符串中的内容应该是 DEFGHIJKABC。

```
#include < stdio. h >
#include < string. h >
#define N 80
void fun (char   * w,int   m)
{
  int i,j;
  char t;
  for(i = 1;i <= m;i ++ )
    {t = w[0];
     for(j = 1;w[j]! = '\0';j ++ )w[j - 1] = w[j] ;
     w[j - 1]  = t;
    }
}
main( )
{
  FILE * wf;
  char a[N] = "ABCDEFGHIJK";
  int m;
  printf("The origina string :\n") ;
  puts(a);
  printf("\n\nEnter m: ");
  scanf("%d",&m);
  fun(a,m);
  printf("\nThe string after moving :\n");
  puts(a);
```

```
        printf("\n\n");
        wf = fopen("out. dat","w");
        fun(b,3);
        fprintf(wf,"%s",b);
        fclose(wf);
    }
```

14. 编写一个函数,该函数可以统计一个长度为 2 的字符串在另一个字符串中出现的次数。例如,假定输入的字符串为:asd asasdfg asd as zx67 asdmklo,子字符串为 as,则应输出 6。

```
    #include "stdio. h"
    #include "string. h"
    #include "conio. h"
    int fun( char * str,char * substr)
    { int i,n = 0,s = strlen( str) ;
      for( i = 0;i < s;i ++ )
      if( ( str[ i] == substr[ 0] ) && ( str[ i +1] == substr[ 1] ) ) n ++ ;
      return n;
    }
    main( )
    {
      char str[ 81] ,substr[ 3] ;
      int n; clrscr( );
      printf("enter 1:");
      gets( str) ;
      printf("enter 2:");
      gets( substr) ;
      puts ( str) ;
      puts( substr) ;
      n = fun( str,substr) ;
      printf("n = %d\n",n) ;
    }
```

# 类型七 套用公式计算型

1. 编写函数 fun,功能是根据公式

$$s = 1 + 1/(1 + 2) + 1/(1 + 2 + 3) + \ldots\ldots + 1/(1 + 2 + 3 + 4 + \ldots\ldots + n)$$

计算 $s$,计算结果作为函数值返回。$n$ 通过形参传入。

例如:若 $n$ 的值为 11 时,函数的值为 1.833333。

```
    #include < stdio. h >
    float fun( int n)
```

```
{ int i,s;
  s = 0;
  for( i = 0, i <= n, i ++)    s = s + 1/chsdc( i) ;
  return( s) ;
}
long chsdc( int n)
{ int i,s;
  s = 0;
  for( i = 0,i < n,i ++) s = s + i;
  return( s) ;
}
main( )
{ int n; float s;
  printf("\nPlease enter N:"); scanf("% d", &n) ;
  s = fun( n) ;
  printf("the result is: % f\n", s) ;
  NONO( ) ;
}
NONO (    )
{/ *  本函数用于打开文件,输入数据,调用函数,输出数据,关闭文件。* /
  FILE * fp, * wf ;
  int i, n ;
  float s;
  fp = fopen( "K:\\k1\\24000322\\in. dat","r") ;
  wf = fopen( "K:\\k1\\24000322\\out. dat","w") ;
  for( i = 0 ; i < 10 ; i ++) {
    fscanf( fp, "% d", &n) ;
    s = fun( n) ;
    fprintf( wf, "% f\n", s) ;
  }
  fclose( fp) ;
  fclose( wf) ;
}
```

2. 编写函数 fun,功能是利用以下迭代方法求方程 $\cos( x) - x = 0$ 的一个实根。

$$X_n + 1 = \cos( X_n)$$

迭代步骤如下:

(1)取 x1 初值为 0.0;

(2)x0 = x1,把 x1 的值赋给 x0;

(3)x1 = cos(x0),求出一个新的 x1;

（4）若 x0 - x1 的绝对值小于 0. 000001，则执行步骤（5），否则执行步骤（2）；

（5）所求 x1 就是方程 $\cos(x) - x = 0$ 的一个实根，作为函数值返回。

程序将输出结果 Root = 0. 739085。

```
#include  < conio. h >
#include  < math. h >
#include  < stdio. h >
float fun( )
{ float x0 ,x1 = 0;
  do {  x0 = x1;
    x1 = cos( x0);
  } while(  fabs( x0 - x1) > 1e - 006);
  return x1;
}
main( )
{ printf("root = % f\n",fun( ));
}
```

3. 请编写函数 fun，功能是计算：$s = (\ln 1 + \ln 2 + \ln 3 + ... + \ln m)^{0.5}$，s 作为函数值返回。

在 C 语言中可调用 $\log(n)$ 函数求 $\ln(n)$。log 函数的引用说明是：double log( double x)。例如，若 m 的值为 20，则 fun 函数值为 6. 506583。

```
#include  < conio. h >
#include  < math. h >
#include  < stdio. h >
double fun( int m)
{ double i;double r,s; double log( double i);
  for( i = 1;i <= m;i ++ )  r = r + log( i);
  return( sqrt( r));
}
main( )
{ clrscr( );
  printf("% f\n",fun( 20));
}
```

4. 请编写函数 fun，功能是计算并输出下列多项式值：

$$S_n = 1 + 1/1! + 1/2! + 1/3! + 1/4! + ... + 1/n!$$

例如，若主函数从键盘给 n 输入 15，则输出为 s = 2. 718282。注意：n 的值要求大于 1 但不大于 100。

```
#include  < stdio. h >
double fun( int n)
{
  double t,sn = 1. 0;
```

```
        int i,j;
        for(i =1;i < n;i ++ )
        {t =1.0;
          for(j =1;j <=i;j ++ )
          t * =j;
          sn +=1.0/t;
        }
        return sn;
}
main( )
{ int n;double s;
  printf("Input n:");scanf("% d",&n);
  s =fun(n);
  printf("s =% f\n",s);
  NONO( );
}
NONO( )
{/ * 请在此函数内打开文件,输入测试数据,调用 fun 函数,输出数据,关闭文件。*/
  FILE * rf, * wf; int n, i; double s;
  rf = fopen("K:\\k01\\24001619\\in.dat","r");
  wf = fopen("K:\\k01\\24001619\\out.dat","w");
  for(i = 0; i < 10; i ++ ) {
    fscanf(rf, "% d", &n);
    s = fun(n);
    fprintf(wf, "% lf\n", s);
  }
  fclose(rf); fclose(wf);
}
```

5. 请编写函数 fun,功能是计算并输出当 $x < 0.97$ 时下列多项式的值,直到 $|S_n$-$S(n -1)|$ $<0.000001$ 为止。

$$S_n = 1 +0.5x +0.5(0.5 -1)/2! \ x(2) +... +0.5(0.5 -1)(0.5 -2)..... (0.5 -n +1)/ n! \ x(n)$$

例如,若主函数从键盘给 x 输入 0.21 后,则输出为 s =1.100000。

```
    #include < stdio.h >
    #include < math.h >
    double fun( double x)
    {
      double s1 =1.0,p =1.0,sum =0.0,s0,t =1.0;
      int n =1;
```

```
    do
    {s0 = s1;
      sum += s0;
      t * = n;
      p * = (0.5 - n + 1) * x;
      s1 = p/t;
    n ++;} while(fabs(s1 - s0) >1e - 6);
    return sum;
}
main()
{ double x,s;
  printf("Input x:   ");   scanf("%lf",&x);
  s = fun(x);
  printf("s = %f\n",s);
  NONO();
}
NONO()
{/ * 请在此函数内打开文件,输入测试数据,调用 fun 函数,输出数据,关闭文件。* /
  FILE * rf, * wf; int i; double s, x;
  rf = fopen("K:\\k1\\24000317\\in. dat","r");
  wf = fopen("K:\\k1\\24000317\\out. dat","w");
  for(i = 0; i < 10; i ++) {
    fscanf(rf, "%lf", &x);
    s = fun(x);
    fprintf(wf, "%lf\n", s);
  }
  fclose(rf); fclose(wf);
}
```

6. 请编写函数 fun,功能是计算并输出下列多项式值:

$$S_n = (1 - 1/2) + (1/3 - 1/4) + \ldots + (1/(2n - 1)1/2n)$$

例如,若主函数从键盘给 n 输入 8 后,则输出为 S = 0.662872。

```
    #include
    double fun(int n)
    {
      int i;
      double sum = 0.0;
      if (n > 1&&n <= 100)
        for(i = 1;i <= n;i ++)   sum += 1.0/(2 * i - 1) - 1.0/(2 * i);
      return sum;
```

```
    }
  main( )
  { int n; double s;
    printf("\\nInput n: "); scanf("% d",&n);
    s = fun(n);
    printf("\\ns = % f\\n",s);
    NONO( );
  }
  NONO( )
  {/ * 请在此函数内打开文件,输入测试数据,调用 fun 函数,输出数据,关闭文件。*/
    FILE * rf, * wf; int n, i; double s;
    rf = fopen("bc. in", "r");
    wf = fopen("bc. out", "w");
    for(i = 0; i < 10; i ++) {
      fscanf(rf, "% d", &n);
      s = fun(n);
      fprintf(wf, "% lf\\n", s);
    }
    fclose(rf); fclose(wf);
  }
```

7. 请编写函数 fun,其功能是计算并输出

$$S = 1 + (1 + 2^{0.5}) + (1 + 2^{0.5} + 3^{0.5}) + \cdots\cdots + (1 + 2^{0.5} + 3^{0.5} + \cdots\cdots + n^{0.5})$$

例如,若主函数从键盘给 n 输入 20 后,则输出为 s = 534. 188884。

```
  #include  < math. h >
  #include  < stdio. h >
  double fun( int n)
  {
    int i;
    double s = 0. 0,s1 = 0. 0;
    for(i = 1;i <= n; i ++)
      {s1 = s1 + pow(i,0. 5);
        s = s + s1;
      }
    return s;
  }
  main( )
  {
    FILE  * wf;
    int n;
```

```
        double s;
        printf("\n\nInput n: ");
        scanf("%d",&n);
        s = fun(n);
        printf("\n\ns = %f\n\n",s);
        wf = fopen("out. dat","w");
        fprintf(wf,"%f",fun(20));
        fclose(wf);
}
```

8. 编写函数 fun，功能是根据以下公式求 $p$ 的值，结果由函数值带回。$m$ 与 $n$ 为两个正整数且要求 $m>n$。$p=m!/n!(m-n)!$。例如：$m=12,n=8$ 时，运行结果为 495.000000。

```
        #include  <conio. h>
        #include  <stdio. h>
        float fun( int m, int n)
        { int i,j,k;
          long t =1,s =1,p =1;
          float q;
          for(i =1; i <=m; i ++)t * =i;
          for(j =1; j <=n; j ++)s * =j;
          for(k =1; k <=m-n; k ++) p * =k;
          q = (float)t/s/p;
          return q;
        }
        main( )
        { printf("\np = %lf\n", fun(12,8));
        }
```

9. 编写函数 fun，功能是计算并输出下列级数和：

$$S =1/1 \times 2 +1/2 \times 3 +... +1/n(n+1)$$

例如，当 $n=10$ 时，函数值为 0.909091。

```
        #include <conio. h>
        #include <stdio. h>
        double  fun( int n)
        {
          int i;
          double s =0. 0;
          for(i =1;i <=n;i ++)
            s = s +1. 0/(i * (i +1));
          return s;
        }
```

```
main( )
{
    FILE * wf;
    printf("% f\n",fun(10));
    wf = fopen("out. dat","w");
    fprintf(wf,"% f",fun(10));
    fclose(wf);
}
```

10. 请编写函数 fun,功能是计算下列级数和,和值由函数值返回。

$$S = 1 + x + \frac{x^2}{2!} + \frac{x^3}{3!} + \cdots\cdots + \frac{x^n}{n!}$$

例如,当 n = 10, x = 0.3 时,函数值为 1. 349859。

```
#include  < conio. h >
#include  < stdio. h >
#include  < math. h >
double fun( double x, int n)
{ int i;
    float p =1;
    long q =1;
    double t,s =1. 0;
    for( i =1; i <= n; i ++ )
    { p * =x; q * =i;
        t = p/q;
        s += t;
    }
    return s;
}
main( )
{ printf("% f\n", fun(0. 3 ,10));
}
```

11. 请编写一个函数 fun,功能是根据以下公式求 π 的值(要求满足精度 0. 0005,即某项小于 0. 0005 时停止迭代):

$$\pi/2 = 1 + 1/3 + 1 \times 2/3 \times 5 + 1 \times 2 \times 3/3 \times 5 \times 7 + 1 \times 2 \times 3 \times 4/3 \times 5 \times 7 \times 9 + \ldots + 1 \times$$
$$2 \times 3 \times \ldots \times n/3 \times 5 \times 7 \times (2n + 1)$$

程序运行后,如果输入精度 0. 0005,则程序输出为 3. 141 5。

```
#include  < stdio. h >
#include  < math. h >
double fun ( double eps)
{ double s;
```

```
    float n,t,pi;
    t = 1;pi = 0;n = 1.0;s = 1.0;
    while((fabs(s)) > = eps)
    {pi += s;
       t = n/(2 * n + 1);
       s * = t;
       n ++;}
    pi = pi * 2;
    return pi;
    }
main( )
{ double x;
  printf("Input eps:");
  scanf("% lf",&x); printf("\neps = % lf, PI = % lf\n", x, fun(x));
  }
```

12. 请编写函数 fun,功能是计算并输出下列多项式值:

$$s = 1 + 1/(1 + 2) + 1/(1 + 2 + 3) + .. 1/(1 + 2 + 3... + 50)$$

例如,若主函数从键盘给 n 输入 50 后,则输出为 s = 1.960784。

```
    #include < stdio. h >
    double fun( int n)
    {
       int i;
       double s = 0.0,s1 = 0.0;
       for(i = 1;i <= n;i ++)
       { s1 = s1 + i;
         s = s + 1.0/s1;
       }
       return s;
    }
main( )
{
    FILE  * wf;
    int n;
    double s;
    printf("\nInput n: ");
    scanf("% d",&n);
    s = fun(n);
    printf("\n\ns = % f\n\n",s);
    wf = fopen("out. dat","w");
```

```
    fprintf( wf,"% f",fun( 50 ) );
    fclose( wf );
}
```

## 类型八   求整除

1. 请编写函数 fun,功能是:求出 1 到 1000 之内能被 7 或 11 整除但不能同时被 7 和 11 整除的所有整数并将它们放在 a 所指的数组中,通过 n 返回这些数的个数。

```
#include  < conio. h >
#include  < stdio. h >
void fun( int  * a,int  * n)
{ int i,m = 0;
  for( i = 1;i < 1000;i ++ )
    if( ( ( i%7 ==0) || ( i%11 ==0) ) && !  ( ( i%7 ==0) && ( i%11 ==0) ) )
        { a[ m ] = i;m += 1; }
  * n = m;
}
main( )
{ int aa[ 1000 ],n,k;
  clrscr( );
  fun( aa,&n );
  for( k = 0;k < n;k ++ )
  if( ( k + 1) % 10 ==0)  printf( "\n" );
  else printf( "% d,",aa[ k ] );
}
```

2. 请编写一个函数 fun,功能是:求出 1 到 m 之内(含 m)能被 7 或 11 整除的所有整数放在数组 a 中,通过 n 返回这些数的个数。

例如,若传送给 m 的值为 50,则程序输出:7 11 14 21 22 28 33 35 42 44 49。

```
#include  < conio. h >
#include  < stdio. h >
#define M 100
void fun ( int m, int  * a , int  * n )
{ int i,k;
  * n = 0;
  for( i = 1,k = 0; i <= m; i ++ )
    if( ( i%7 ==0) || ( i%11 ==0) ) { a[ k ++ ] = i; ( * n) ++ ; }
}
main( )
{ int aa[ M ], n, k;
```

```
    clrscr( ) ;
    fun ( 50, aa, &n ) ;
    for ( k = 0; k < n; k ++ )
        if( ( k + 1 ) % 20 == 0) printf("\n") ;
        else printf( "%4d", aa[ k ] ) ;
    printf("\n") ;
    NONO( ) ;
}
NONO ( )
{/* 本函数用于打开文件,输入数据,调用函数,输出数据,关闭文件。*/
    FILE * fp, * wf ;
    int i, n, j, k, aa[ M ], sum ;
    fp = fopen("bc05.in","r") ;
    if( fp == NULL) {
        printf("数据文件 bc05.in 不存在!") ;
        ret urn ;
    }
    wf = fopen("bc05.out","w") ;
    for( i = 0 ; i < 10 ; i ++ ) {
        fscanf( fp, "%d,", &j) ;
        fun( j, aa, &n) ;
        sum = 0 ;
        for( k = 0 ; k < n ; k ++ ) sum += aa[ k ] ;
        fprintf( wf, "%d\n", sum) ;
    }
    fclose( fp) ;
    fclose( wf) ;
}
```

3. 编写函数 fun,功能是求 n 以内(不包括 n)同时能被 3 与 7 整除的所有自然数之和的平方根 s,并作为函数值返回。

例如,若 n 为 1000 时,函数值应为 s = 153.909064。

```
#include  < conio. h >
#include  < math. h >
#include  < stdio. h >
double fun( int n)
{ int sum,i;sum =0;
  for( i =0;i <n;i ++ )
    if( i%3 ==0&&i%7 ==0)  sum = sum +i;
  return ( sqrt( sum) );
```

```
    }
  main( )
  { clrscr( );
    printf("s = % f\n",fun(1000) );
  }
```

4. 请编写函数 void fun(int x,int pp[ ],int ∗ n),功能是:求出能整除 x 且不是偶数的各整数,并按从小到大的顺序放在 pp 所指的数组中,这些除数的个数通过形参 n 返回。例如,若 x 中的值为 30,则有 4 个数符合要求,它们是 1、3、5、15。

```
    #include  < conio. h >
    #include  < stdio. h >
    void fun( int x,  int pp[ ],  int ∗ n)
    { int i,j = 0;
      for( i = 1; i <= x;  i = i + 2)
        if( x%i == 0) pp[j ++ ] = i;
      ∗ n = j;
    }
    main( )
    { int x,  aa[1000],  n,  i;
      printf("\n please enter an integer number:\n"); scanf("% d",&x);
      fun(x,aa,&n);
      for( i = 0;i < n;i ++ )
      printf("% d ", aa[i]);
      printf("\n");
    }
```

5. 请编写函数 fun,功能是计算并输出 n(包括 n)以内能被 5 或 9 整除的所有自然数的倒数之和。

例如,若主函数从键盘给 n 输入 20 后,则输出为 s = 0. 583333。

```
    #include  < stdio. h >
    double fun( int n)
    {
      int i;
      double sum = 0. 0;
      if( n > 0&&n <= 100)
        {for  ( i = 1;i <= n;i ++ )
          if(i%5 == 0||i%9 == 0) sum += 1. 0/i;
        }
      return sum;
    }
    main( )
```

```
{ int n; double s;
  printf("\\nInput n: "); scanf("%d",&n);
  s = fun(n);
  printf("\\n\\ns = %f\\n",s);
  NONO();
}
NONO()
{/*请在此函数内打开文件,输入测试数据,调用 fun 函数,输出数据,关闭文件。*/
  FILE *rf, *wf; int n, i; double s;
  rf = fopen("bc.in", "r");
  wf = fopen("bc.out", "w");
  for(i = 0; i < 10; i++) {
    fscanf(rf, "%d", &n);
    s = fun(n);
    fprintf(wf, "%lf\\n", s);
  }
  fclose(rf); fclose(wf);
}
```

## 类型九 其他各类计算

1. 请编写函数 fun,功能是求 Fibonacci 数列中大于 $t$ 的最小的一个数,结果由函数返回。其中 Fibonacci 数列 $F(n)$ 定义为: $F(0) = 0, F(1) = 1, F(n) = F(n-1) + F(n-2)$

例如:当 t = 1000 时,函数值为 1597。

```
#include "math.h"
#include "stdio.h"
int fun (int t)
{ int i,s =0;
  for(i =0;s <= t;i ++) s = f(i);
  return s;
}
f (int n)
{ int s =0;
  if(n ==0) return 0;
  else if(n ==1) return 1;
  else s = f(n -1) + f(n -2);
  return s;
}
main()
```

```
{int n;
  clrscr( );
  n = 1000;
  printf("n = % d,f = % d\n",n,fun(n));
}
```

2. 请编写函数 fun,功能是将所有大于 1 小于整数 m 的非素数存入 xx 所指数组中,非素数的个数通过 k 传回。

例如,若输入 17,则应输出:9 和 4 6 8 9 10 12 14 15 16。

```
#include  < conio. h >
#include  < stdio. h >
void fun( int m, int * k, int xx[ ] )
{ int i,j;
  * k = 0;
  for( i = 2; i < m; i ++ )
    for( j = 2; j < i; j ++ )
      if( i%j == 0){ xx[ ( * k) ++ ] = i; break;}
}

main( )
{ int m, n,zz[100];
  printf("\n please enter an integer number between 10 and 100: ");
  scanf( "% d",&n);
  fun(n,&m,zz);
  printf("\n\n there are % d non-prime numbers less than % d:", m,n);
  for( n = 0; n < m; n ++ )
    printf("\n %4d",zz[n]);
}
```

3. 请编写函数 fun,功能是计算并输出 3 到 n 之间所有素数的平方根之和。

例如,若主函数从键盘给 n 输入 100 后,则输出为 sum = 148. 874270。

```
#include  < stdio. h >
double fun( int n)
{ int i,j = 0; double s = 0;
  for  (i = 3; i <= n; i ++ )
    { for  (j = 2; j < i; j ++ )
    if  (i%j == 0)  break;
    if  (j == i)  s = s + sqrt(i);}
  return s;
}

main( )
{ int n; double sum;
```

```
    printf("\\n\\nInput n: "); scanf("%d",&n);
    sum = fun(n);
    printf("\\n\\nsum = %f\\n\\n",sum);
    NONO();
}

NONO()
{/* 请在此函数内打开文件,输入测试数据,调用 fun 函数,输出数据,关闭文件。*/
    FILE *rf, *wf; int n, i; double s;
    rf = fopen("bc.in", "r");
    wf = fopen("bc.out", "w");
    for(i = 0; i < 10; i++) {
        fscanf(rf, "%d", &n);
        s = fun(n);
        fprintf(wf, "%lf\\n", s);
    }
    fclose(rf); fclose(wf);
}
```

4. 编写函数 int fun(int lim,int aa[MAX]),功能是求出小于或等于 lim 的所有素数并放在 aa 数组中,并返回所求出的素数的个数。

```
#include <stdio.h>
#include <conio.h>
#define MAX 100
int fun( int lim, int aa[MAX])
{ int i,j=0,k;
  for( k=2; k<lim; k++)
  { for( i=2; i<k; i++)
      if( !(k%i)) break;
    if( i>=k) aa[j++]=k;
  }
  return j;
}
main()
{ int limit,i,sum;
  int aa[MAX];
  printf("\n input a integer number:");
  scanf(" %d",&limit);
  sum = fun(limit,aa);
  for(i=0; i<sum; i++)
  { if(i%10==0&&i!=0)
```

```
        printf("\n");
        printf("%5d", aa[i]);
    }
}
```

5. 请编写一个函数 void fun(int m,int k,int xx[]),功能是将大于整数 m 且紧靠 m 的 k 个素数存入 xx 所指的数组中。

例如,若输入:17,5,则应输出:19,23,29,31,37。

```
#include <conio.h>
#include <stdio.h>
void fun(int m, int k, int xx[])
{ int i,j=0,p=m+1;
  do
  {for( i=2; i<p; i++)
    if( p%i==0) break;
    if( i>=p) xx[j++]=p;
    p++;
  } while(j<k);
}

main()
{ int m,n,zz[1000];
  printf("\n please enter two integers: ");
  scanf("%d%d",&m,&n);
  fun( m,n,zz);
  for(m=0; m<n; m++)
  printf("%d ", zz[m]);
  printf("\n");
}
```

6. 请编写一个函数 unsigned fun(unsigned w),w 是一个大于 10 的无符号整数,若 w 是 n(n≥2)位的整数,则函数求出 w 的后 n-1 位的数作为函数值返回。

例如:w 值为 5923,则函数返回 923;若 w 值为 923,则函数返回 23。

```
#include <conio.h>
#include <stdio.h>
unsigned fun( unsigned w )
{ if( w>=10000) return w%10000;
  if( w>=1000) return w%1000;
  if( w>=100) return w%100;
  return w%10;
}

main()
```

```
{ unsigned x;
    printf( "enter a unsigned integer number :" );
    scanf( "%u",&x);
    if( x < 10) printf("data error!");
    else printf ("the result :%u\n", fun(x));
}
```

7. 请编写函数 fun,功能是:计算并输出给定 10 个数的方差,公式如下:

$$S = \left[\frac{1}{10}\sum_{k=1}^{10}(x_k - x')^2\right]^{0.5} \qquad x' = \frac{1}{10}\sum_{k=1}^{10}x_k$$

例如,给定的 10 个数为 95.0、89.0、76.0、65.0、88.0、72.0、85.0、81.0、90.0、56.0,则输出为 s = 11.730729。

```
#include < math. h >
#include < stdio. h >
double fun( double x[10] )
{
    double x1 =0.0,s =0.0;
    int i;
    for( i =0;i <10;i ++ ) x1 = x1 + x[i];
    x1 = x1/10;
    for( i =0;i <10;i ++ )
        s = s + ( x[i] - x1) * ( x[i] - x1);
    return sqrt( s/10);
}
main( )
{
    FILE * wf;
    double s,x[10] = {95.0,89.0,76.0,65.0,88.0,72.0,85.0,81.0,90.0,56.0};
    int i;
    printf( "\nThe original data is:\n");
    for( i =0;i <10;i ++ )
        printf( "%6.1f ",x[i]);
    printf( "\n\n ");
    s = fun( x);
    printf( "s = %f\n\n ",s);
    wf = fopen( "out. dat","w");
    fprintf( wf,"%f",s);
    fclose( wf);
}
```

8. 请编写函数 fun,功能是计算并输出给定数组(长度为 9)中每相邻两个元素之平均值的平方根之和。

例如,若给定数组中的 9 个元素依次为 12.0、34.0、4.0、23.0、34.0、45.0、18.0、3.0、11.0,则输出应为 s = 35.951014。

```
#include  < stdio. h >
double fun( double x[9] )
{
    int i ;
    double avg = 0. 0, sum = 0. 0;
    for  ( i = 0 ; i < 8 ; i ++ )
    { avg = ( x[ i ] + x[ i + 1 ] )/2;
        sum += sqrt( avg ) ;
    }
    return sum;
}
main( )
{ double s, a[ 9 ] = { 12. 0, 34. 0, 4. 0, 23. 0, 34. 0, 45. 0, 18. 0, 3. 0, 11. 0 } ;
    int i;
    printf("\\nThe original data is : \\n") ;
    for( i = 0 ; i < 9 ; i ++ ) printf("%6. 1f", a[ i ] ) ; printf("\\n\\n") ;
    s = fun( a ) ;
    printf("s = % f\\n\\n", s ) ;
    NONO( ) ;
}
NONO( )
{ / * 请在此函数内打开文件,输入测试数据,调用 fun 函数,输出数据,关闭文件。 * /
    FILE  * rf,  * wf ; int i, j ; double s,  a[ 9 ] ;
    rf = fopen("bc. in", "r") ;
    wf = fopen("bc. out", "w") ;
    for( i = 0 ; i < 5 ; i ++ ) {
        for( j = 0 ; j < 9 ; j ++ ) fscanf( rf, "% lf", &a[ j ] ) ;
        s = fun( a ) ;
        fprintf( wf, "% lf\\n", s ) ;
    }
    fclose( rf ) ; fclose( wf ) ;
}
```

9. 请编一个函数 float fun( double h ),功能是对变量 h 中的值保留 2 位小数,并对第三位四舍五入(规定 h 中的值为正数)。

例如:若 h 值为 8. 32433,则函数返回 8. 32;若 h 值为 8. 32533,则函数返回 8. 33。

```c
#include  < stdio. h >
#include  < conio. h >
float fun( float h )
{ long t;
  h = h * 1000 ;·
  t = ( h + 5 )/10 ;
  return  ( float ) t/100 ;
}
main( )
{
  float a;
  clrscr( );
  printf( "Enter a:" ) ; scanf( "% f", &a );
  printf( "The original data is:" ) ;
  printf( "% f\n\n", a ) ;
  printf( "The result :% 6. 2f\n", fun( a ) ) ;
}
```

10. 请编写一个函数 fun,功能是计算并输出给定整数 n 的所有因子(不包括 1 与自身)之和。规定 n 的值不大于 1000。

例如,若主函数从键盘给 n 输入的值为 856,则输出为 sum = 763。

```c
#include  < stdio. h >
int fun( int n )
{
  int s = 0, i;
  for( i = 2 ; i <= n - 1 ; i ++ )
    if( n%i == 0 ) s += i;
  return s;
}
main( )
{ int n , sum;
  printf( "Input n:" ) ; scanf( "% d", &n ) ;
  sum = fun( n ) ;
  printf( "sum = % d\n", sum ) ;
  NONO( ) ;
}
NONO( )
{ /* 请在此函数内打开文件,输入测试数据,调用 fun 函数,输出数据,关闭文件。*/
  FILE  * rf,  * wf ; int i, n, sum ;
  rf  =  fopen( "K:\\k1\\24000318\\in. dat", "r" ) ;
```

```
wf = fopen("K:\\k1\\24000318\\out. dat","w") ;
for(i = 0 ; i < 10 ; i ++ ) {
  fscanf(rf, "% d", &n) ;
  sum = fun(n) ;
  fprintf(wf, "% d = % d \n", n, sum) ;
}
fclose(rf) ; fclose(wf) ;
}
```

11. 请编写函数 fun,功能是统计各年龄段的人数。N 个年龄通过调用随机函数获得,并放在主函数的 age 数组中;要求函数把 0 至 9 岁年龄段的人数放在 d[0]中,把 10 至 19 岁年龄段的人数放在 d[1]中,把 20 至 29 岁年龄段的人数放在 d[2]中,其余依此类推,把 100 岁(含100)以上年龄的人数都放在 d[10]中。结果在主函数中输出。

```
#include < stdio. h >
# define N 50
# define M 11
void fun( int * a,   int * b)
{ int i,j;
  for(j = 0;j < M;j ++ )    b[j] = 0;
  for( i = 0;i < N;i ++ )
    if(a[i] > = 100)    b[10] ++ ;
    else    b[a[i]/10] ++ ;
}

double rnd( )
{ static t = 29,c = 217,m = 1024,r = 0;
  r = (r * t + c) % m;
  return((double)r/m);
}

main( )
{
  FILE * wf;
  int age[N] , i,d[M];
  int b[N] = {32,45,15,12,86,49,97,3,44,52,17,95,63};
  for(i = 0; i < N; i ++ )
    age[i] = (int)(115 * rnd());
  printf("The original data : \n");
  for(i = 0; i < N; i ++ )
    printf((i + 1) % 10 == 0? "% 4d\n":"% 4d",age[i]);
  printf("\n\n");
  fun(age,d);
```

```
    for( i = 0; i < 10; i ++ )
        printf("%4d --- %4d:%4d\n", i * 10, i * 10 + 9, d[i]);
    printf("Over 100:%4d\n", d[10]);
    wf = fopen("out. dat", "w");
    fun(b, d);
    for( i = 0; i < 10; i ++ )
        fprintf( wf, "%4d --- %4d:%4d\n", i * 10, i * 10 + 9, d[i]);
    fprintf( wf, "Over 100:%4d", d[10]);
    fclose( wf);
}
```

# 附录1　计算机等级考试 VC++6.0 上机指导

**实验目的**

①熟练掌握C语言在VC6.0编程环境下的操作。

②运行简单的C程序,初步了解C源程序的特征。

**实验内容**

C语言源程序(后缀名为.c)可以在 VC++6.0 或 Turbo C2.0(简称TC2.0)等很多编译系统或集成环境中编译运行,但由于最新版2008年全国计算机等级考试(NCRE)将全面使用VC6.0上机环境,所以本书主要介绍 VC++6.0 上机环境。如果电脑中没有安装 VC++6.0,完全可以使用 TC2.0 运行程序练习,考试时使用 VC++6.0 就可以了。

一、Microsoft Visual VC++6.0(简称 VC++6.0 或 VC6.0)的简介和安装

Visual C++6.0 版本虽然已有公司推出汉化版,但只是把菜单汉化了,并不是真正的中文版,而且汉化的用语不准确,因此许多人都使用英文版。如果计算机中未安装 Visual C++6.0,则应先安装 Visual C++6.0。Visual C++ 是 Microsoft Visual Studio 的一部分,因此需要找到 Visual Studio 的光盘,执行其中的 setup.exe,并按屏幕上的提示进行安装。

安装结束后,在 Windows 的"开始"菜单的"程序"子菜单中就会出现 Microsoft Visual Studio 子菜单。在需要使用 Visual C++ 时,只需从电脑上选择"开始"→"程序"→Microsoft Visual Studio→Visual C++6.0(也可以从桌面快捷方式或其他方式进入)即可,此时屏幕上在短暂显示 Visual C++6.0 的版权页后,出现 Visual C++6.0 的主窗口,如附图1-1所示。在 Visual C++ 主窗口的顶部是 Visual C++ 的主菜单栏。其中包括9个菜单项:File(文件)、Edit(编辑)、Insert(插入)、Project(项目)、Build(构建)、Tools(工具)、Window(窗口)、Help(帮助)。以上各项在括号中的是 VC6.0 中文版中的中文显示,以使读者在使用 VC6.0 中文版时便于对照。

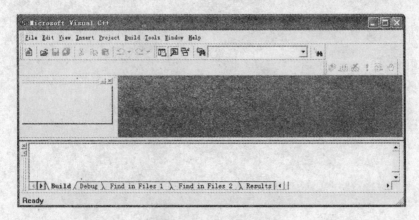

附图1-1　VC++6.0 界面

主窗口的左侧是项目工作区窗口,右侧是程序编辑窗口,下面是调试信息窗口。工作区窗

口显示设定的工作区的信息,程序编辑窗口用来输入和编辑源程序,调试信息窗口用来显示程序出错信息和结果有无错误(errors)或警告(warinings)。

**二、熟悉 VC6.0 编程环境**

下面介绍如何在 VC6.0 环境中编译运行 C 语言的程序。首先介绍比较简单的情况,即程序只由一个源程序文件组成,即单文件程序。平时学习二级 C 语言一般都是单文件程序。

新建一个 C 语言源程序并编译运行的步骤如下:

①在 Visual C ++ 主窗口的主菜单栏中单击 File(文件),在下拉菜单中单击 New(新建),(附图 1-1)弹出一个对话框,单击此对话框的左上角的 File(文件)选项卡,选择 C ++ Source File 选项,如附图 1-3 所示。

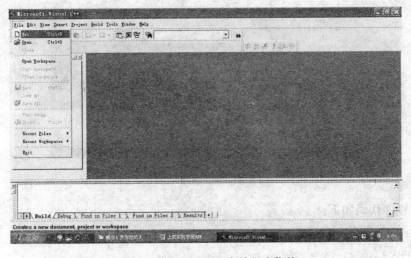

附图 1-2　VC ++6.0 中的新建菜单

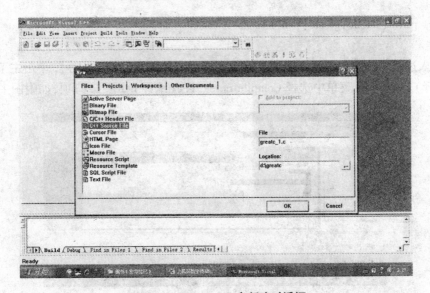

附图 1-3　VC ++6.0 中新建对话框

使用默认的文件存储路径可以不必更改 Location(目录)文本框,但如果想在其他地方存储源程序文件则需在对话框右半部分的 Location(目录)文本框中输入文件的存储路径,也可以单击右边的省略号(……)选择路径。假设输入 D:\NCRE,表示准备编辑的源程序文件将存放在 D:\NCRE 子目录下。当然,前提是必须已经建立了 NCRE 这个文件夹。

　　然后,在右上方的 File(文件)文本框输入准备编辑的源程序文件的名字(本处输入 ncre_1.c)。当然,读者完全可以指定其他的路径名和文件名。

　　注意:指定的文件名后缀为.c。如果输入的文件名为 ncre_1.cpp,表示要建立的是 C++源程序。如果不写后缀,系统会默认指定为 C++源程序文件,自动加上后缀.cpp。因此,编写二级 C 语言程序不能省略后缀.c。

　　单击 OK 按钮后(附图1-4),就可以输入程序代码了。

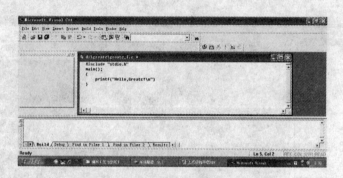

附图1-4　程序示例

输入的程序代码如下:

```
#include "stdio.h"
main()
{
    printf("Hello,greatc! \n")
}
```

　　在输入过程中故意出了两个错误。输入完毕后开始编译和调试程序。单击主菜单栏中的 Build(编译),在其下拉菜单中选择 Compile ncre_1.c(编译 ncre_1.c)项,如附图1-5 所示。

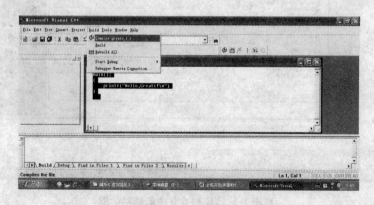

附图1-5　编译菜单

　　单击 Compile ncre_1.c(编译 ncre_1.c)命令后,屏幕上出现一个对话框,显示"This build command requires an active project workspace, Would you like to create a default project work-space?"(此编译命令要求一个有效的项目工作区,你是否同意建立一个默认的项目工作区)(注:如果你事先已经建立了工作区,则不会出现这个对话框),单击是(Y)按钮,表示同意由系统建立默认的项目工作区。此对话框如附图1-6所示。

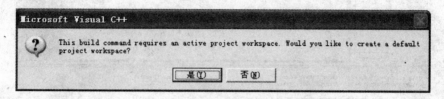

附图1-6 建立工作区对话框

屏幕如果继续出现"将改动保存到 d:\ncre\ncre _ 1.c",单击是(Y)。

也可以不用选择菜单的方法,而用 Ctrl + F7 快捷键完成编译。

屏幕下面的调试信息窗口指出源程序有无错误。现在开始程序的调试,发现和改正程序中的错误。编译系统能检查程序中的语法错误,语法错误分为两类:一类是致命错误,以 error 表示,如果程序有这类错误,就通不过编译,无法形成目标程序,更谈不上运行了;另一类是轻微错误,以 warning(警告)表示,这类错误不影响生成目标程序和可执行程序,但有可能影响运行的结果,因此也应当改正,使程序既无 error,又无 warning。本例编译后显示 2 error(s), 0 warnings,如附图 1-7 所示。

附图1-7 编译结果信息

用鼠标单击调试信息窗口中右侧的向上箭头,可以看到出错的位置和性质,如附图 1-8 所示。

改错时,双击调试信息窗口中的第 1 个报错行,程序窗口中出现一粗箭头指向被报错的程序行(第 3 行),提示改错位置,如附图 1-9 所示。

将第 2 行末尾的分号删去。再用同样的方法找到第 2 个出错位置,在第 4 行末尾加上分号。再仔细阅读程序,应该没有问题了。

再选择 Compile ncre _ 1.c 项重新编译,此时编译信息给出:0 error(s),0 warning(s),既没有致命错误(error),也没有警告错误(warning),编译成功。这时产生一个 ncre _ 1.obj 文件,

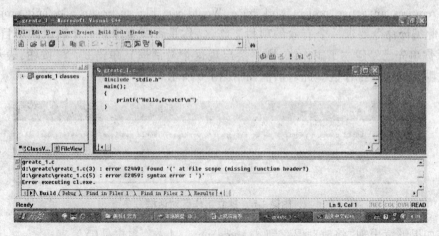

附图 1-8　编译出错信息提示

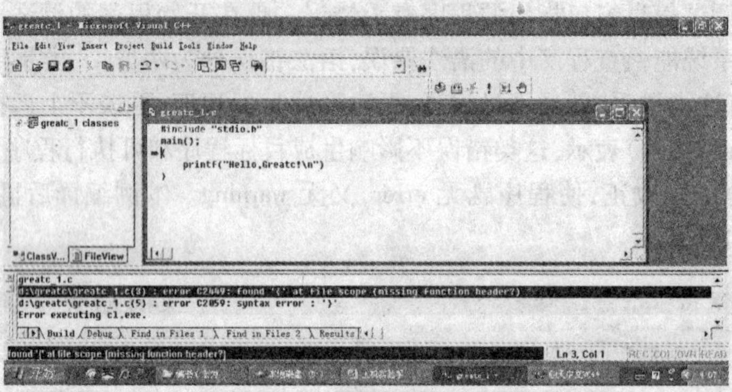

附图 1-9　改错位置图示

见附图 1-10 调试信息窗口。

附图 1-10　编译通过回示

在得到了目标程序后,就可以对程序进行连接了。选择主菜单 Build(构建)->Build ncre
_1.exe(构建 ncre_1.exe),如附图 1-11 所示。

成功完成连接后,生成了一个可执行文件 ncre_1.exe。

以上是分别进行程序的编译和连接,其实可以选择菜单 Build->Build(或按 F7 键)一次

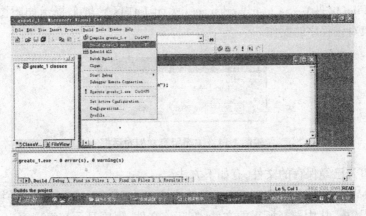

附图 1-11 连接菜单

完成编译和连接。但对于初学者,提倡分步进行。

得到可执行文件 ncre_1.exe 后,就可以直接执行 ncre_1.exe。选择 Build ->! Execute ncre_1.exe(执行 ncre_1.exe)(或按 Ctrl + F5),如附图 1-12 所示。

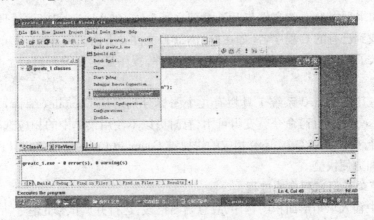

附图 1-12 运行菜单

程序执行后,屏幕切换到输出结果窗口,显示出运行结果,如附图 1-13 所示。可以看到,在输出结果的窗口中的第一行是程序的输出:

Hello,greatc!

然后换行。第二行"Press any key to continue"并非程序输出,而是 VC6.0 输出完结果后自动加上的信息,通知用户"按任何一键以便继续"。当按下任何一键后,输出窗口消失,回到 VC6.0 主窗口,此时可以继续对源程序进行修改补充或进行其他的工作。

附图 1-13 运行结果窗口

　　然后选择 File(文件) -> Close Workspace(关闭工作区),屏幕提示如附图 1-14 所示。单击是(Y)以结束对该程序的操作。

附图 1-14　关闭所有文档对话框

　　如果需要打开已经保存的文件,有如下方法。

　　方法一:在 VC6.0 中选择 File→Open 菜单或按 Ctrl + O 键,或单击工具栏中的 Open 小图标打开 Open 对话框,从中选择所需的文件,打开该文件,程序显示在编辑窗口。

　　如果在修改后,仍保存在原来的文件中,可以选择 File(文件)→Save(保存),或用 Ctrl + S 快捷键或单击工具栏中的小图标保存文件。另外,如果不想将源程序存放到原先指定的文件中,可以不选 Save 项,而选择 Save As(另存为)项,并在弹出的 Save As 对话框中指定文件路径和文件名。

　　方法二:如果后缀为.c 的文件与 VC6.0 建立了关联,在 Windows"资源管理器"或"我的电脑"中按路径找到已有的 C 程序名(如在 D:\NCRE 文件夹下面找到 ncre_1.c)。双击此文件名,则自动进入了 VC6.0 集成环境,并打开了该文件,程序显示在编辑窗口。保存方法同上,不再赘述。

　　特别提醒:其实 VC6.0 系统工具栏有几个图标分别对应 Compile(编译)、Build(构建)。当编译后,! Execute(执行)命令就变得可用,有时可以不使用菜单中的相应选项,而单击这些工具栏图标进行操作。事实上,还有相应的快捷键 Compile(Ctrl + F7)、Build(F7)和! Execute(Ctrl + F5)更加方便快捷。

　　**三、运行简单 C 语言程序的过程**

　　1. 在 VC 中输入求矩形面积的程序,故意给出错误,运行并调试修正它:

```
#include  "stdio.h"
main()
{
    float   a,b,area;
    a = 1.4
    b = 3.5;
    area = abb;
    printf ("a = % f,b = % f,area = % f\n",a,b,area);
}
```

新建并调试运行步骤如下:

　　①在 Visual C++ 主窗口的主菜单栏中单击 File(文件),在其下拉菜单中单击 New(新建),弹出一个对话框。单击此对话框的左上角的 File(文件)选项卡,选择 C ++ Source File 选项。使用默认的文件存储路径则可以不必更改 Location(目录)文本框,在右上方的 File(文件)文本框输入准备编辑的源程序文件的名字(今输入 myc1.c)。当然,读者可以指定其他的

路径名和文件名。单击 OK 按钮后,就可以输入程序了。

②输入代码后,单击主菜单栏中的 Build(构建),在其下拉菜单中选择 Compile myc1.c(编译 myc1.c)项。

③屏幕上出现图 2-15-6 对话框,单击是(Y)按钮,表示同意由系统建立默认的项目工作区,屏幕如果继续出现"将改动保存到..."，单击是(Y)。

④屏幕下面的调试信息窗口指出源程序有 2 error(s), 2 warning(s) (发现 a = 1.2 这一行掉了分号"；")

⑤改正后再单击 Build -> Compile myc1.c(发现仍有错误 area = a * b 写成了 area = abb)

⑥再改正后再单击 Build -> Compile myc1.c,下面的调试信息窗口显示 0 error(s), 0 warning(s),证明既语法错误。

⑦运行程序(Build 菜单 ->！Execute myc1.exe 命令)。

⑧查看结果后,按 ESC 键返回。

# 附录 2　考试系统简介

## 一、登录

NCRE 上机考试系统(For Windows2000)提供了开放式的真实考试环境,考生可以在 Windows 2000 操作系统环境下使用各种应用软件和工具。考试系统的主要功能是提供考试平台、显示试题内容、控制上机考试时间、调用相应的应用软件等等。

考试前,系统管理员必须在管理机上启动"管理系统",并设置考试批次等信息。

考生考试过程分为登录、答题、交卷等阶段。

双击桌面上的"考试系统"或从开始菜单的"程序"中选择"第??（?? 为考次号)次 NCRE"命令,启动"考试系统",开始考试的登录过程,如附图 2-1 所示。

附图 2-1　启动"考试系统"界面

用鼠标点击"开始登录"或按回车键进入准考证号输入窗口,输入准考证号,如附图 2-2 所示。

按回车或选择"考号验证",弹出考生信息窗口,需要对准考证号以及姓名、身份证号进行验证。

如果准考证号错误,选择"否"重新输入;如果准考证号正确,选择"是",如附图 2-3 所示。

如果在考试过程中发生死机等意外情况,需要再次登录时,监考人员根据情况可输入两种密码。

（1)输入二次登录密码

输入二次登录密码将从考试中断的地方继续前面的考试,考题仍是原先的题目,考试时间也将继续累计。

如果考试中使用过"延时"密码,再进行二次登录,系统会给出一分钟时间给考生进行交卷处理。如果在这一分钟内退出考试,可以再进行二次登录,但系统只会给出前面一分钟内未使用完的时间给考生。只要不进行"交卷"处理,可以多次"延时"。

在考试中如果需要更换考试机器,为保留考题和已作答信息,应在新的考试机上建立相同

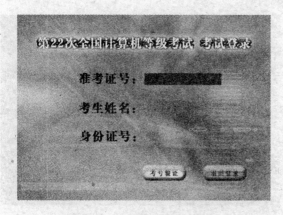

附图2-2 准考证号输入界面

附图2-3 考号验证提示

用户名,再以二次登录的方式登录考试(附图2-4)。

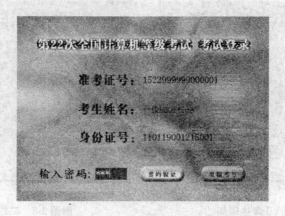

附图2-4 二次登录密码输入界面

(2)输入超级密码

输入超级密码后,系统会为考生重新抽取一套考题,但考生前面的作答信息会被覆盖,同时考试系统会将发生的情况记录在案。

如果有多个考生同时用一个从未登录过的准考证号登录,那么只有一个考生可以正常登录,并且在屏幕上会提示已有一个考生已经登录,并显示登录用户名。在这种情况下,如果那个正常登录的考生确实不是这个准考证号的拥有者,只要找到拥有这个准考证号的考生,在他的考试机上用超级密码重新登录。

在正确地输入了考号和密码之后,选择"开始考试"按钮,显示考试须知如附图2-5到2-8所示。选择"开始考试并计时",进入考试界面,就可以看题、做题,并开始计时。

注意以下问题:

①一级MS Office和WPS Office考试过程中必须确保计算机没有杀毒软件的邮件监控、网页监控以及IIS和其他邮件服务软件。(若有则必须卸载!)

②一级MS Office和WPS Office考试登录时,若出现附图2-9提示窗口时,表明该考试机的软件环境与考试系统冲突,不适合进行相应科目的考试,必须处理考试机软件问题或更换考试机。

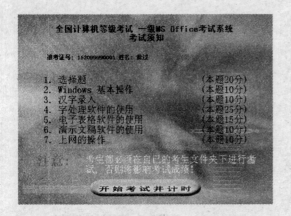

附图 2-5　一级 MSOFFICE 考生须知

附图 2-6　一级 B 考生须知

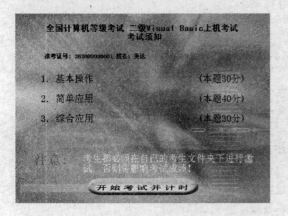

附图 2-7　二级 VB 考生须知

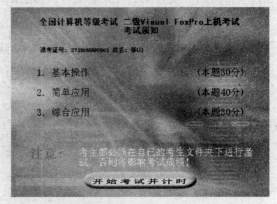

附图 2-8　二级 VF 考生须知

附图 2-9　登录提示

## 二、答题

当考生登录成功后,考试系统将自动在屏幕中间生成装载试题内容查阅工具的考试窗口(附图 2-10),并在屏幕顶部始终显示考生的准考证号、姓名、考试剩余时间以及可以随时显示或隐藏试题内容查阅工具和退出考试系统进行交卷的按钮窗口。附图 2-11 所示"隐藏窗口"字符表示屏幕中间的考试窗口正在显示着。当用鼠标点击"隐藏窗口"字符时,屏幕中间的考试窗口就被隐藏,且"隐藏窗口"字符串变成"显示窗口"。

附图 2-12 是一级 B 考试窗口中选择工具栏的题目选择按钮,内容有"选择题"、"基本操作"、"汉字录入"、"字处理"和"电子表格",点击按钮可以查看题目要求。

其他类别的考试窗口与一级 B 的风格一样,只是窗口标题中的考试类别的名称会随之变化,试题选择按钮也会随之变化,如附图 2-13 到附图 2-16 所示。

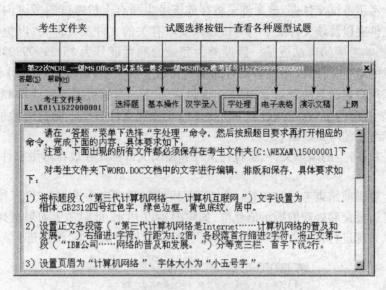

附图 2-10　考试界面

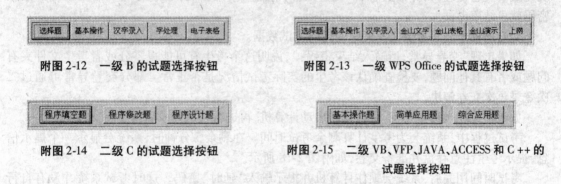

附图 2-11　考生信息

附图 2-12　一级 B 的试题选择按钮　　　　　附图 2-13　一级 WPS Office 的试题选择按钮

附图 2-14　二级 C 的试题选择按钮　　　附图 2-15　二级 VB、VFP、JAVA、ACCESS 和 C ++ 的
　　　　　　　　　　　　　　　　　　　　　　　试题选择按钮

附图 2-16　三级 C 的试题选择按钮

对于一级 MS Office 和一级 WPS Office 考试，系统还启动了另一个后台执行程序 FZXT. EXE，并且以"等级考试服务器"为名称显示在任务栏上，当考试系统正常退出时它也会正常退出。在考试过程中，不能关闭这个后台执行程序 FZXT. EXE，否则会影响考生的上网试题作答。

另外，在"帮助"菜单栏中选择"等级考试系统帮助"可以启动考试帮助系统，并显示考试系统的使用说明和注意事项。

在考试答题过程中一个重要概念是考生文件夹。当考生登录成功后，上机考试系统将会自动产生一个考生考试文件夹,该文件夹将存放该考生所有上机考试的考试内容。考生不能随意删除该文件夹以及该文件夹下与考试题目要求有关的文件及文件夹,以免在考试和评分时产生错误,影响考生的考试成绩。假设考生登录的准考证号为1522999999200001,则上机考试系统生成的考生文件夹(由准考证号的前两位数字和最后六位数字组成)将存放到K盘根目录下的以用户名命名的目录下,即考生文件夹为"K:\考试机用户名\15200001"。

注意:需要提醒考生,在考试过程中所操作的文件和文件夹都不能脱离考生文件夹,否则将会直接影响考生的考试成绩。

对三级科目,考生的编译文件、可执行文件和输出文件都要存放在考生文件夹下。

### 三、交卷

如果考生要提前结束考试并交卷,则在屏幕顶部显示窗口中选择"交卷"按钮,上机考试系统将弹出是否要交卷处理的提示信息框,如附图2-17所示,此时考生如果选择"确定"按钮,退出上机考试系统进行交卷处理,选择"取消"按钮则返回考试界面,继续进行考试。

附图2-17　考试交卷确认窗口

如果进行交卷处理,系统首先锁住屏幕,并显示"系统正在进行交卷处理,请稍候!",当系统完成了交卷处理,在屏幕上显示"交卷正常,请输入结束密码:",这时只要输入正确的结束密码就可结束考试。

交卷过程不删除考生文件夹中的任何考试数据。

如果出现"交卷异常,请输入结束密码:",说明这个考生有可能得零分或者考生文件夹有问题或者有其他问题,要检查确认该考生的实际考试情况是否正常。部分交卷异常可通过二次登录再次交卷解决。

如果在交卷过程中死机,可以重新启动计算机,再进行二次登录后再进行交卷。

考试过程中,系统会为考生计算剩余考试时间。在剩余5分钟时,系统会显示一个提示信息,提示考生注意存盘并准备交卷,如附图2-18所示。

考试时间用完后,系统会锁住计算机并提示输入"延时"密码。这时考试系统并没有自行结束运行,它需要键入延时密码才能解锁计算机并恢复考试界面,考试系统会自动再运行5分钟,在这个期间可以点击"交卷"按钮进行交卷处理。如果没有进行交卷处理,考试系统运行到5分钟时,又会锁住计算机并提示输入"延时"密码,这时还可以使用延时密码。只要不进行"交卷"处理,可以"延时"多次。

附图2-18　考试剩余时间提示窗口

注意:对于每个级别的考试,在正式考试前均要用最新的正式系统模拟盘进行模拟测试,每次重新抽题登录后只做一个题目类型。如果所有的题目类型评分后均不得零分,就可以进行正式考试。

# 附录 3　二级 C 语言上机考试操作步骤

## 一、进入考试系统

单击桌面上的"考试系统"图标,进入考试启动界面。"考试启动界面"如附图 3-1 所示。

**附图 3-1　考试启动界面**

## 二、输入考生信息

进入考试界面后,单击"开始登录"按钮即可进入考试环境输入"考生信息"。"信息输入"如附图 3-2 所示。

考生输入准考证号如"2427180018001800"后,单击"考号验证"按钮进行核实,系统会弹出附图 3-3 所示的对话框。

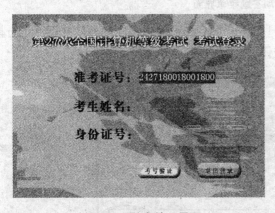

**附图 3-2　信息输入界面**

**附图 3-3　信息核实对话框**

在确定考生信息完全正确时,单击"是"按钮,进入答题界面,如附图 3-4 所示,上方含有"程序填空题"、"程序修改题"、"程序设计题"三个按钮,

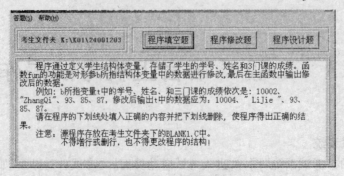

附图 3-4　考题界面

### 三、开始答题

每次考试都是从 100 道题库中抽取 50 套题,每一套题的填空、改错和编程题的答案均可在上机题库书中找到。答题过程如下。

#### 1. 程序填空题

单击考试界面中的"程序填空题"按钮后,题目显示区显示出题目对应的文字叙述信息。通过文字叙述可以了解到该题目的考试内容。然后单击左上角"答题"菜单中的"启动 Microsoft Visual C ++"菜单项进入"Visual C ++ 6.0"系统环境界面,如附图 3-5 所示。

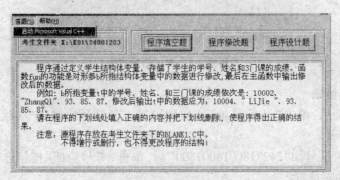

附图 3-5　启动答题菜单界面

进入系统环境后,执行左上角的"文件 | 打开"命令,系统弹出"打开"对话框,选择"blank1. c"程序文件,点击左下角的"打开"按钮,如附图 3-6 所示。

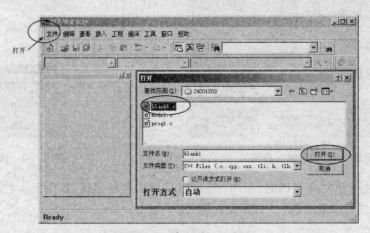

附图 3-6　填完题打开窗口

打开"blank1.c"程序文件后,开始填空。填空方法如下:

①在程序中找到"＊＊＊＊＊＊＊＊ found ＊＊＊＊＊＊＊"标识位置。

②把"found"标识位置下面的需要填空的"占位符"删除(需要连横线一起删除),将程序(文件 blank1.c)的答案写在对应位置,如附图 3-7 所示。填完结果后的"blank1.c"程序如附图 3-8 所示。

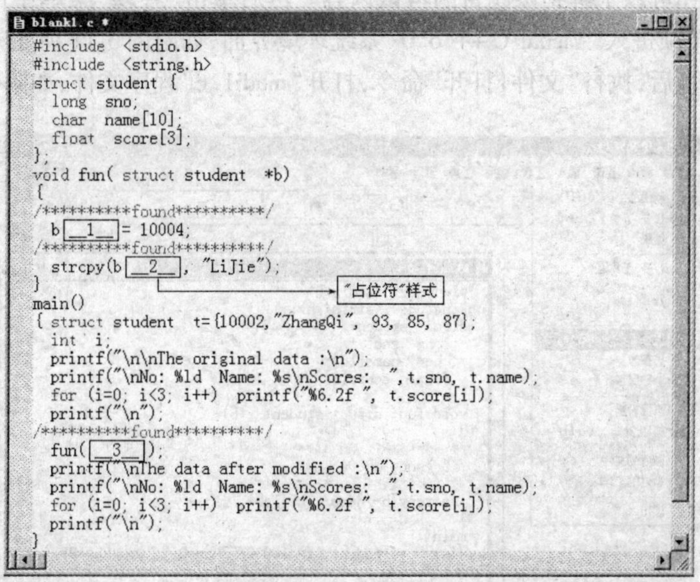

附图 3-7　原"blank1.c"程序

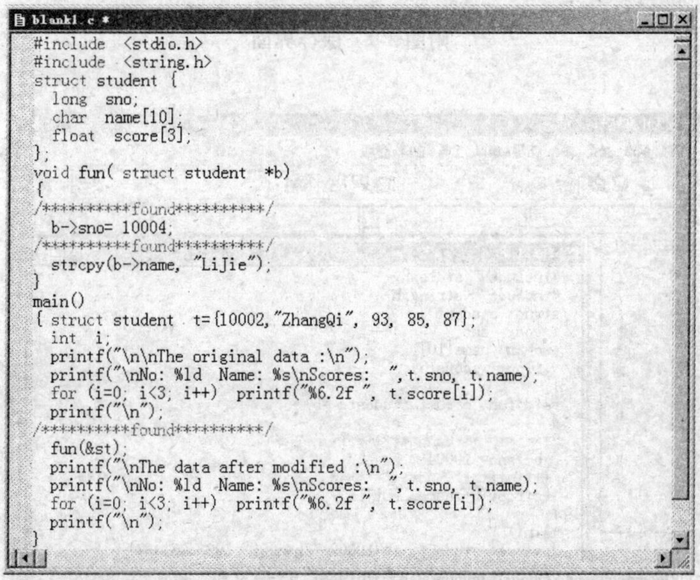

附图 3-8　填完结果后"blank1.c"程序

③程序结果填写完成后,必须使用"文件"菜单中的"保存"命令,保存"blank1.c"程序文

件,如附图 3-9 所示。

　　④"blank1. c"程序文件保存完成后,单击窗口右上角的关闭按钮,关闭"blank1. c"程序文件,并退出"Microsoft Visual C ++ 6.0"系统界面,如附图 3-10 所示,屏幕回到附图 3-11 界面。

### 2.修改程序题

　　单击考试界面中的"程序改错题"按钮后,题目显示区将显示出题目对应的文字叙述信息。通过文字叙述可以了解到该题目的考试内容。然后单击"答题"菜单中的"启动 Microsoft Visual C ++"菜单项进入"Visual C ++ 6.0"系统环境界面,如附图 3-11 所示。

　　进入系统环境后,执行"文件|打开"命令,打开"modi1. c"程序文件,如附图 3-12 所示。

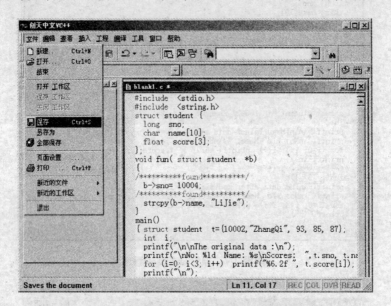

附图 3-9　保存界面

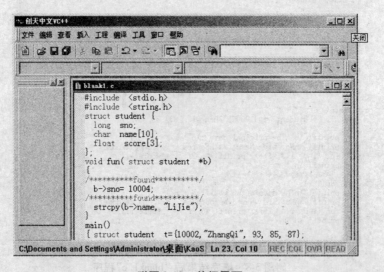

附图 3-10　关闭界面

打开"modi1. c"程序文件后,开始修改。修改方法如下:

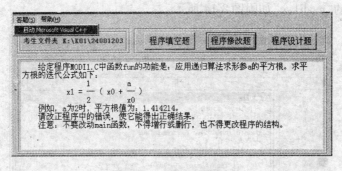

附图 3-11　程序改错界面

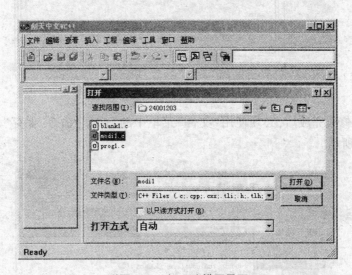

附图 3-12　打开改错题界面

①在程序中找到"******** found *******"标识位置。

②把"found"标识位置下面的错误程序修改成正确程序,如附图 3-13 所示。

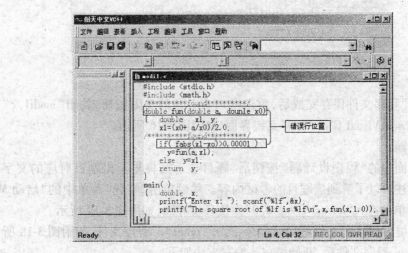

附图 3-13　原"modil. c"程序

填完结果后的"modi1.c"如附图 3-14 所示。

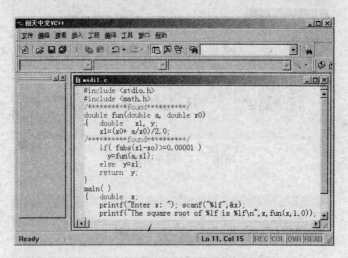

附图 3-14　填完结果后的"modil.c"程序

③程序结果修改完成后,必须使用"文件"菜单中的"保存"命令,保存"modi1.c"程序文件,如附图 3-15 所示。

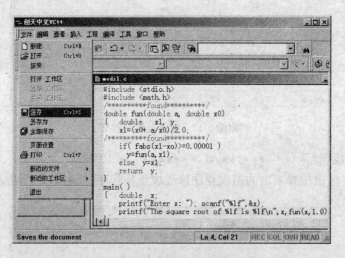

附图 3-15　保存窗口界面

④"modi1.c"程序文件保存完成后,单击窗口右上角的关闭按钮,关闭"modi1.c"程序文件,并退出"Microsoft Visual C ++ 6.0"系统界面,如附图 3-16 所示。

3.程序设计题

单击考试界面中的"程序设计题"按钮后,题目显示区将显示出题目对应的文字叙述信息。通过文字叙述可以了解到该题目的考试内容。然后单击"答题"菜单中的"启动 Microsoft Visual C ++"菜单项进入"Visual C ++ 6.0"系统环境界面,如附图 3-17 所示。

进入系统环境后,执行"文件|打开"命令,打开"prog1.c"程序文件,如附图 3-18 所示。

打开"prog1.c"程序文件后,开始编写。编写方法如下:

①在程序中找到子函数空白的位置。原"prog1.c"程序图见附图 3-19。填完结果后的

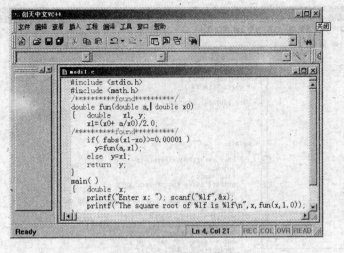

附图 3-16　关闭窗口界面

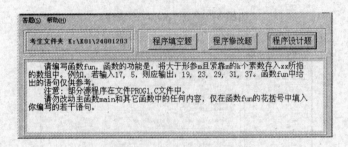

附图 3-17　程序设计题界面

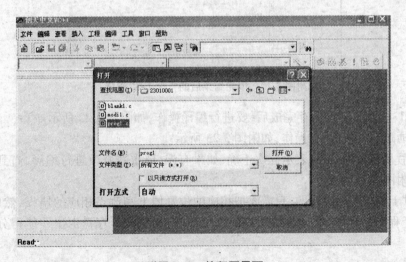

附图 3-18　编程题界面

"prog1.c"程序图见附图 3-20 所示。

　　②程序文件填写完成后,必须使用"文件"菜单中的"保存"命令,保存"prog1.c"程序文件,如附图 3-21 所示。

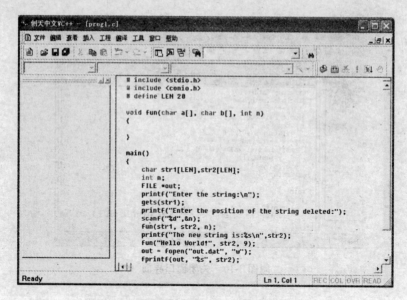

附图 3-19　原"porg1.c"程序

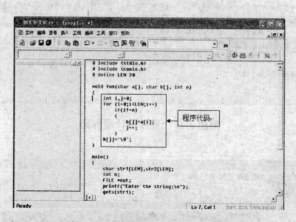

附图 3-20　填完结果后的"porg1.c"程序

③"prog1.c"程序文件保存完成后,要进行编译操作,如附图 3-22 所示。

④编译通过后,进行执行操作,如附图 3-23 所示。

⑤执行后显示正确结果,表示此次正确,如果有误,请重新修改进行编译,直到正确为止。执行结果如附图 3-24 所示。

注意:对于填空题和改错题,只需要把相应的位置填上和改正相应的错误,然后存盘即可得分,但对于程序设计题,必须将编写完的程序运行,出结果后存盘退出才能得分,否则不得分。

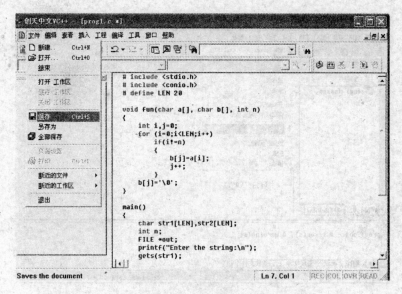

附图 3-21　保存窗口界面.

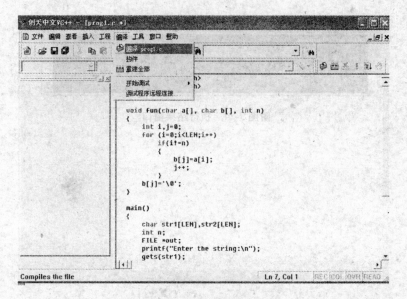

附图 3-22　编译菜单界面

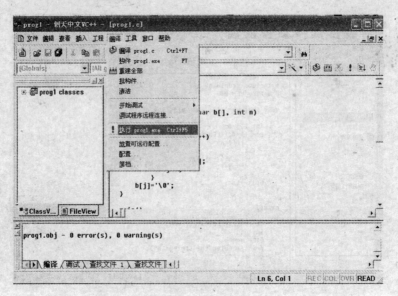

附图 3-23  执行菜单

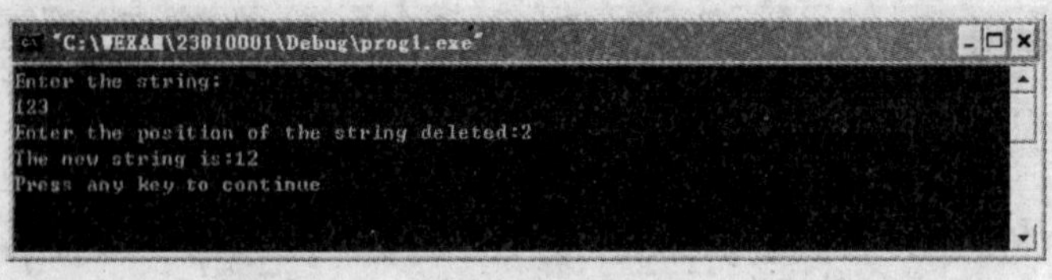

附图 3-24  执行结果窗口